SAS

LA PANTHÈRE D'HOLLYWOOD

DU MÊME AUTEUR

N° 1. S.A.S. A ISTANBUL
N° 2. S.A.S. CONTRE C.I.A.
N° 3. S.A.S. OPÉRATION APOCALYPSE
N° 4. S.A.S. SAMBA POUR S.A.S.
N° 5. S.A.S. RENDEZ-VOUS A SAN FRANCISCO
N° 6. S.A.S. DOSSIER KENNEDY
N° 7. S.A.S. BROIE DU NOIR
N° 8. S.A.S. AUX CARAÏBES
N° 9. S.A.S. A L'OUEST DE JERUSALEM
N° 10. S.A.S. L'OR DE LA RIVIERE KWAI
N° 11. S.A.S. MAGIE NOIRE A NEW YORK
N° 12. S.A.S. LES TROIS VEUVES DE HONG KONG
N° 13. S.A.S. L'ABOMINABLE SIRÈNE
N° 14. S.A.S. LES PENDUS DE BAGDAD
N° 15. S.A.S. LA PANTHÈRE D'HOLLYWOOD
N° 16. S.A.S. ESCALE A PAGO-PAGO
N° 17. S.A.S. AMOK A BALI
N° 18. S.A.S. QUE VIVA GUEVARA
N° 19. S.A.S. CYCLONE A L'ONU
N° 20. S.A.S. MISSION A SAÏGON
N° 21. S.A.S. LE BAL DE LA COMTESSE ADLER
N° 22. S.A.S. LES PARIAS DE CEYLAN
N° 23. S.A.S. MASSACRE A AMMAN
N° 24. S.A.S. REQUIEM POUR TONTONS MACOUTES
N° 25. S.A.S. L'HOMME DE KABUL
N° 26. S.A.S. MORT A BEYROUTH
N° 27. S.A.S. SAFARI A LA PAZ
N° 28. S.A.S. L'HEROÏNE DE VIENTIANE
N° 29. S.A.S. BERLIN CHECK POINT CHARLIE
N° 30. S.A.S. MOURIR POUR ZANZIBAR
N° 31. S.A.S. L'ANGE DE MONTEVIDEO
N° 32. S.A.S. MURDER INC. LAS VEGAS
N° 33. S.A.S. RENDEZ-VOUS A BORIS GLEB
N° 34. S.A.S. KILL HENRY KISSINGER!
N° 35. S.A.S. ROULETTE CAMBODGIENNE
N° 36. S.A.S. FURIE A BELFAST
N° 37. S.A.S. GUÊPIER EN ANGOLA
N° 38. S.A.S. LES OTAGES DE TOKYO
N° 39. S.A.S. L'ORDRE RÈGNE A SANTIAGO
N° 40. S.A.S. LES SORCIERS DU TAGE
N° 41. S.A.S. EMBARGO
N° 42. S.A.S. LE DISPARU DE SINGAPOUR
N° 43. S.A.S. COMPTE A REBOURS EN RHODESIE
N° 44. S.A.S. MEURTRE A ATHENES
N° 45. S.A.S. LE TRÉSOR DU NEGUS
N° 46. S.A.S. PROTECTION POUR TEDDY BEAR
N° 47. S.A.S. MISSION IMPOSSIBLE EN SOMALIE
N° 48. S.A.S. MARATHON A SPANISH HARLEM
N° 49. S.A.S. NAUFRAGE AUX SEYCHELLES
N° 50. S.A.S. LE PRINTEMPS DE VARSOVIE
N° 51. S.A.S. LE GARDIEN D'ISRAËL
N° 52. S.A.S. PANIQUE AU ZAÏRE
N° 53. S.A.S. CROISADE A MANAGUA
N° 54. S.A.S. VOIR MALTE ET MOURIR
N° 55. S.A.S. SHANGHAÏ EXPRESS
N° 56. S.A.S. OPÉRATION MATADOR
N° 57. S.A.S. DUEL A BARRANQUILLA
N° 58. S.A.S. PIEGE A BUDAPEST
N° 59. S.A.S. CARNAGE A ABU DHABI
N° 60. S.A.S. TERREUR AU SAN SALVADOR
N° 61. S.A.S. LE COMPLOT DU CAIRE
N° 62. S.A.S. VENGEANDE ROMAINE
N° 63. S.A.S. DES ARMES POUR KHARTOUM
N° 64. S.A.S. TORNADE SUR MANILLE
N° 65. S.A.S. LE FUGITIF DE HAMBOURG
N° 66. S.A.S. OBJECTIF REAGAN
N° 67. S.A.S. ROUGE GRENADE
N° 68. S.A.S. COMMANDO SUR TUNIS
N° 69. S.A.S. LE TUEUR DE MIAMI
N° 70. S.A.S. LA FILIERE BULGARE
N° 71. S.A.S. AVENTURE AU SURINAM
N° 72. S.A.S. EMBUSCADE A LA KHYBER PASS
N° 73. S.A.S. LE VOL 007 NE RÉPOND PLUS
N° 74. S.A.S. LES FOUS DE BAALBEK
N° 75. S.A.S. LES ENRAGÉS D'AMSTERDAM
N° 76. S.A.S. PUTSCH A OUAGA DOUGOU
N° 77. S.A.S. LA BLONDE DE PRÉTORIA
N° 78. S.A.S. LA VEUVE DE L'AYATOLLAH
N° 79. S.A.S. CHASSE A L'HOMME AU PEROU
N° 80. S.A.S. L'AFFAIRE KIRSANOV
N° 81. S.A.S. MORT A GANDHI
N° 82. S.A.S. DANSE MACABRE A BELGRADE
N° 83. S.A.S. COUP D'ÉTAT AU YEMEN
N° 84. S.A.S. LE PLAN NASSER
N° 85. S.A.S. EMBROUILLES A PANAMA
N° 86. S.A.S. LA MADONNE DE STOCKHOLM
N° 87. S.A.S. L'OTAGE D'OMAN
N° 88. S.A.S. ESCALE A GIBRALTAR
N° 89. S.A.S. AVENTURE EN SIERRA LEONE
N° 90. S.A.S. LA TAUPE DE LANGLEY
N° 91. S.A.S. LES AMAZONES DE PYONGYANG
N° 92. S.A.S. LES TUEURS DE BRUXELLES
N° 93. S.A.S. VISA POUR CUBA
N° 94. S.A.S. ARNAQUE A BRUNEI
N° 95. S.A.S. LOI MARTIALE A KABOUL
N° 96. S.A.S. L'INCONNU DE LENINGRAD
N° 97. S.A.S. CAUCHEMAR EN COLOMBIE
N° 98. S.A.S. CROISADE EN BIRMANIE
N° 99. S.A.S. MISSION A MOSCOU
N° 100. S.A.S. LES CANONS DE BAGDAD
N° 101. S.A.S. LA PISTE DE BRAZZAVILLE
N° 102. S.A.S. LA SOLUTION ROUGE
N° 103. S.A.S. LA VENGEANCE DE SADDAM HUSSEIN
N° 104. S.A.S. MANIP A ZAGREB
N° 105. S.A.S. KGB CONTRE KGB
N° 106. S.A.S. LE DISPARU DES CANARIES
N° 107. S.A.S. ALERTE AU PLUTONIUM
N° 108. S.A.S. COUP D'ETAT A TRIPOLI
N° 109. S.A.S. MISSION SARAJEVO
N° 110. S.A.S. TUEZ RIGOBERTA MENCHU
N° 111. S.A.S. AU NOM D'ALLAH
N° 112. S.A.S. VENGEANCE A BEYROUTH
N° 113. S.A.S. LES TROMPETTES DE JÉRICHO
N° 114. S.A.S. L'OR DE MOSCOU
N° 115. S.A.S. LES CROISÉS DE L'APARTHEID
N° 116. S.A.S. LA TRAQUE CARLOS
N° 117. S.A.S. TUERIE A MARRAKECH
N° 118. S.A.S. L'OTAGE DU TRIANGLE D'OR
N° 119. S.A.S. LE CARTEL DE SEBASTOPOL
N° 120. S.A.S. RAMENEZ-MOI LA TÊTE D'EL COYOTE
N° 121. S.A.S. LA RÉSOLUTION 687
N° 122. S.A.S. OPÉRATION LUCIFER

N° 123. S.A.S. VENGEANCE TCHÉTCHÈNE
N° 124. S.A.S. TU TUERAS TON PROCHAIN
N° 125. S.A.S. VENGEZ LE VOL 800
N° 126. S.A.S. UNE LETTRE POUR LA MAISON BLANCHE
N° 127. S.A.S. HONG KONG EXPRESS
N° 128. S.A.S. ZAIRE ADIEU
N° 129. S.A.S. LA MANIPULATION YGGDRASIL
N° 130. S.A.S. MORTELLE JAMAIQUE
N° 131. S.A.S. LA PESTE NOIRE DE BAGDAD
N° 132. S.A.S. L'ESPION DU VATICAN
N° 133. S.A.S. ALBANIE MISSION IMPOSSIBLE
N° 134. S.A.S. LA SOURCE YAHALOM
N° 135. S.A.S. CONTRE P.K.K.
N° 136. S.A.S. BOMBES SUR BELGRADE
N° 137. S.A.S. LA PISTE DU KREMLIN
N° 138. S.A.S. L'AMOUR FOU DU COLONEL CHANG
N° 139. S.A.S. DJIHAD
N° 140. S.A.S. ENQUÊTES SUR UN GÉNOCIDE
N° 141. S.A.S. L'OTAGE DE JOLO
N° 142. S.A.S. TUEZ LE PAPE
N° 143. S.A.S. ARMAGEDDON
N° 144. S.A.S. LI SHA-TIN DOIT MOURIR
N° 145. S.A.S. LE ROI FOU DU NEPAL
N° 146. S.A.S. LE SABRE DE BIN LADEN
N° 147. S.A.S. LA MANIP DU « KARIN A »
N° 148. S.A.S. BIN LADEN : LA TRAQUE
N° 149. S.A.S. LE PARRAIN DU « 17-NOVEMBRE »
N° 150. S.A.S. BAGDAD EXPRESS
N° 151. S.A.S. L'OR D'AL-QAÏDA
N° 152. S.A.S. PACTE AVEC LE DIABLE
N° 153. S.A.S. RAMENEZ-LES VIVANTS
N° 154. S.A.S. LE RESEAU ISTANBUL
N° 155. S.A.S. LE JOUR DE LA TCHEKA
N° 156. S.A.S. LA CONNEXION SAOUDIENNE
N° 157. S.A.S. OTAGE EN IRAK
N° 158. S.A.S. TUEZ IOUCHTCHENKO
N° 159. S.A.S. MISSION : CUBA
N° 160. S.A.S. AURORE NOIRE
N° 161. S.A.S. LE PROGRAMME111
N° 162. S.A.S. QUE LA BÊTE MEURE
N° 163. S.A.S. LE TRÉSOR DE SADDAM Tome I
N° 164. S.A.S. LE TRÉSOR DE SADDAM Tome II
N° 165. S.A.S. LE DOSSIER K.
N° 166. S.A.S. ROUGE LIBAN
N° 167. S.A.S. POLONIUM 210
N° 168. S.A.S. LE DÉFECTEUR DE PYONGYANG Tome I
N° 169. S.A.S. LE DÉFECTEUR DE PYONGYANG Tome II
N° 170. S.A.S. OTAGE DES TALIBAN
N° 171. S.A.S. L'AGENDA KOSOVO
N° 172. S.A.S. RETOUR A SHANGRI-LA
N° 173. S.A.S. AL-QAÏDA ATTAQUE Tome I
N° 174. S.A.S. AL-QAÏDA ATTAQUE Tome II
N° 175. S.A.S. TUEZ LE DALAI-LAMA
N° 176. S.A.S. LE PRINTEMPS DE TBILISSI
N° 177. S.A.S. PIRATES
N° 178. S.A.S. LA BATAILLE DES S 300 Tome I
N° 179. S.A.S. LA BATAILLE DES S 300 Tome II
N° 180. S.A.S. LE PIÈGE DE BANGKOK
N° 181. S.A.S. LA LISTE HARIRI
N° 182. S.A.S. LA FILIÈRE SUISSE
N° 183. S.A.S. RENEGADE Tome I
N° 184. S.A.S. RENEGADE Tome II
N° 185. S.A.S. FÉROCE GUINEE
N° 186. S.A.S. LE MAÎTRE DES HIRONDELLES
N° 187. S.A.S. BIENVENUE A NOUAKCHOTT
N° 188. S.A.S. DRAGON ROUGE Tome I
N° 189. S.A.S. DRAGON ROUGE Tome II
N° 190. S.A.S. CIUDAD JUAREZ
N° 191. S.A.S. LES FOUS DE BENGHAZI
N° 192. S.A.S. IGLAS
N° 193. S.A.S. LE CHEMIN DE DAMAS vol. I
N° 194. S.A.S. LE CHEMIN DE DAMAS vol. II
N° 195. S.A.S. PANIQUE À BAMAKO
N° 196. S.A.S. LE BEAU DANUBE ROUGE
N° 197. S.A.S. LES FANTÔMES DE LOCKERBIE
N° 198. S.A.S. SAUVE QUI PEUT À KABOUL Tome I
N° 199. S.A.S. SAUVE QUI PEUT À KABOUL Tome II
N° 200. S.A.S. LA VENGEANCE DU KREMLIN

GÉRARD DE VILLIERS

SAS

LA PANTHÈRE D'HOLLYWOOD

Éditions Gérard de Villiers

Retrouvez les Éditions Gérard de Villiers sur :
www.editionssas.com

Cover Design : O2Cmark.com
Photos : © tous droits réservés

ISBN 978-2-360-53913-0

CHAPITRE PREMIER

« Darling » Jill Rickbell ôta doucement des mains du Navajo la coupe de champagne qu'il tenait maladroitement et s'approcha de lui à le toucher. Le boléro et le pantalon de soie sauvage mauve, portés sans aucun dessous, dessinaient les détails les plus intimes du corps de la jeune femme.

— Venez, Zuni, souffla-t-elle.

L'Indien frémit comme un cheval qu'on flatte, mais il ne se rapprocha pas. L'alcool, auquel il n'était pas habitué, lui faisait tourner la tête, mais le monde des Blancs l'effrayait. De plus, il n'était qu'un domestique, dans cette maison si belle qu'il n'aurait pu l'imaginer lorsqu'il était encore dans sa réserve d'Arizona, dans le Désert Peint. Il n'aurait jamais dû se trouver là, derrière les colonnades de la piscine, avec cette femelle blanche qui s'offrait. « Darling » Jill passa la langue sur ses lèvres sèches. Le corps du jeune Indien, moulé étroitement dans le vieux blue-jean et le T-shirt blanc lui donnait envie de planter ses griffes dedans.

Dans le vaste échantillonnage de mâles qui avait jalonné sa jeune existence, il n'y avait pas encore eu d'Indiens.

Et celui-là, elle n'allait pas avoir le temps de beaucoup en profiter.

Un brouhaha de musique et de conversations s'échappait des grandes baies vitrées ouvertes sur le jardin et la piscine. L'air était tiède et les innombrables étoiles du ciel californien brillaient entre les hauts cocotiers de Beverly Drive, une des avenues les plus élégantes de Beverly Hills, Mecque des milliardaires californiens. Des projecteurs éclairaient la villa basse et blanche.

Dans cette ambiance paradisiaque, « Darling » Jill sentit qu'elle ne pourrait résister longtemps à son désir. Elle se rapprocha, avançant le bassin, effleurant la toile du blue-jean et noua ses longues mains sur la nuque du Navajo.

— Dansons, murmura-t-elle en secouant ses longs cheveux auburn.

Son visage de madone à l'ovale parfait, où la bouche large et pulpeuse détonnait, s'était figé d'une façon bizarre, avec une expression tendue et avide.

Le Navajo se remua maladroitement contre elle, le temps de quelques mesures, puis brutalement, avec la violence d'un piston de locomotive, attira la jeune femme contre lui à la casser en deux. Il tremblait littéralement de désir. La dernière coupe de champagne avait catapulté ses inhibitions vers le ciel étoilé.

« Darling » Jill, poussa un léger cri de douleur et s'écarta de l'Indien. L'étreinte brutale de ce dernier avait fait pénétrer douloureusement dans sa chair le minuscule bijou — une pierre de lune enchâssée dans une gangue d'or — dont elle avait décoré son nombril. Elle l'arracha et, n'ayant pas de poche, le glissa dans une de celles du blue-jean du Navajo. Inquiet, il la regardait de ses grands yeux noirs aux cils de fille.

Le sourire de Jill le rassura. Elle prit sa main droite dans ses doigts fuselés et l'entraîna.

— Ne restons pas ici, murmura-t-elle. Ce n'est pas bien.

Ils contournèrent la piscine en L, passant devant les baies vitrées du living-room. « Darling » Jill jeta un coup d'œil à la grande porte. Les invités se pressaient autour du bar où une machine débitait la bière à la pression. D'autres jouaient au billard avec de bruyantes exclamations. Plusieurs couples s'étaient étendus à même la moquette blanche où l'on enfonçait jusqu'aux chevilles et flirtaient sans retenue.

Le Navajo jeta un regard effaré sur ce spectacle. Jardinier depuis deux semaines seulement au service de Gene Shirak il n'avait pas encore eu le temps d'apprécier les mœurs hollywoodiennes à leur juste valeur.

« Darling » Jill le tira dans l'ombre. Moins on les verrait, mieux cela vaudrait.

Au moment où ils allaient atteindre la petite porte donnant directement sur le garage, la voix de Gene Shirak, le maître de maison, fit sursauter « Darling » Jill.

— Ne traînez pas trop en route. Vous devez être à Ensinada avant demain matin.

Il sortit de l'ombre. Sa chemise rose et son pantalon blanc l'affinaient. Il ressemblait vaguement à Kirk Douglas, avec un visage plat et dur, des yeux bleus froids et une bouche mince. Une petite verrue, posée curieusement sur le bout de son nez, donnait, parfois, à son visage, une expression comique. Croisant le regard de Zuni, il sourit avec bienveillance.

— Amuse-toi, Zuni, dit-il. Fais un beau voyage.

Pétrifié de timidité, le Navajo bafouilla quelques mots inintelligibles.

Gene Shirak regarda Jill et le Navajo disparaître par la petite porte avec une grimace de mépris. Un vieux fond de puritanisme tenant à ses origines ferait qu'il n'appartiendrait jamais complètement à

Hollywood. Par moments, il se maudissait d'avoir comme amie Darling Jill Rickbell, nymphomane et droguée, dont la morale aurait fait honte à une guenon en rut.

Mais, avant tout, il s'agissait de sauver sa peau. Dans la lutte à mort où il se trouvait précipité, Gene Shirak avait besoin de « Darling » Jill. Et de sa nymphomanie. De toutes ses amies elle était la seule à avoir pu accepter sans poser de questions, l'étrange mission dont il l'avait chargée. Poussée justement par son goût immodéré de l'homme. Pour avoir un Indien, Darling Jill aurait été beaucoup plus loin qu'Ensinada...

Gene Shirak espérait que les caprices de Jill ne dérangeraient pas son plan bien établi.

Il rentra dans le living-room. Plusieurs longues Cadillac noires attendaient devant la maison. Gene Shirak savait recevoir. Il envoyait à chacun de ses invités de marque une limousine avec chauffeur afin que ses hôtes puissent se saouler à mort sans souci du retour.

La Cadillac blanche de Jill était garée un peu plus loin dans Beverly Drive, au mépris des contraventions. Elle appuya sur l'ouverture électrique des portières et le Navajo se laissa tomber sur les coussins de cuir. La voiture tout entière était imprégnée du parfum de la jeune femme. Elle s'assit à son tour, enfonça au maximum le volant télescopique, brancha la stéréo, repoussa l'accoudoir central et démarra. Aussitôt, le Navajo, dont le désir venait d'être ravivé par l'odeur capiteuse qui émanait des sièges se rapprocha d'elle et posa la main sur sa cuisse.

Le feu était au rouge, au croisement de Sunset Boulevard. « Darling » Jill lâcha le volant et colla sa bouche à celle de l'Indien. Malgré elle, son bassin se soulevait à sa rencontre. Elle ne pourrait jamais attendre Ensinada. Elle tourna enfin dans Sunset et appuya sur l'accélérateur. L'Indien pétrissait à pleines mains le ventre de « Darling » Jill avec des grognements de fauve.

Un long gémissement filtra entre ses lèvres et elle serra le volant à le briser. Il fallait qu'elle tienne jusqu'à Belagio Road, dans Bel-Air, le super-Beverly Hills où le moindre brin d'herbe valait son poids d'or. La Cadillac jouait les bateaux ivres sur Sunset Boulevard. Quand « Darling » Jill sentit la bouche chaude du Navajo sur son ventre elle cria et manqua emboutir le terre-plein central. Il fallait absolument qu'elle se reprenne. Tant qu'elle n'était pas dans Bel-Air, elle risquait l'arrestation bête par une des innombrables voitures de patrouille qui sillonnaient nuit et jour Beverly Hills, guettant la plus minuscule infraction.

Les grilles de Bel-Air franchies, plus de problème. Les intègres policiers de la « Bel Air Patrol » avaient pour « Darling » Jill Rickbell la plus grande indulgence. Moitié pour sa générosité, moitié pour ses goûts passagers de l'uniforme.

La Cadillac abordait la série de virages très secs qui précède l'entrée de Bel-Air. Ignorant délibérément la limite des 25 miles, « Darling » Jill accéléra encore. Aussi bien pour gagner du temps que pour empêcher le Navajo de lui faire perdre complètement la tête.

Cinq minutes plus tard, elle stoppait devant sa villa de Belagio Road, une voie sinueuse bordée de maisons de rêve, où le fait de n'avoir ni piscine ni tennis était considéré comme une tare irrémédiable. Jill descendit et fit le tour du long capot. Le Navajo sauta à terre et vint vers elle. Lorsque son corps se découpa dans la lueur blanche des phares, il la saisit aux hanches et la renversa contre le capot encore chaud. Emue par cet assaut brutal, Jill faillit céder là, devant sa porte. Mais, élevée dans le luxe le plus effréné, elle avait un faible pour le confort.

Elle glissa entre les mains du Navajo et courut à sa porte, ouvrit. Il régnait une douce clarté dans le living-room, le commutateur électronique ayant automatiquement allumé les lampes dès la tombée du jour.

« Darling » Jill se déchaussa et enfonça voluptueusement ses pieds dans l'épaisse moquette rouge. Puis, elle posa une pile de disques sur le combiné stéréo et le mit en marche. Des haut-parleurs diffusaient la musique dans toutes les pièces. Une immense baie vitrée, au fond du living, s'ouvrait sur la piscine entourée d'une mini-forêt tropicale, ce qui donnait l'impression de se trouver en pleine jungle, des projecteurs extérieurs éclairant la verdure.

Zuni, le Navajo, s'était arrêté sur le seuil de la porte, intimidé par le luxe de cet intérieur. De la façade, la maison de Jill, sans étage, au toit plat de tuiles de bois foncé, n'impressionnait pas. Mais la jeune femme avait fait de l'intérieur une petite merveille de luxe. Un canapé très bas, recouvert de velours noir, grand comme un lit, occupait le centre de la pièce. Presque carré, sans dossier, entouré de coussins posés à même le sol, il était complété par plusieurs profonds fauteuils de même couleur.

— Viens, déchausse-toi, dit « Darling » Jill au Navajo.

Elle se dirigea vers le bar d'acajou flanqué d'un juke-box et sortit une bouteille de whisky. Zuni ôta timidement ses sandales et avança de quelques pas. Il se sentait mal à l'aise dans ce décor trop luxueux, mais le contact moelleux de la moquette sur la plante de ses pieds le rassura. Il tomba en arrêt devant la cheminée où brûlait un faux feu de bois, alimenté au gaz.

« Darling » Jill s'assit sur un des tabourets entourant le bar et contempla sa proie, satisfaite. L'étrange papier doré des murs semblait se refléter dans les yeux de l'Indien. En dépit de ses traits fins et de ses yeux de fille, il émanait de ses larges épaules et de son ventre plat une virilité sauvage, primitive, déplacée dans ce décor supersophistiqué. Tout le désir de Jill revint d'un coup.

La soie de son pantalon soulignait les longues cuisses fuselées de la jeune femme et les courbes de son ventre. « Darling » Jill vit la poitrine du Navajo se soulever et ses grands yeux noirs devenir fixes. Un moment intimidé par la maison inconnue, de nouveau il ne voyait plus que la tache verte de Jill, à demi assise sur le haut tabouret.

Elle se pencha et, tournant le commutateur, diminua encore l'intensité des lampes. Son visage de madone était toujours aussi pur, mais tous les muscles de son ventre s'étaient contractés à la faire crier.

Souplement, elle se laissa glisser du tabouret et se dirigea vers le fond de la pièce. Il y avait certaines précautions à prendre avant de se livrer à son passe-temps favori. En passant près du Navajo, toujours debout devant la cheminée, elle ne put résister et posa ses longs doigts fuselés sur la peau brune du cou musclé, à la limite du T-shirt.

Ce fut aussi brutal qu'une prise de karaté. Le Navajo pivota, saisit « Darling » Jill par la taille. Elle sentit tous les muscles durs s'enfoncer dans ses cuisses, ses hanches, sa poitrine, l'odeur de Zuni submergea son parfum. Ses doigts la pétrissaient comme s'il avait voulu les faire entrer dans sa chair.

D'abord, « Darling » Jill, se laissa faire, ravie; mais quand elle voulut se dégager, le Navajo resserra encore son étreinte. Quelques secondes, ils oscillèrent comme des ivrognes, puis Jill perdit l'équilibre et ils tombèrent sur la moquette.

— Attends, supplia Jill.

Craignant qu'elle ne se soit fait mal dans la chute, Zuni ouvrit les bras, et elle se mit debout en riant, décoiffée et essoufflée. Les jambes écartées, le ventre à la hauteur du visage de l'Indien encore à genoux, elle ébouriffa la tignasse noire, enfonçant légèrement ses ongles dans la nuque cuivrée.

— Un peu de patience, Zuni, murmura-t-elle. Je reviens tout de suite.

Elle n'eut pas le temps d'avancer: le Navajo, la saisissant aux hanches, la jeta sur l'énorme divan de velours noir. « Darling » Jill voulut lui dire d'attendre, mais deux lèvres épaisses écrasèrent les siennes. Zuni n'écoutait plus rien. Son genou ouvrit brutalement les jambes de « Darling » Jill, l'immobilisant dans les coussins. Un court instant, elle profita délicieusement de l'assaut.

D'une seule main, le Navajo arracha tous les boutons de son boléro, découvrant ses seins petits et hauts. Elle se mordit les lèvres de plaisir. Ce désir forcené et primitif était si différent des étreintes tièdes et blasées de ses partenaires habituels.

Mais quand elle pensa à ce qu'elle risquait, une terreur viscérale glaça son plaisir.

Le Navajo tirait maintenant sur le pantalon de soie sauvage. « Darling » Jill parvint à glisser sur le côté, mais Zuni revint sur elle. Désespérément, elle luttait pour se dégager mais les cent soixante-dix livres de l'Indien la clouaient au velours noir. Prise de panique, «Darling » Jill prit les cheveux noirs à pleines mains, lui tirant la tête en arrière, et supplia:

— Arrête, arrête, je t'en prie!

La tête renversée dans les coussins, elle fixait avec panique le carré sombre de la porte de la chambre, au fond de la pièce. Il lui sembla entendre un léger grincement. Folle de terreur, elle griffa le visage du Navajo, si fort qu'elle se cassa deux ongles, se tortilla frénétiquement sous lui, hurla:

— Laisse-moi, fous le camp!

Mais chez le Navajo la rage avait pris le pas sur le désir. Il ne comprenait pas pourquoi « Darling » Jill se refusait après s'être offerte. Il crut qu'elle s'était moquée de lui. Il la voulait tout de suite. Un vieux fond de sauvagerie le poussait au viol.

Il arracha le pantalon de soie, le réduisant littéralement en morceaux. D'un geste preste, il fit glisser son blue-jean sur ses cuisses. Jill sentit sa peau brûlante contre son ventre et eut un sursaut désespéré.

Le Navajo déchira le dernier lambeau de soie. Jill n'en pouvait plus:

— Non! cria-telle. Non. Attention!

Elle parvint, d'un effort surhumain, à le repousser, à se soulever sur les coudes. L'Indien la saisit aussitôt aux hanches et, d'un seul élan, s'enfonça en elle. Une fraction de seconde, « Darling » Jill oublia tout. Le visage enfoui dans le coussin de velours elle hurla, se secouant comme pour se débarrasser de l'homme.

Un râle ininterrompu filtrait de sa bouche ouverte. L'Indien, tétanisé de plaisir, ne vivait plus que par ses reins.

Il n'entendit pas le feulement très doux qui fit lever la tête à « Darling » Jill. Brusquement, elle ouvrit les yeux, scruta la pénombre, une flèche de glace dans le cœur. Elle devina la masse sombre prête à bondir avant de la voir.

Sa bouche s'ouvrit, oubliant le plaisir.

— Sun! Down[1].

En vain, elle voulut, une ultime fois, se débarrasser du Navajo.

Le reste se passa très vite. Une masse chaude et puissante jaillit de la moquette et atterrit sur les épaules de l'Indien. Un Cheetah[2] de deux ans, pesant cent quatre-vingt-dix livres. Zuni le Navajo n'eut pas le temps de souffrir. Ses griffes plantées dans les épaules de l'homme, le fauve mordit la nuque de toutes ses forces, tira en secouant la tête.

Il y eut un craquement horrible de vertèbres broyées. Entraînant avec lui le corps du Navajo, le Cheetah roula par terre. Nue, hystérique de terreur, « Darling » Jill bondit sur ses pieds, enjamba la masse indistincte de l'homme et de l'animal et se rua vers sa chambre. Ses mains tremblaient tellement qu'elle mit plusieurs secondes à trouver son « électrocuteur », la meilleure arme contre Sun et ses caprices. Long de deux pieds, gros comme un barreau de chaise, l'appareil déchargeait un violent courant électrique sur une simple pression du pouce. Beaucoup plus efficace qu'une cravache.

« Darling » Jill revint dans le living-room et alluma le lustre de cristal.

— Sun!

Il y avait autant d'amour que d'horreur dans son cri. Le Cheetah était accroupi près de l'homme qu'il venait de tuer, les babines encore dégouttantes de sang, rigoureusement immobile. Il tourna ses prunelles jaunes vers sa maîtresse et elle eut peur.

« Darling » Jill avança, l'électrocuteur pointé vers le mufle du fauve et le Cheetah recula lentement, en feulant, la croupe agitée d'ondulations, prêt à bondir. Arrivé au juke-box, il s'arrêta et feula plus fort. Jill,

[1] Couché.
[2] Panthère.

un œil sur le Cheetah, se pencha sur le corps du Navajo étendu face contre terre et le retourna à grand-peine d'une seule main.

— Sun!

Elle avait murmuré le nom du Cheetah. Le regard mort de Zuni fixait le plafond. Il avait été tué sur le coup. « Darling » Jill détourna la tête et vomit sur la belle moquette. Elle n'avait jamais vu un mort de si près. Sa peau se couvrit de chair de poule. La pièce lui sembla soudain glaciale.

Sun l'observait. Il avança lentement vers elle. La tête baissée et les oreilles rabattues, il vint se frotter à ses jambes comme un chat. « Darling » Jill s'agenouilla. La tête de la jeune femme et celle du fauve se rapprochèrent. Sun eut un feulement très doux et sa langue râpeuse balaya le buste de sa maîtresse. « Darling » Jill frémit et oublia tout à coup l'Indien. Le pelage du Cheetah la réchauffait. Elle prit la tête du fauve à pleines mains et la frotta contre la sienne.

— Tu étais jaloux, Sun, n'est-ce pas? Tu es fou de moi? murmura-t-elle.

Le Cheetah gronda, joyeux, et, appuyant les pattes de devant sur les épaules de sa maîtresse, la renversa sur la moquette, à côté du Navajo mort. Puis il se coucha sur elle.

Lorsque « Darling » Jill sentit le poids du Cheetah elle renversa la tête en arrière.

— Oh! Sun, gémit-elle, Sun, tu n'aurais pas dû. Ils vont te tuer!

De toutes ses forces, elle le serrait contre lui.

Feulant doucement, Sun commença à remuer ses pattes de derrière agrippées dans la moquette, entre les longues jambes de « Darling » Jill.

A son tour, elle ondula contre lui. Le pelage de son ventre était doux et chaud. C'est la première fois qu'elle était contre lui, totalement nue. Les deux mains accrochées au cou de Sun, elle passa soudain ses jambes autour du corps de l'animal, se soulevant presque du sol.

La musique qui jouait toujours ne couvrit ni son gémissement, ni le grondement de plaisir du fauve. Les yeux révulsés de « Darling » Jill fixaient les murs dorés sans les voir. Elle achevait l'étreinte commencée avec le Navajo.

Rien d'autre ne comptait en cette minute.

Elle se laissa ensuite aller sur le dos, les yeux fermés, tandis que le félin s'éloignait.

« Darling » Jill resta ainsi un long moment. Seuls, le chuintement du gaz de la fausse cheminée et la douce musique d'ambiance meublaient le silence. Elle avait honte de se sentir si bien, si détendue.

Elle était pourtant depuis longtemps doublement la maîtresse de Sun, le Cheetah étant le seul mammifère à l'ouest des Montagnes-Rocheuses, dont elle ne se lassât pas.

Un de ses amants le lui avait offert alors qu'il n'avait qu'un mois. Jill l'avait nourri au biberon, soigné, élevé, s'attachant de plus en plus à lui. Sun était doux... comme un agneau, timide et affectueux. Leurs rapports seraient restés normaux si, un jour où Jill jouait avec lui, le Cheetah ne s'était brusquement excité..., mimant contre elle le rythme de l'amour.

Cette fois-là « Darling » Jill avait allègrement sauté plusieurs degrés dans l'échelle du vice. Sur-le-champ, elle avait congédié son amant du moment, professeur de ski nautique à Acapulco, pourtant réputé sur les plages mexicaines.

D'étranges liens s'étaient noués entre le Cheetah et « Darling » Jill. Le fauve était devenu d'une jalousie féroce. Lorsqu'elle revenait à la villa avec un homme, il grondait, menaçait de se jeter sur lui.

Aussi « Darling » Jill l'enfermait-elle soigneusement chaque fois qu'elle désirait faire l'amour. Même alors, il griffait furieusement la porte de la pièce où il se trouvait, rugissait et pleurait. Un matin où elle avait été le nourrir sans avoir pris sa douche il avait senti sur elle l'odeur d'un mâle. Aussitôt il l'avait cruellement mordue au bras et l'aurait déchiquetée s'il n'avait pas été attaché...

C'était sa femelle. Il n'en avait jamais connu d'autre.

Elle se livrait souvent à lui. Jamais alors il ne la griffait, jamais il ne la mordait. Au début, elle ne lâchait pas l'électrocuteur, craignant que, dans son plaisir, il oublie la fragilité de sa partenaire. Mais, n'ayant jamais eu à s'en servir, elle se contentait depuis de le poser près d'elle.

Blasée de tout, ayant épuisé toutes les sensations, « Darling » Jill avait enfin trouvé une sorte de stabilité dans l'abjection. Même ses amis les plus intimes, comme Gene Shirak, ignoraient son penchant secret. Moitié par pudeur, moitié par jalousie.

C'était bien son seul jardin secret. « Darling » Jill Rickbell, vingt-six ans, grande, des jambes interminables, aurait fait passer Messaline pour une dame patronnesse.

Lorsqu'elle posait ses grands yeux noisette candides et clairs sur sa proie en l'appelant « Darling », le mâle élu n'avait plus qu'à recommander son âme à Dieu et son corps au diable. Comme la police montée canadienne, « Darling » Jill ne ratait jamais son homme. A condition d'avoir été présentée, car elle avait reçu une excellente éducation.

Sa voracité sexuelle n'avait pas de limite connue. Afin de se simplifier la vie, elle avait décidé une bonne fois pour toutes de ne jamais porter de dessous. Détail, qui, publié dans quelques journaux locaux, avait fait mettre à prix la tête de « Darling » Jill par les principales ligues de vertu de la Californie du Sud.

Jill Rickbell avait des excuses. Elevée dans une atmosphère délirante de luxe, d'amoralité et de violence, sa jeunesse avait été marquée par une succession de drames. Son grand-père possédait la moitié du comté. Hélas! il s'était noyé en excursion dans moins de trente centimètres d'eau. Le meilleur ami du père de Jill, Georges Allen, un juge réputé intègre, avait conclu au suicide.

Le père de Jill avait commencé à jouir de cette fortune honnêtement acquise en entretenant un véritable harem après avoir rapidement divorcé. Il avait eu, hélas, la mauvaise idée de ne donner que cinq mille dollars par mois d'argent de poche au frère de Jill, Arnold. Jill, encore au collège, se contentait alors de modestes orgies estudiantines animées à la marijuana.

Deux ans après la mort du grand-père, la famille Rickbell avait été endeuillée par un nouveau drame: on avait découvert le père de Jill mort sur ses terres, deux balles de fusil dans le dos et une balle de 38 dans la tête.

Seules les plus mauvaises langues du comté avaient trouvé étrange que le juge Allen délivrât un permis d'inhumer et conclût au suicide. Après tout, l'Amérique était le pays de la liberté et un homme avait parfaitement le droit de se suicider en trois fois.

Ce n'est que pure coïncidence si le juge Allen avait acquis quelques mois plus tard pour deux cent trente-cinq mille dollars une des plus belles maisons de Newport Beach et fait valoir ses droits à la retraite. Après trente ans au service de la Justice, il avait droit au repos. Et Arnold Rickbell aux quelque trente millions de dollars de l'héritage.

Jill, qui n'aimait particulièrement ni son grand-père ni son père, avait suivi les événements de très loin. Elle n'avait pas non plus versé toutes les larmes de son corps lorsque son frère Arnold, au retour d'un week-end à Palm Springs avait percuté avec sa Cadillac toute neuve la pile d'un pont à quatre-vingt-dix miles à l'heure, répandant sa cervelle sur cinquante mètres.

Il restait encore 26 millions de dollars. Judicieusement placés, ces dollars permettaient à Jill depuis huit ans de faire à peu près ce qu'elle voulait, sauf tuer le président et jeter des papiers par terre, les deux crimes les plus sévèrement punis aux USA. Grâce à l'aide compréhensive d'amis comme Gene Shirak, elle explorait consciencieusement les divers plaisirs que peuvent procurer la drogue et les formes les plus perverties de l'amour physique.

Totalement amorale, dotée d'une insensibilité affective totale, elle ne vivait plus que pour quelques sensations; comme le Cheetah.

*
**

« Darling » Jill se releva d'un bond: après son étreinte avec Sun, elle s'était endormie sur la moquette. Un violent frisson la secoua lorsqu'elle vit le cadavre du Navajo, à moins d'un mètre d'elle.

Le Cheetah dormait devant les flammes de la cheminée. Les débris du boléro et du pantalon de soie verte gisaient sur le canapé noir. La jeune femme eut une nausée: l'odeur aigre de ce qu'elle avait vomi se mêlait à la senteur âcre montant du corps du Navajo. Les sphincters relâchés par la mort, il s'était vidé sur le beau tapis recouvrant la moquette à l'endroit où il était tombé...

La musique s'était arrêtée. « Darling » Jill tituba

jusqu'à la salle de bains, sans oser regarder le cadavre du Navajo et se jeta sous la douche.

Ce n'est que recoiffée et propre, aspergée de parfum pour ne pas sentir l'abominable odeur, qu'elle recommença à penser. Un frisson la reprit devant le cadavre. Le sang avait largement coulé sur le tapis qui recouvrait la moquette mais s'était tari. Jill regarda le réveil doré: deux heures du matin. La party était sûrement terminée. Il fallait qu'elle prévienne Gene Shirak coûte que coûte. Elle en avait des sueurs froides. Pour une fois que Gene lui demandait un service! Qu'allait-elle devenir s'il cessait de la ravitailler en hachish ou de lui présenter des filles compréhensives lorsqu'elle était fatiguée de Sun et des hommes. Devant les détails de la vie pratique, Jill était sans défense.

Le cœur serré, elle prit Sun par le cou et le mena dans la pièce qui lui servait de chambre. Elle avait envie de pleurer.

— Sun, dit-elle à mi-voix. Sun, je t'aime. Tu es à moi.

Elle avait totalement oublié le Navajo. Ce n'était plus qu'un objet encombrant dont il fallait se débarrasser.

Elle referma doucement la porte et décrocha le téléphone. La sonnerie tinta longtemps avant que quelqu'un ne décroche.

— Gene? demanda-t-elle.

La voix furieuse du producteur claqua désagréablement à ses oreilles.

— Qu'est-ce que tu veux? Je t'avais dit de ne pas m'appeler avant demain. Fous-moi la paix.

Visiblement il la croyait sur la route.

« Darling » Jill ravala sa colère devant la grossièreté:

— Viens immédiatement chez moi, fit-elle.

Elle crut que l'appareil allait éclater, tellement il hurla:

— Chez toi! Mais nom de Dieu, qu'est-ce que tu fous chez toi?

Il y avait tant de rage et de peur dans sa voix qu'elle faillit raccrocher. Elle se força pour ajouter, suppliante:

— Gene, c'est sérieux! Il est arrivé quelque chose de terrible. Viens. Je ne peux pas te dire.

Il répondit par un flot d'obscénités. Jill en avait mal au cœur. Elle put enfin placer un mot:

— Il faut que tu viennes tout de suite. Je t'en prie.

A l'intonation de sa voix, Gene Shirak comprit que ce n'était pas un caprice d'ivrogne. Un affreux pressentiment l'envahit.

— Je viens, dit-il.

Dès qu'il eut raccroché, « Darling » Jill alluma une cigarette et commença à trembler. Elle avait une peur physique de Gene Shirak. Elle ignorait pourquoi il lui avait demandé d'emmener Zuni à Ensinada et de le laisser là-bas, selon les détails prévus. Mais elle sentait confusément que c'était dangereux et important. Il allait être d'autant plus fou de rage.

CHAPITRE II

« Darling » Jill entendit le ronronnement soyeux de la Rolls avant que la sonnette ne retentisse. Elle se précipita. Maintenant l'odeur fade du sang répandu sur le tapis lui donnait mal au cœur. Elle ouvrit.

La Rolls-Royce gris métallisé de Gene Shirak était garée derrière sa Cadillac. Le producteur se tenait dans l'encadrement de porte, mâchonnant un petit cigare Sherman's, l'air furieux et inquiet. Il la bouscula presque pour entrer. Ses yeux trop bleus fixèrent « Darling » Jill qui baissa la tête.

— Alors? demanda-t-il de sa voix râpeuse.

Sans mot dire, elle referma la porte derrière lui. Les mots restaient dans sa gorge. Un peu étonné, Gene Shirak regarda autour de lui. Sun avait été enfermé dans sa chambre et la pièce était en ordre. A un détail près. L'abominable odeur.

Ce n'est qu'arrivé au milieu de la pièce que Gene Shirak aperçut le cadavre du Navajo, jusque-là caché par le divan.

La peur coupa sa rage, et il se tourna lentement vers Jill.

— Bon Dieu! Il est mort?

Question de pure forme étant donné l'état du corps. Jill croisa les mains nerveusement.

— Je crois, souffla-t-elle.

Gene se tourna vers elle, dégrisé, le visage déformé par la rage. La verrue de son nez sembla énorme à Jill.

— C'est toi qui l'as tué, pauvre cinglée! siffla-t-il. Triste conne, va...

Des larmes jaillirent des yeux de Jill.

— Ce n'est pas moi, cria-t-elle. C'est, c'est Sun!

Le producteur la regarda, incrédule:

— Sun! Mais il ne ferait pas de mal à une mouche! Qu'est-ce qui s'est passé?

Jill lui expliqua. A mesure qu'elle parlait le sang se retirait du visage de Gene Shirak. Il se rua en avant et la gifla à toute volée.

— Idiote, cinglée! gronda-t-il. Toi et ton Cheetah! Comme si tu ne te faisais pas assez baiser!

— Mais je ne savais pas! sanglota « Darling » Jill. Je ne pouvais plus attendre. Après nous aurions été au Mexique...

Il la gifla de nouveau, ivre de rage, n'arrivant pas à réunir deux idées.

— Imbécile, si tu savais le pétrin dans lequel tu me mets!

— Mais ce n'est qu'un domestique, protesta Jill. Après tout, tu t'en fous. Ta combine, tu la feras avec quelqu'un d'autre.

— Un domestique, s'exclama Gene Shirak avec dérision.

Les yeux injectés de sang, il fixait le cadavre du Navajo, par-dessus l'épaule de Jill.

Il l'aurait tuée! Si cette idiote savait ce qu'elle venait de détruire! Malheureusement, il n'était pas question de le lui dire. Ç'allait déjà être assez ennuyeux comme cela.

Les mains tremblantes, il se versa un verre de White Label, l'avala d'un trait et se pencha sur le Navajo avec une mimique dégoûtée.

— Où as-tu mis l'autre? demanda-t-il.

— Là-bas.

Elle désigna une porte fermée.

— Tu as prévenu la police? demanda-t-il.

Elle ouvrit de grands yeux.

— La police! Mais...

Il la foudroya du regard:

— Oui, la police. Qu'est-ce que tu crois, que tu vas le balancer dans ta boîte à ordures comme une bouteille vide de Coke?

« Darling » Jill se rapprocha de lui, suppliante:

— Tu ne veux pas leur téléphoner, toi?

— Moi!

Il avait l'impression que son crâne allait exploser, Gene Shirak.

Il saisit la jeune femme par le cou, de la main droite, et se mit à la secouer:

— Tu ne veux pas que je lui fasse la respiration artificielle, non plus! Moi, dans deux minutes je serai parti d'ici et je ne suis jamais venu, tu m'entends? fit-il, menaçant. Tu raconteras aux flics que tu l'as kidnappé chez moi, sans me le dire, pour t'offrir une fantaisie. Et qu'il y a eu un accident. N'importe quoi. Mais je ne te conseille pas de leur dire que tu t'envoies en l'air avec ta bête. Parce qu'après l'avoir abattue, ils t'enfermeraient...

— Ils vont le tuer! gémit « Darling » Jill.

Soudain, elle ne sentait plus l'odeur du sang.

— Qu'est-ce que tu crois, qu'ils vont le décorer? Ou lui donner d'autres petits Indiens? Ça fait un moment qu'on a fait la paix avec eux...

« Darling » Jill refoulait ses larmes en pensant à Sun. Gene la lâcha et se rapprocha de la porte: un peu radouci, il ordonna:

— Appelle la police. Tu les connais assez, ils ne t'ennuieront pas trop, toi. C'est moi qui vais entendre les gars de la « Navajo Agency ». Ils y tiennent comme à la prunelle de leurs yeux, à leurs sauvages. Ils n'en ont presque plus.

Jill eut envie de lui dire que, de toute façon, le Navajo était perdu pour sa réserve, mais ce n'était pas le moment. Elle raccompagna Gene Shirak jusqu'à la porte et referma doucement.

Elle se moquait bien du Navajo, maintenant. Le ronronnement de la Rolls-Royce décrut rapidement et s'évanouit.

Au volant, Gene Shirak s'efforçait de ne pas penser. Après tout c'était peut-être un bien. S'il était assez ferme l'histoire s'arrêterait là et il n'aurait rien fait d'illégal.

En glissant silencieusement au volant de la puissante voiture à travers les allées désertes de Bel-Air, il se disait qu'il avait férocement envie de conserver son luxe et sa position. Même au prix de quelques concessions.

*
**

« Darling » Jill décrocha son téléphone et appuya sur la touche «0 ». Dès qu'elle eut l'opératrice, elle demanda le numéro du shérif de Beverly Hills. Elle le nota au crayon et raccrocha.

Maintenant que Gene Shirak était parti, sa peur se calmait un peu, laissant la place à une rage aveugle et enfantine.

Ainsi, on allait tuer son Sun! C'était trop injuste. Si c'était un être humain, un jury ne lui infligerait qu'une peine légère. Elle posa les yeux sur le cadavre du Navajo et décrocha l'appareil. Elle ne pouvait pas garder cela dans son living-room.

Mais lorsqu'elle eut composé le numéro du shérif, elle raccrocha aussitôt. Elle se leva et libéra Sun de la pièce où il était enfermé. Le Cheetah s'étira joyeusement, flaira avec indifférence le cadavre du Navajo et vint se coucher aux pieds de sa maîtresse. « Darling » Jill se pencha et l'embrassa.

— Sun, gémit-elle, je ne veux pas que tu meures!

Pour gagner du temps, elle prit une cigarette de marijuana dans un coffret d'argent et l'alluma. La drogue légère la détendit. Son angoisse et sa peur s'effilochèrent, la réalité se dissipait. Assise sur la moquette, le dos appuyé au divan, elle tirait des bouffées les plus profondes possibles pour bien s'imbiber de la drogue. Le Cheetah somnolait en face d'elle, le cadavre du Navajo les séparant.

Une heure plus tard, Jill achevait sa cinquième cigarette et avait l'impression de flotter sur la moquette. Mais surtout, son cerveau aiguisé par « l'herbe à chats » avait trouvé une idée pour sauver le Cheetah.

Surmontant son dégoût, elle déplaça le corps du Navajo de façon à le mettre au milieu du tapis sur lequel il était mort. Tant bien que mal, elle roula le corps dedans en un gros cylindre multicolore. Farfouillant dans les placards de la cuisine, elle ramena une pelote de solide cordelette. Il fallut à la jeune femme, peu habituée aux travaux manuels, une demi-heure pour ficeler le macabre colis. Sun regardait sa maîtresse, humant l'odeur du sang. Il vint plusieurs fois frotter sa tête contre ses jambes.

Il semblait à « Darling » Jill que ses mains avaient doublé de volume.

Elle s'arc-bouta pour tirer l'Indien. Mais elle eut beau tendre tous ses muscles, elle le fit bouger de dix centimètres, puis tomba en arrière, épuisée, au bord des larmes. Le sang battait dans ses poignets et, l'effet de la drogue commençant à se dissiper, elle se sentait soudain très lourde. Toute seule, elle n'y arriverait jamais.

Au bord du désespoir, elle eut soudain une idée:

— Sun, appela-t-elle, viens ici.

Elle prit le Cheetah par son collier et lui montra le bord du tapis, comme pour jouer. Docilement, il s'accroupit à côté de Jill, enfonça ses crocs et tira.

En un clin d'œil, Sun traîna le Navajo jusqu'à la porte d'entrée. Il s'arrêta, ravi, et feula de joie. D'habitude, Jill ne le laissait jamais jouer avec les tapis.

La jeune femme ouvrit la porte avec précaution. Belagio Road était déserte. Elle ouvrit la portière avant de la Cadillac blanche et plongea dans la boîte à gants, cherchant l'ouverture électrique du coffre. Le Navajo y tiendrait à l'aise. Puis elle se ravisa: le coffre était trop haut, la banquette arrière ferait très bien l'affaire.

Avec l'aide du Cheetah, elle tira le tapis roulé jusqu'à la voiture. Mais, lorsqu'il fallut le soulever, elle ne put même pas le décoller du sol. De nouveau, le découragement l'envahit. Sun la regardait, assis sur son derrière, impassible. Elle tenta de le faire monter sur l'aile arrière pour qu'il hale le corps, mais c'était un jeu trop compliqué pour lui. Majestueux et digne, il rentra dans la maison, laissant « Darling » Jill complètement affolée. Elle ne pouvait plus ni rentrer, ni faire disparaître le corps. Il n'y avait plus qu'à prévenir la police et laisser tuer Sun. Et à expliquer pourquoi elle avait enroulé le Navajo dans le tapis. Elle aurait du mal à faire croire que c'était pour qu'il ne prenne pas froid...

Désespérée, elle s'assit sur le rouleau de tapis, la tête dans ses mains. Elle avait terriblement envie d'une cigarette de marijuana.

Soudain, deux phares blancs surgirent de l'obscurité. La voiture ralentit et stoppa en face de la maison. Le cœur dans les talons, « Darling » Jill entendit un bruit de portière. Presque aussitôt, la silhouette d'un policier en uniforme surgit dans la lumière du driveray. Souriant et sûr de lui, il s'avançait vers Jill.

Derrière lui, les feux rouges du toit de la voiture de police clignotaient doucement et Jill pouvait entendre le bruit de fond de sa radio. Nuit et jour, les voitures de la « Bel Air Patrol » traquaient les rôdeurs, les cambrioleurs et tout ce qui pouvait déranger le repos des milliardaires de Bel-Air.

Le policier s'arrêta à trois mètres de « Darling » Jill, porta la main à sa casquette et sourit. Sa chemise était impeccablement repassée et un gros 45 pendait à sa ceinture.

— Quelque chose ne va pas, miss Rickbell? demanda-t-il, affable. Ce n'est pas une heure à être dehors.

« Darling » Jill le regarda, totalement affolée; elle ne se souvenait plus si elle avait appelé la police ou non.

— Non, non, cela va très bien, bredouilla-t-elle. Merci.

Le flic la contemplait, alléché et sympathique. Il avait arrêté assez de teenagers drogués à « l'herbe » pour se rendre compte que Jill était « High », bourrée de marijuana. Les filles, quand elles sont dans cet état-là, prennent le premier qui leur tombe sous la main. Jill était connue comme le loup blanc. Deux ou trois fois, elle s'était fait accompagner jusque dans son lit par le policier qui la ramenait ivre morte. Le patrolman, Jeff Parker se dit que c'était peut-être son jour de chance.

— Que puis-je faire pour vous aider? insista-t-il, avantageusement cambré, la main posée sur la crosse de son colt 45, image de la loi et de la virilité.

« Darling » Jill faillit tout lui avouer, pour ne plus

avoir à réfléchir. Puis, elle pensa à Sun. Ce qui lui donna une inspiration de génie.

— Ce tapis, expliqua-t-elle, je, je n'arrive pas à le mettre dans la voiture.

Jeff Parker gonfla ses biceps. Après tout, si elle voulait déménager à trois heures du matin, c'était son affaire.

— Ce n'est rien du tout, affirma-t-il. Je vais vous le charger.

La jeune femme se leva. Heureusement que l'odeur des orangers en fleur étouffait celle du sang et des excréments.

Effectivement, le patrolman souleva sans difficulté un des bouts du tapis contenant le Navajo et l'enfourna dans la Cadillac. Il fit une première tentative pour faire basculer l'autre extrémité à l'intérieur mais ne put le décoller de plus de vingt centimètres. Furieux et vexé, il grommela:

— Mais qu'est-ce qu'il y a donc, dans ce foutu truc?

Sentant le danger, « Darling » Jill vola à la rescousse. A eux deux, ils le firent basculer à l'intérieur où il tomba avec un bruit sourd.

— Fichtrement lourd, remarqua le patrolman. C'est du tapis de luxe, ça!

— Oh! ce sont de vieilles choses... protesta « Darling » Jill.

Une seconde, ils restèrent face à face. Les yeux du policier se posèrent sur le chandail de Jill qui moulait sa petite poitrine.

Elle saisit son expression et recula vers la porte. En d'autres circonstances, elle n'aurait pas hésité à récompenser Jeff Parker comme il en avait envie, mais ce n'était vraiment pas le moment.

Elle n'avait plus qu'un désir: qu'il parte. Mais lui s'incrustait, appuyant un peu trop son regard sur le léger vêtement, bombant le torse. « Darling » Jill sentit venir les complications et rentra dans la maison, avec une brève excuse. Elle ressortit, un billet de cent dollars[1] plié dans la main. Elle s'approcha du policier, glissa le billet dans la poche de sa chemise, et recula immédiatement, adorable, et inaccessible.

— Merci pour votre aide!

Jeff se confondit en remerciements, quand même un peu déçu. Les dollars, cela ne remplace pas le sentiment.

Il salua respectueusement « Darling » Jill et s'éloigna en se dandinant. La jeune femme referma la porte et s'y appuya. La tête lui tournait.

*
* *

Une heure plus tard, « Darling » Jill Rickbell roulait au volant de la Cadillac sur le San Diego Freeway, vers la frontière mexicaine et Ensinada. Le « Cruisometer » bloqué à soixante-cinq miles, elle tenait sagement la file du milieu. L'énorme raffinerie de Long Beach éclairait le Freeway presque comme en plein jour. Des milliers d'autres Californiens suivaient la même route. Avec les premiers beaux jours, les week-ends au Mexique étaient courants.

Il n'y avait aucun contrôle à la frontière dans le sens USA-Mexique. A Tijuana, la ville frontière, l'étincelant Freeway se transformait en une étroite route défoncée. Personne n'inspecterait la Cadillac. Elle abandonnerait le Navajo dans le désert, au sud de Ensinada.

Ainsi, rien ne menacerait son Cheetah. Peut-être que les Mexicains ne signaleraient même pas le mort aux Américains. « Qui se soucie d'un Navajo de plus

[1] 500 francs.

ou de moins? » pensait « Darling » Jill en écoutant la voix chaude de Sinatra à la radio de bord.

Si elle avait su le nombre de gens qui s'en souciaient, elle lui aurait creusé une tombe de six pieds avec ses propres mains...

*
**

A peu près au même moment, Gene Shirak roulait vers Palm Springs où il avait décidé d'aller passer le week-end. Il voulait s'accorder un peu de répit avant les ennuis et les problèmes qui n'allaient pas tarder à surgir. Déjà, il faudrait répondre à la police, lundi.

Il serait immanquablement interrogé sur les circonstances de l'enlèvement du Navajo par la jeune femme. Il espérait seulement tomber sur un flic pas trop curieux.

CHAPITRE III

Deux gamins mexicains, tout de blanc vêtus, la tête abritée sous des chapeaux de paille tressés à la main, attendaient, accroupis sur leurs talons, en face de la chose innommable. Leur grand frère était allé chercher la *policia*. Deux heures plus tôt, en cherchant des serpents à sonnette dans le désert, ils avaient découvert l'étrange colis, au bout d'une sente pierrailleuse se raccordant à la route goudronnée. Curieux, ils avaient coupé les cordes liant le tapis, libérant l'odeur abominable.

Le macabre colis n'était même pas dissimulé, simplement jeté au bord de la route. Les traits enflés du visage verdâtre le rendaient méconnaissable. Il avait bien dû rester là deux jours. Ensinada n'était qu'à deux milles, mais c'était déjà le désert. En partant, Manuelo avait emporté le tapis pour le déposer chez un ami. Nettoyé, il vaudrait bien mille pesos. Cinquante serpents à sonnette. Cela valait le coup

Les deux gosses levèrent la tête. On entendait un bruit de moteur. Un vieux pick-up Dodge apparut, laissant un nuage de poussière derrière lui. Il stoppa et un gros homme en uniforme kaki sauta lourdement à terre, accompagné de Manuelo.

Blasé, le policier mexicain, le colt automatique directement passé dans la ceinture, écarta les deux gosses et se pencha sur le cadavre, avec une mimique dégoûtée.

Encore un règlement de compte! Des paperasses et du travail en perspective.

Le soleil était déjà haut et le policier sentait la sueur glisser entre sa chemise et sa peau. Il se redressa et regarda le désert autour de lui. Si ces idiots de gosses n'étaient pas passés par là, le soleil et les coyotes en auraient rapidement fait un joli squelette, rebelle à toute enquête.

— Vous avez déjà vu ce type? demanda « El Capitano » aux trois gosses.

Ils détournèrent prudemment la tête. Personne n'aimait parler à la police. Surtout pour une histoire pareille. Le policier n'insista pas. Difficilement, il s'agenouilla près du cadavre et tâta les poches du blue-jean. Il en sortit un objet brillant et quelques papiers, dont une carte plastifiée. Le Mexicain reconnut immédiatement une carte de Sécurité sociale américaine. A mi-voix, il jura. Un Américain! Cela signifiait une autopsie, l'intervention automatique du FBI et une enquête à n'en plus finir. Sincèrement, il maudit le mort. Le « gringo » [1] n'avait pas pu aller se faire assassiner plus loin... Puis il se tourna vers Manuelo.

— Aide-moi à le mettre à l'arrière.

Il prit une vieille toile dans le pick-up et ils roulèrent le cadavre dedans, puis le déposèrent à l'arrière du véhicule: les deux gosses regardaient en se bouchant le nez, curieux et excités.

Il ne restait dans le désert qu'une petite tache d'humidité qui serait vite dissipée par le soleil brûlant. Le policier mexicain se hissa sur son siège, à l'avance accablé.

[1] Américain du nord, en argot mexicain.

— Faudra venir me voir à la Policia avant ce soir, dit-il à Manuelo, pour les papiers.

*
**

Ils débarquèrent à midi le lendemain, d'une Ford blanche et poussiéreuse. Le bureau du capitaine de la police d'Ensinada était au premier étage d'une bâtisse en bois, au bout de la ville. Un vrai paysage de western. Le grand ventilateur tournait lentement, brassant un air brûlant et sec. Un colt nickelé était accroché au dossier d'une chaise et le mur couvert d'avis officiels et de filles découpées dans des magazines bon marché.

Le plus grand des deux hommes tendit la main au policier mexicain, sourit et se présenta:

— Lieutenant Robert Serling, fédéral Bureau of Investigation, San Diego.

C'est San Diego, la ville la plus proche de la frontière qui prenait en main les cas au sud de la frontière.

Le second annonça en écho:

— Jim Henderson.

Les deux hommes exhibèrent rapidement leurs cartes et se laissèrent tomber dans deux fauteuils délabrés. Le capitaine Gomez sortit une bouteille de « Liquor de café » de son bureau mais les deux Américains arrêtèrent poliment son geste.

— Nous n'avons pas beaucoup de temps. Avez-vous trouvé quelque chose d'intéressant sur l'histoire de l'Indien Navajo?

Avec un soupir, le Mexicain rentra la bouteille. Décidément, les « gringos » ne savaient pas vivre. Mais ceux-là allaient le décharger d'une tâche désagréable. Il avait bien assez à faire avec les Mexicains sans s'occuper des Indiens.

— Voilà le dossier de l'autopsie, annonça-t-il. Curieux.

Il tendit quatre feuilles dactylographiées à la va-vite sur du papier jaune. Robert Serling les prit et Henderson lut par-dessus son épaule.

D'après le médecin mexicain, l'homme avait été déchiqueté par un fauve, un félin de taille moyenne, sans aucune intervention humaine. Soit un très gros couguar, soit un Cheetah ou l'équivalent. La mort remontait à trois jours environ. Suivaient diverses considérations techniques sans intérêt. Entre deux avortements, spécialité du Mexique, le docteur d'Ensinada s'était offert une très jolie petite autopsie.

L'Américain reposa le rapport sur le bureau.

— Il y a les photos aussi, fit le Mexicain.

Elles étaient assez peu ragoûtantes, les photos. Les deux agents du FBI les regardèrent sous toutes les coutures, sans découvrir quoi que ce soit d'intéressant. Puis le lieutenant Robert Serling leva ses yeux gris sur le capitaine Gomez:

— Le médecin ne peut pas s'être trompé? C'est bien un fauve.

— Oh!

Le Mexicain eut un geste de dignité offensée. Si on mettait en doute la valeur des praticiens mexicains, où allait-on! Il eut envie de lui dire que ledit médecin pouvait s'enorgueillir de plusieurs centaines d'avortements pratiqué avec succès, dans des conditions d'hygiène laissant pourtant à désirer... Mais, avançant ses grosses lèvres, il proclama:

— *Seguro, señores, seguro.*

Comme si on avait mis en doute l'existence de Dieu. Tirant un paquet de sous son bureau, il annonça:

— Les vêtements...

Henderson examina le blue-jean, le T-shirt, le slip

et les chaussures de tennis. Le T-shirt était imbibé de sang et le tout puait abominablement.

Enfin le capitaine Gomez extirpa un minuscule objet d'une boîte en carton et, triomphant, annonça:

— J'ai découvert cela dans une des poches.

Cela, c'était une pierre de lune enchâssée dans une gangue d'or massif. Ravissant. Pas du tout le genre de bijou que l'on s'attend à trouver sur un Navajo mort.

Les deux agents se regardèrent: c'était maigre comme indices.

— Aucune trace, là où vous avez découvert le corps? demanda Anderson.

Le policier mexicain eut un geste d'impuissance:

— Le « Santana » soufflait dimanche. Une vraie tempête. Tout a été effacé. Le sable volait à cinquante miles à l'heure. Le corps était là avant, car nous en avons trouvé dans ses cheveux.

— Ça a soufflé jusqu'à lundi. Un avion a été pris dedans et est tombé dans la Sierra Nevada, à cent miles à l'est. Il avait décollé sans écouter les conseils des gens d'ici. Les trois hommes sont morts.

» Dieu ait leur âme ».

Comme c'était un homme qui avait de la religion, il se signa. On s'éloignait du sujet...

— Il y a des couguars par ici? demanda Anderson.

— Jamais vu, affirma le capitaine Gomez. Pas mal de coyottes, et des chats sauvages.

Les deux agents du FBI commençaient à mourir de soif dans ce bureau sans climatisation. Et l'eau d'Ensinada leur faisait peur. Robert Serling s'en tira élégamment:

— Pouvez-vous nous montrer sur la carte où vous avez découvert le corps? Nous aimerions aller jeter un coup d'œil. A propos, il y a un hôtel ici?

Le Mexicain se rengorgea:

— Bien sûr. Le Motel Puerta-de-la-Sierra. *Muy bien*. Et deux ou trois plus petits.

Les deux Américains étaient déjà debout.

— Pendant qu'on va là-bas, demanda Henderson, vous pouvez nous trouver les fiches des gens qui ont couché ici samedi et dimanche? Simple routine, n'est-ce pas.

Intérieurement, le capitaine Gomez les maudit. Il allait falloir se déplacer sous le soleil. Tout ça pour un Indien mort.

— Certainement, affirma-t-il. Ce sera prêt lorsque vous reviendrez.

*
**

Les touches du télescripteur crépitaient à toute vitesse. Debout en bras de chemise près de l'appareil, le lieutenant Henderson n'en croyait pas ses yeux. Ce que l'appareil dégorgeait était plutôt inattendu:

« Paco Gimenez et Juan Dominguin sont des alias fréquemment utilisés par deux membres de la DSS cubaine, Theodoro Sanchez et Ospina Perez. Individus spécialisés dans les actions hors de Cuba. »

Suivait le pedigree complet des deux barbouzes cubaines; Henderson avait nourri l'ordinateur central de Washington avec le nom de tous les gens ayant couché à Ensinada durant la période où le Navajo avait été tué. Pure routine.

L'appareil n'avait pas mis deux minutes à répondre et l'agent du FBI n'en revenait pas. Jamais il n'aurait relié le Navajo à une affaire intéressant la Sécurité. Evidemment, la présence des deux agents castristes pouvait n'être qu'une coïncidence. Mais c'était troublant.

Le lieutenant Henderson était à peine remis de sa surprise que la Navajo Agency, l'organisme fédéral en charge des Navajos, téléphonait. Ils avaient situé le mort, grâce au numéro de sa carte de Sécurité sociale. Il travaillait chez un producteur de cinéma de Beverly Hills, Gene Shirak.

Il n'y avait plus qu'à alerter la CIA et le FBI de Los Angeles. Henderson se mit à sa machine. Le matin même, le meurtre avait été annoncé à la presse, afin de tenter de réunir des indices. Ce serait dans les journaux du soir.

*
**

Gene Shirak reposa le *Los Angeles Examiner*, tâchant de conserver son calme. L'histoire occupait le tiers de la première page. Il y avait même le nom de son Navajo: ZUNI. Pas besoin d'être sorcier pour deviner ce qui s'était passé... « Darling » Jill n'avait pas eu le courage de se dénoncer et cru malin d'aller perdre le cadavre au Mexique!

Une rage noire comme de la lave de volcan l'envahit.

Il décrocha son téléphone et appuya si vite sur les touches qu'il se trompa et dut recommencer. Puis il obtint la sonnerie sans que cela se décroche. Il regarda sa montre. Onze heures. Jill dormait probablement. D'ailleurs c'était plus prudent de lui parler de vive voix.

Le producteur était si énervé qu'il brûla le feu rouge au coin de Belagio Road et de Sunset Boulevard. Juste comme une voiture de police débouchait. Si le policier n'avait pas reconnu la Rolls grise, il était bon pour un ticket de quinze dollars.

La Cadillac et la Corvette rouge de Jill étaient toutes les deux au garage. Gene sauta à terre et carillonna. Carey, l'énorme bonne noire de Jill, ouvrit. Elle sourit largement en reconnaissant Gene à qui elle avait souvent servi le petit déjeuner dans le lit de sa maîtresse.

— Qu'est-ce que vous voulez, monsieu' Gene? Mazelle do't enco'

Gene l'écarta, sombre.

— Je vais la réveiller. Où est la bête?

La grosse Noire roucoula, excitée. Les excès sexuels de sa patronne étaient son principal sujet de conversation. De temps en temps, elle assistait en spectatrice aux orgies de Jill, très fière de se mêler à des gens riches et puissants.

— Sun est enfermé, monsieu' Gene, fit-elle. Vous pouvez y aller.

Il claqua si fort la porte de la chambre que les murs en tremblèrent. Mais « Darling » Jill, qui dormait nue à plat ventre dans des draps mauves, ne se réveilla pas. Gene chercha à tâtons l'ouverture électrique des rideaux, ne la trouva pas, jura et, finalement, attrapa la jeune femme par un bras et la jeta à bas de son lit.

L'épaisse moquette amortit le choc. « Darling » Jill grogna, mais ne se réveilla pas complètement, restant sur le dos, une jambe encore dans le lit. Furieux, Gene saisit la jeune femme par les cheveux et la gifla. Cette fois, elle ouvrit les yeux. Bourrée de somnifères et de marijuana. Gene alla à la porte et hurla:

— Du café, apporte-moi du café fort.

Il lui fallut encore un quart d'heure et trois tasses de café avant que Jill ne le reconnaisse. Son petit visage fripé se rétrécit encore quand Gene l'interpella brutalement:

— Tu as lu les journaux, connasse?

Elle secoua la tête, les yeux pleins de terreur. Elle était rentrée du Mexique dans la nuit de dimanche à lundi, après une soirée agitée dans un motel de Tijuana en compagnie de trois jeunes voyous mexicains qui lui avaient volé sa Bulova en or. Il fallait bien qu'elle se détende les nerfs après ses avatars. Et elle ne connaissait qu'une méthode pour cela.

— Qu'est-ce qu'il y a? murmura-t-elle.

Gene serra les poings et se pencha sur elle, faussement gentil.

— Tu as prévenu la police, comme je te l'avais dit?

« Darling » Jill ne répondit pas. Sous le drap tiré, sa chair se hérissait. Elle but une grande gorgée de café brûlant.

— Qu'est-ce que t'ont dit les flics? insista le producteur.

— Je ne les ai pas prévenus, avoua-t-elle dans un souffle. Je ne voulais pas que l'on fasse du mal à Sun...

Gene Shirak leva les aux au ciel. Pauvre hystérique! Alors que tous les mâles de Hollywood couraient après Jill, il fallait qu'elle soit amoureuse de cette bête.

— Eh bien, ma petite, tu te trouves avec un meurtre sur le dos, dit-il. Ils l'ont retrouvé, ton Indien. Je te conseille de prendre un bon avocat...

— Oh non! gémit « Darling » Jill

Intérieurement, Gene Shirak n'en menait pas large. Interrogée sérieusement, la jeune femme allait tout raconter. Entre autres, qu'il lui avait demandé d'emmener le Navajo à Tijuana. Il ne fallait surtout pas que la police parvienne à Jill Rickbell. Donc la terroriser assez pour qu'elle obéisse complètement.

Gene attrapa la bouteille de White Label posée près du lit et en but une large gorgée.

— Raconte-moi tes conneries. Qu'au moins je sois au courant.

« Darling » Jill raconta son voyage à Ensinada.

Gene Shirak en était malade. Il étala ses mains poilues et soignées sur la couverture.

— Si tu savais ce que j'ai envie de serrer ton joli cou d'idiote, soupira-t-il. Si j'étais sûr de ne ramasser que cinq ans, je me laisserais aller.

Elle le regarda, les yeux agrandis d'horreur.

— Mais enfin, Gene, pourquoi es-tu si en colère? C'est de moi qu'il s'agit, après tout. Pourquoi voulais-tu que j'emmène cet Indien au Mexique? Tu ne me l'as jamais expliqué.

Il grommela.

— Ce n'est pas le moment. Tu as assez d'ennuis comme cela. Le FBI s'occupe de l'histoire. Ce n'est pas une plaisanterie.

« Darling » Jill ouvrit des yeux horrifiés.

— Ils vont m'arrêter?

— Il y a des chances. C'est plus grave qu'un « parking ticket... »

La jeune femme se tordit les mains.

— Oh! Gene, je ne veux pas aller en prison.

Le producteur contemplait ses ongles. Elle était à point. Les grands yeux marron le fixaient anxieusement.

— Je veux bien t'aider, dit-il, lentement, mais il faudra faire strictement ce que je te dirai.

— Oh! oui, Gene, aide-moi.

Pauvre idiote, pensa-t-il. Avec n'importe quel bon avocat, elle s'en tirerait avec cent sous d'amende et cinq minutes d'indignité nationale. C'est *lui* qu'elle tirait d'affaire.

— Je ne vais pas dire à la police que tu as emmené Zuni, annonça-t-il. Si l'on m'interroge, je soutiendrai qu'il était parti se promener sur le Strip. Personne ne t'a vu partir avec lui. Quant à toi, tu ne l'as jamais vu, tu ne le connais même pas... Sans moi, ils ne peuvent pas remonter jusqu'à toi. Les dingues qui ont des animaux sauvages, il y en a plein la Californie.

Spontanément, « Darling » Jill lui prit la main droite et la porta à ses lèvres.

— Oh! merci, Gene, tu es formidable. Je n'oublierai jamais.

Gene Shirak sourit modestement, tapota la cuisse de « Darling » Jill à travers le drap et se leva.

— A bientôt. Et tâche de tenir ta langue...

En roulant entre les merveilleuses maisons de Bel-Air, Gene Shirak était presque guilleret. Honorablement connu à Hollywood, on ne lui poserait pas trop de questions.

A l'entrée de Bel-Air, un policier salua la Rolls gris métallisé.

Un peu plus loin, une vieille Lincoln décapotable stoppa près de lui au feu rouge de Foothill Drive, conduite par une piquante brune, maquillée à outrance, qui posa sur lui un regard interrogateur. La Rolls était encore « in ». Soudain Gene Shirak eut envie de s'amuser. Il fit descendre la glace électrique, se pencha sur la Lincoln, et cria:

— *Show your poussy*[1].

La brune hésita et, lentement, releva sa robe jusqu'au ventre, découvrant ses cuisses et un panty à fleurs.

Gene Shirak démarra brutalement, laissant la Lincoln sur place, et la fille un peu déçue.

*
**

Le 1340 West 6 th Street, à Los Angeles est un building discret et moderne de douze étages. Le siège du

[1] Montre ta chatte!

FBI pour la Californie du Sud. Au sixième étage, se trouvait le bureau de Jack Thomas, patron de cette division. Ce dernier était en train de lire le rapport du lieutenant Henderson, après sa seconde visite à Ensinada.

Passionnant.

« ... Paco Gimenez et Juan Dominguin n'avaient passé qu'une nuit au Motel Puerta-de-la-Sierra. Celle du samedi au dimanche. A plusieurs reprises, ils avaient demandé s'il n'y avait pas de messages pour eux.

A quatre heures de l'après-midi, en dépit du «Santana » qui soufflait à cinquante miles à l'heure, ils avaient insisté pour décoller avec le Piper Comanche qui les avait amenés, piloté par un Américain. Une heure plus tard, ils s'écrasaient au nord du Mexique, tout près de la frontière texane. Les trois hommes avaient été tués sur le coup.

Le corps de l'Indien avait été découvert à deux miles du motel environ. »

Jack Thomas reposa le dossier. Tout cela était bien étrange. On ne pouvait s'empêcher de lier la mort étrange du Navajo et l'expédition de ces deux castristes, connus comme des membres des services de renseignements de Cuba. Mais quel était le lien?

On frappa à la porte et une secrétaire entra, apportant un câble tout juste décodé pour Jack Thomas.

Il le prit et le lut. Le câble venait de la « National Security Agency ».

NSA à FBI. Demandons que toutes informations concernant dossier 173 soient classées A1. Cas intéressant la sécurité des USA.

Le dossier 173, c'était celui du Navajo assassiné. Et le classement A1 signifiait que le dossier ne pouvait plus être consulté ni par la police locale, ni par la police d'Etat. Seuls, le FBI et les agences fédérales veillant à la sécurité des USA pouvaient en avoir connaissance. La NSA, n'étant pas un organisme d'action, « sous-traitait » d'habitude ce genre d'affaires avec la CIA ou le FBI, mieux équipés en personnel.

Jack Thomas sortit une pastille rouge d'un tiroir et la colla sur le dossier qu'il enferma dans une armoire blindée. Puis, il appuya sur le bouton de l'interphone:

— Envoyez-moi Franck Madden.

CHAPITRE IV

Grand et mince, élégant dans un complet marron, les cheveux gris, l'homme se tenait très droit, le chapeau sur les genoux, assis sur le grand canapé blanc du living-room. Gene Shirak posa les yeux sur lui, surpris, cherchant à se souvenir s'il l'avait déjà rencontré. Pourtant aucune de ses relations d'affaires n'osait venir le déranger dans son sanctuaire de Beverly Hills, sans téléphoner à l'avance.

L'inconnu se leva vivement et vint vers lui en souriant.

— Gene Shirak, je suppose? Madame Shirak m'avait dit que vous n'alliez pas tarder. Je m'appelle Frank Madden. Du Federal Bureau of Investigation. Ravi de vous connaître, Mister Shirak.

Le temps d'un éclair, il exhiba un badge, immédiatement escamoté. Mais Gene l'aurait cru sur parole. Il se demanda si son désarroi intérieur se lisait sur son visage.

— Asseyez-vous, monsieur Madden, parvint à dire Gene Shirak. Que puis-je pour vous?

Autant entrer immédiatement dans le vif du sujet. L'homme du FBI se rassit sur le canapé. Très détendu.

— Ravissante maison, remarqua-t-il.

Gene alla jusqu'au bar, entama une bouteille de White Label et revint avec deux verres.

Frank Madden accepta le whisky de Gene, fit tourner la glace et dit :

— Je suis désolé de vous déranger, monsieur Shirak, mais je dois vérifier une information. Qui ne vous concerne qu'indirectement, s'empressa-t-il d'ajouter.

Gene se força à sourire.

— A votre disposition.

Intérieurement, il priait pour que « Darling » Jill n'ait pas la mauvaise idée de débarquer à l'improviste. Si elle tombait raide sur la moquette blanche à la vue du policier, cela ferait mauvais effet.

— Monsieur Shirak, attaqua le policier, vous employez bien un Indien navajo nommé Zuni comme jardinier?

On y était. Gene avala son White Label qui lui sembla soudain râpeux. Il ne reconnut pas sa voix lorsqu'il dit :

— Oui. Ou plutôt je l'employais. Il a disparu sans crier gare depuis trois ou quatre jours. Qu'est-ce qu'il a fait?

— Oh! lui, rien, fit Frank Madden, plongé dans la contemplation de ses souliers. Mais il est mort. Vraisemblablement assassiné.

Gene crut que sa colonne vertébrale se liquéfiait. Heureusement que Frank Madden ne le regardait pas.

— Mon Dieu, c'est horrible. Mais qu'est-il arrivé? Je ne comprends pas. C'était un garçon très doux, très tranquille.

Frank Madden lui raconta succinctement l'histoire du Navajo. Gene l'interrompit, étonné de son propre sang-froid :

— Vous dites qu'il a été tué par un fauve. C'est peut-être un accident.

Le policier hocha la tête, poli mais sceptique.

— Peu de chances. Il n'y a pas de fauves de cette taille près d'Ensinada. Ensuite, le corps ne contenait presque plus de sang. Il a été transporté après sa mort. Vous ne voyez pas ce qui a pu arriver?

Gene secoua la tête.

— Je l'ai vu samedi soir pour la dernière fois. Dimanche, j'ai voulu l'emmener à Palm Springs avec moi et je ne l'ai pas trouvé. Depuis il n'a pas reparu. D'ailleurs, je me préparais à aller voir le shérif.

Désespérément, il se demandait ce que la police savait. A chaque instant, il s'attendait à ce que l'homme du FBI prononce le nom de Jill. Il décida d'en avoir le cœur net.

— Vous n'avez aucune piste,

Frank Madden prit l'air désolé.

— Aucune. Nous ne savons même pas où il a été tué, ni pourquoi, ni dans quelles circonstances. Et la visite que je vous rends est de pure routine.

Il semblait sincère. Le producteur se sentit ragaillardi. Après tout, il n'avait encore rien à se reprocher.

— Je voudrais bien vous aider offrit-il, mais je ne vois pas comment. Le seul ami que le mort avait en ville est un autre Navajo. Il vit près de Laurel Canon...

— Nous l'avons interrogé, fit paisiblement Frank Madden. Sans résultat. Il ne sait rien.

Il but une gorgée de whisky et demanda d'une voix égale:

— Vous ne voyez personne dans votre entourage qui possède des animaux sauvages susceptibles de tuer?

Gene ferma les yeux. Il pourrait toujours invoquer un trou de mémoire.

— Je ne vois pas. Il faudrait que j'y réfléchisse... Que je demande à ma femme.

Frank Madden se leva et arrêta Gene Shirak d'un geste aimable:

— Oh! ne dérangez pas Mme Shirak pour cela. Si quelque chose vous revient, vous me téléphonerez. Voici ma carte.

Automatiquement, Gene Shirak la mit dans la poche de sa chemise orange, puis raccompagna le policier. Ils se serrèrent vigoureusement la main.

Au moment où il remettait son chapeau, Frank Madden remarqua d'un ton distrait:

— Qu'est-ce qui vous a donné l'idée de prendre un Navajo à votre service. C'est original.

Pris de court, Gene Shirak bredouilla:

— Oh! une fantaisie. Pour amuser mes amis. Il avait travaillé dans un de mes films.

Déjà, Frank Madden remontait dans son Impala verte.

*
**

Joyce était au bord de la piscine lorsque Gene Shirak vint la rejoindre. Elle fumait nerveusement.

— Qui était-ce?

Gene prit l'air dégagé.

— Un agent du FBI.

— Du FBI!

Elle avait répété les trois lettres à voix basse, craintivement. Ecrasant sa cigarette, elle vint vers son mari.

— Gene...

Il haussa les épaules, agacé.

— Ne sois pas stupide, Joyce. Je n'ai rien à me reprocher. Simplement, notre Navajo s'est fait tuer quelque part au Mexique et ils enquêtent. Voilà tout.

Il lui répéta l'histoire de Zuni. Joyce l'écoutait d'un air étrange. Finalement, elle se détourna et rentra dans la maison.

Furieux, Gene traversa le jardin pour aller dans son bureau, situé dans un petit bungalow. Une fois seul, il prit sa tête dans ses mains et tenta de retrouver son calme.

Il avait beaucoup plus peur que Joyce. Mais personne ne devait le savoir. A aucun prix.

*
**

Frank Madden tira une longue bouffée de sa cigarette et dit:

— Ce Shirak sait quelque chose, j'en suis sûr. Il crevait de peur lorsque j'ai été le voir. Mais ce sera difficile de le faire parler.

Jack Thomas crayonnait sur le buvard.

— Qu'est-ce qui peut pousser un type comme Shirak avec tout le fric qu'il a, à se mouiller avec des Cubains pour enlever un Navajo. Cela paraît invraisemblable.

Depuis une demi-heure, les deux agents du FBI faisaient le point sur l'affaire, avant d'envoyer un rapport à Washington. Malheureusement, il n'y avait pas grand-chose de nouveau.

— Il faudrait du temps, s'infiltrer dans le milieu où vit Shirak, suggéra Frank Madden. Je suis sûr qu'on sortirait quelque chose...

Jack Thomas le regarda ironiquement.

— Vous êtes volontaire? Il n'y a pas plus imperméable que ces millionnaires de Beverly Hills. Ils vous verront venir à un kilomètre. Ce ne sont pas des truands, même si ce sont des requins. Cela prendra des années. Et des millions.

Frank Madden regardait l'extrémité de sa cigarette, pensif:

— Et pourtant, je suis sûr que la clef de la mort de ce Navajo est ici, à Los Angeles.

Jack Thomas soupira:

— Nous ne pouvons pas nous permettre d'attendre l'inspiration. La NSA soutient que c'est une affaire de première importance, si secrète qu'elle ne veut pas nous dire en quoi les Cubains peuvent s'intéresser à un Navajo.

Nos amis de la Division des Plans vont s'en donner à cœur joie. Il n'y a plus qu'à espérer que *Remparts*[1] n'apprenne pas que ces messieurs de la CIA opèrent sur le territoire de notre bien-aimée Californie... Ils crieraient encore à la Gestapo, et tout ce qui s'ensuit...

Frank Madden poursuivait ses réflexions.

— Et si c'était tout simplement un accident? suggéra-t-il. Il y a tellement de dingues dans ce pays qui ont des animaux sauvages. Il a pu se faire bouffer, l'Indien...

Son supérieur hiérarchique secoua la tête:

— Vous ne connaissez pas ces gens-là. Gene Shirak, avec le fric qu'il a, pourrait étouffer bien pire que cela. Si c'était vraiment un accident, l'affaire ne serait jamais venue jusqu'à nous. Le shérif de Beverly Hills aurait reçu un gros chèque pour ses œuvres et un juge ami aurait délivré un non-lieu dans les cinq minutes.

— C'est dégoûtant, fit Frank Madden.

Jack Thomas haussa les épaules.

— On ne peut pas refaire le monde. Croyez-moi, si Gene Shirak a peur, c'est qu'il a de bonnes raisons d'avoir peur...

[1] Magazine publié à San Francisco, farouchement antigouvernemental.

Le téléphone sonna, Jack Thomas décrocha. Frank Madden n'entendait pas la conversation, mais vit le visage de son supérieur se rembrunir. Il répondait par monosyllabes à son interlocuteur et finit par raccrocher.

— Mon cher, dit-il ironiquement, la CIA pense que vous avez besoin de repos. C'était notre ami Albert Mann de la « Domestic Operations Division ». Vous savez bien, la branche qui n'existe pas... Il se lance sur la piste. Il paraît que dans le Piper Comanche détruit, on a retrouvé un plan de vol pour Cuba. Alors ils sont comme des fous...

Frank Madden haussa les épaules:

— On va voir s'ils sont si forts...

— Allons, allons, conclut Jack Thomas, vous ferez vos débuts dans la vie mondaine une autre fois... Ne soyez pas amer.

CHAPITRE V

— Attachez vos ceintures.

Le voyant lumineux s'alluma au-dessus de la tête de Malko. Helga, la svelte hôtesse, vint délicatement enlever sa coupe de champagne et l'avertit.

— Nous traversons une zone de turbulences. Un orage magnétique. Nous risquons d'être secoués...

Malko suivit la silhouette de Helga qui disparut dans le cockpit. Longues jambes, poitrine haute, un visage fin et de grands yeux gris. Tout ce qu'il aimait. Une des raisons pour lesquelles il voyageait souvent sur les Scandinavian Airlines. Toutes les compagnies ont les mêmes avions et les mêmes prix. Certaines ont un petit quelque chose en plus. Comme les yeux gris de Helga ou le champagne glacé Krug qu'il buvait pratiquement sans interruption depuis Copenhague. L'hospitalité scandinave ne se démentait jamais sur les jets des Scandinavian Airlines. Un peu vieux jeu, Malko était sensible à cette ambiance de confort « personnalisé » dans un monde où tout est de plus en plus stéréotypé.

Sous le Super-DC-8 des Scandinavian, le Pacifique était gris et houleux. Temps rare pour la Californie. Ils étaient partis de Copenhague avec un soleil radieux. Les ailes de l'avion frémissaient sous les rafales, mais Malko se sentait parfaitement tranquille.

Trois des voisins de Malko étaient Japonnais. A Copenhague, ils étaient passés directement du « Transasian Express » — le vol direct Bangkok-Copenhague — au Super-DC-8 en route pour Seattle et Los Angeles. C'était plus court et plus rapide que de traverser tout le Pacifique.

— Nous nous excusons, grésilla la radio de bord, mais, en raison d'un orage magnétique, nous sommes obligés de retarder notre arrivée à Los Angeles de trente minutes environ.

Helga réapparut, une coupe de champagne à la main. Les yeux dorés de Malko se firent plus tendres, mais elle ignora l'invite. Déçu, il se plongea dans le *New York Herald Tribune*. On annonçait déjà le prochain vol d'Apollo 11 vers la lune.

Malko resta songeur. Il savait que ces merveilles qui se déroulaient en apparence si bien demandaient le dévouement de milliers d'obscurs collaborateurs. Comme lui, par exemple.

Qui pouvait soupçonner Son Altesse Sérénissime le prince Malko Linge, chevalier de l'Ordre des Séraphins, margrave de Basse-Lusace, maître de l'Ordre de la Toison d'or, Chevalier de droit de l'Aigle noir, comte du Saint-Empire romain, landgrave de Kletgaus, chevalier d'honneur et de dévotion de l'Ordre souverain de Malte, propriétaire d'un château historique aux confins de l'Autriche-Hongrie, d'être une barbouze de luxe mais terriblement efficace pour la Central Intelligence Agency, ou CIA?

Un espion.

Mais c'est un mot que les gens du « Renseignement » abhorraient. Particulièrement les patrons de la CIA, presque tous anciens de l'OSS[1] que les mau-

[1] Office of Special Service.

vaises langues de Washington appelaient « Oh So Social ». Les titres de Malko les impressionnaient beaucoup.

Etrange métier.

Une fois de plus, Malko se retrouvait dans un avion, volant pour la CIA.

Le voyant lumineux s'éteignit. Maintenant, le DC-8 glissait sans secousse à neuf cent soixante à l'heure. Confortablement installé dans son moelleux fauteuil, Malko se demandait pourquoi la CIA l'avait une fois de plus arraché à la réfection de son château. Onze heures de vol depuis Copenhague. Il passait toujours par le Danemark, à cause de l'argenterie, des merveilleuses porcelaines et du confort de la Scandinavian.

Et puis, en voyageant sur la SAS, il avait l'impression d'être un peu sur ses terres... Ses amis américains avaient contracté son titre en ces trois initiales, ce qui avait dû faire se retourner ses ancêtres dans leur tombe...

Helga lui apporta le menu. Son dernier repas « européen » avant l'absence de cuisine américaine. Heureusement que la Scandinavian était affiliée à la Chaîne des Rôtisseurs, la plus vieille société gastronomique du monde.

Dix minutes plus tard, Malko étalait à la petite cuillère du caviar sur un toast. Il fit ensuite descendre la langouste avec une demi-bouteille de Laffite-Rothschild et revint au champagne pour le dessert. Une euphorie béate l'envahissait. Il aimait le luxe et le confort des grands jets et l'hospitalité scandinave.

Un peu plus tard, Helga lui apporta pour se rafraîchir le visage une petite serviette imbibée d'eau de Cologne. Le DC-8 descendait lentement vers Los Angeles. Malko était intrigué. D'habitude, c'est le FBI qui traitait les questions de sécurité à l'intérieur des USA.

Bien sûr, la CIA s'était implantée « clandestinement » dans la plupart des grandes villes et possédait un département spécialement chargé des activités américaines: la « Domestic Operations Division ». Le centre nerveux était tout près de la Maison-Blanche, à Washington, 1750 Pennsylvania Avenue. Cet organisme qui n'avait pas d'existence légale se dissimulait sous le titre bizarre de « US Army, Joint Operation Group ».

Evidemment, aucune unité de ce nom n'existait dans l'armée des USA. C'est pourtant sur son ordre que Malko allait à Los Angeles.

Les roues du DC-8 touchèrent le sol avec la douceur d'un baiser *kiss-landing*. Le voisin de Malko, endormi, ne s'était même pas aperçu qu'ils étaient arrivés. Finalement, ce n'était pas trop long; entre le champagne, les repas somptueux, le cinéma et les ravissantes hôtesses, le temps passait vite.

— Nous venons d'atterrir à Los Angeles, International Airport, annonça la voix fraîche d'Helga. Il est 17 heures 20, heure locale. Les Scandinavian Airlines vous souhaitent un bon séjour en Californie...

Malko descendit un des premiers, son attaché-case à la main. En dépit du long vol, il se sentait en pleine forme. D'habitude, il emportait dans le double fond de sa samsonite noire un pistolet extra-plat, offert quelques années plus tôt par son « patron », David Wise. Une petite merveille fabriquée dans les ateliers discrets de la CIA, pouvant être portée sous un smoking sans donner l'air d'un voyou.

Cette fois, il ne l'avait pas pris. Los Angeles, ce n'était pas Bagdad ou Mexico.

Il ôta ses lunettes. Ses yeux d'or liquide étaient un

excellent signe de reconnaissance. Gênant dans un métier où il faut parfois passer inaperçu. Mais on ne se refait pas...

Un homme aux cheveux très courts, grand, le visage banal et rond, s'approcha aussitôt de lui.

— SAS? Je suis Albert Mann. J'espère que vous avez fait bon voyage.

La Pontiac grise roulait sagement sur le San Diego Freeway à soixante-cinq miles à l'heure, vitesse légale autorisée. De chaque côté, les maisons plates s'alignaient en contrebas par milliers. Culver City, Jefferson City, Airport Village, Inglevood, toute la banlieue triste de Los Angeles.

Un grand panneau vert annonça: « Sunset Boulevard-1/2 mille ». Albert Mann mit son clignotant et prit la file de droite. Malko sourit:

— Vous allez me faire visiter Hollywood?

Jusque-là, ils n'avaient pas échangé trois mots.

— Nous nous arrêtons au Beverly Hills Hotel, dit Albert Mann. Je vous ai réservé un bungalow.

— Est-ce que je peux savoir pourquoi je suis ici? demanda Malko comme la Pontiac enfilait les lacets du Sunset Boulevard qui longent UCLA.[1]

— Pour faire connaissance de gens agréables, expliqua Albert Mann, énigmatique.

— Quels gens dois-je rencontrer?

Le Sunset Boulevard s'élargissait. Maintenant, les villas de rêve se succédaient de chaque côté.

Ils passèrent devant la maison rose bonbon de Jayne Mansfield, en bordure de Bel-Air.

Albert Mann soupira:

— Il va falloir vous introduire dans un milieu totalement fermé aux agents classiques. C'est la rai-

[1] Univercity Center of Los Angeles.

son pour laquelle on a fait appel à vous. Celui du « crazy hollywood »[1], des producteurs, des vedettes, des dingues milliardaires qui se droguent, partouzent et boivent leur litre de whisky par jour. (Il eut un coup d'œil en coin pour Malko.) Si j'en crois votre réputation, cela ne devrait pas vous déplaire.

La Pontiac glissait sans bruit entre deux rangées de cocotiers. Malko sourit:

— Où sont les espions?

L'homme de la CIA secoua la tête.

— C'est une histoire grave. Sinon, on ne vous aurait pas fait venir d'Europe... Voici ce dont il s'agit...

Malko écoutait, ébahi.

— Mais qu'est-ce que les Cubains veulent faire d'un Navajo? demanda-t-il.

Le visage d'Albert Mann se ferma.

— Je ne suis pas autorisé à vous le dire. C'est une information classée.

Ils arrivaient au Beverly Hills Hotel. Un bâtiment rose, tarabiscoté, perdu dans des cocotiers verts. Un vrai cauchemar psychédélique. On enfonçait dans la moquette également verte jusqu'aux chevilles. Les murs étaient verts décorés d'immenses feuilles vertes aussi. Il ne manquait que de vrais lézards pour faire des couloirs une très jolie jungle tropicale. Albert Mann avait retenu pour Malko un des petits bungalows au fond du jardin. Deux pièces et une salle de bains pour cent dollars par jour.

Dès qu'on eut apporté les bagages de Malko, Albert Mann tira une photo de sa poche et la tendit à Malko.

— Voici l'homme dont vous devez devenir l'ami.

— Mais c'est Gene Shirak le producteur, dit Malko.

[1] Hollywood fou, fou, fou.

Depuis quand les milliardaires travaillent-ils pour les Russes?

Prudent, l'homme de la CIA corrigea:

— Nous ne disons pas qu'il travaille pour les Russes. Il a un « clean security record »[1] depuis qu'il est dans notre pays. Vingt-neuf ans cette année. Mais il n'a pas toujours été Américain. Gene Shirak est né en Hongrie.

— Qu'attendez-vous au juste de moi?

Albert Mann s'assit sur le lit:

— Que vous deveniez assez lié avec Gene Shirak pour découvrir ce qui se trame. A propos, nous avons trouvé ceci sur le cadavre du Navajo. Cela pouvait être un signe de reconnaissance, ou un cadeau. Prenez-le.

Il tendit à Malko la pierre de lune enchâssée dans sa minuscule gangue d'or.

Malko examina le curieux bijoux. Il avait beau être blindé contre les situations bizarres, celle-ci dépassait tout ce qu'il avait déjà vu. Enfin, cela valait mieux que les prisons de Bagdad...[2]

Il empocha la pierre de lune et commença à défaire ses trois valises, dépliant ses éternels complets d'alpaga pour les pendre soigneusement, puis il installa la photo panoramique de son château sur la coiffeuse. Albert Mann le regardait faire, sérieux comme un pape. Malko se demanda soudain si ses amis de la CIA n'étaient pas en train de lui jouer un énorme canular.

Malko déplia une chemise de voile. Il avait beau se creuser le crâne, il ne voyait pas ce qu'un Navajo avait à voir avec la sécurité des Etats-Unis. Les Indiens navajos sont la tribu la plus importante des

[1] Dossier de sécurité vierge.
[2] Voir: *Les Pendus de Bagdad.*

USA, une cinquantaine de mille, et vivent dans le nord de l'Arizona, pacifiquement et assez pauvrement.

A moins qu'ils n'aient fomenté un complot pour reconquérir la terre de leurs ancêtres. Mais c'était une hypothèse trop futile pour expliquer l'insistance de la CIA à le plonger dans la débauche.

— Vosu avez déjà fumé de la marijuana? demanda tranquillement Albert Mann.

Malko dut avouer à sa courte honte que non. L'homme de la CIA sortit un paquet de Marlboro de sa poche et le jeta sur le lit.

— Entraînez-vous... Commencez par deux ou trois cigarettes à la fois. Pour voir l'effet que cela vous fait. Tenez, prenez cela aussi.

« Cela » c'était des pilules vertes dans un étui transparent. Malko les regarda avec méfiance.

— Encore de la drogue?

— Non. Un antidote pour l'alcool. Cela permet de garder la tête froide.

— Vous n'avez pas d'aphrodisiaque? demanda Malko, pince-sans-rire. Pour que ma panoplie soit complète.

Albert Mann tendit à Malko une carte marron, de la taille d'une carte de visite:

— Voici votre carte de membre de la « Factory ». Ne la perdez pas. Elle nous a coûté mille dollars, précisa-t-il.

Puis il sortit de sa poche un colt 38 au canon de deux pouces, et une boîte de cartouches.

Malko soupesa l'arme et remarqua qu'elle ne portait aucun numéro de série. Décidément la CIA soignait les détails.

— Vous croyez que je vais avoir besoin de cela, ici?

L'Américain haussa les épaules:

— Si nous avons raison, vous en aurez sûrement besoin, ici ou ailleurs.

Charmant. Malko contempla la panoplie étendue sur le lit. Si tous les clients du Beverly Hills en avaient autant...

— Ce n'est pas avec cela que je vais me lier avec M. Gene Shirak, soupira-t-il.

Le sourire froid réapparut sur les lèvres d'Albert Mann.

— Nous avons pensé à cela aussi. Vous aurez une collaboratrice. Elle vous sera d'un grand secours pour lier connaissance avec Gene Shirak.

— Ah?

C'était peu courant à la CIA, qui ne prisait pas les Mata-Hari.

Albert Mann se leva et ouvrit la porte de la seconde chambre du bungalow.

— Je vous présente miss Daphné La Salle, annonça-t-il.

*
* *

Il y a des spectacles comme la mer en furie ou un cyclone tropical qui coupent le souffle et la parole. Daphné La Salle appartenait à la même catégorie de phénomènes. Malko faillit se frotter les yeux et parvint, dans un reste de galanterie, à s'incliner devant la fabuleuse apparition.

A en juger par l'odeur qui envahit la pièce, elle achetait son parfum par camion-citerne. Les rares insectes épargnés par la climatisation tombèrent raides morts.

Daphné La Salle semblait descendre tout droit d'une page de *Play-Boy Magazine*. La poitrine fabuleuse pointait droit sur Malko, comme pour l'éborgner. Ou il y avait un truc, ou c'était un prodige de la nature. Bien entendu, elle ne portait pas de soutien-gorge sous son tricot de filet de marin.

La jupe rose ne cachait guère qu'une dizaine de centimètres de jambes interminables, et des cuisses rondes et bronzées.

Le regard de Malko remonta jusqu'au visage. Un dessin de Varga. La bouche pulpeuse à souhait, d'immenses yeux verts légèrement en amande et des cascades de cheveux roux. Avec assez de noir autour des yeux pour peindre un tableau.

Daphné La Salle bougea et le plancher sembla onduler. Grâce à ses talons de quinze centimètres, elle dépassait Malko. Elle sourit et roucoula, la main tendue:

— Bonjour.

Sa voix aurait fait jeter sa soutane aux orties à feu le cardinal Spellmann. Basse, rauque, intime. La voix de Jackie Kennedy. Sa main enveloppait celle de Malko comme une pieuvre parfumée. Elle consentit enfin à la lui rendre, imbibée de parfum pour une semaine.

Malko avait envie de se pincer. Ce n'était pas possible, Daphné La Salle était un dessin, elle n'existait pas.

— Que pensez-vous de votre collaboratrice? demanda suavement Albert Mann.

Ce que pensait Malko aurait choqué les oreilles d'une femme honnête. Il préférait laisser le bénéfice du doute à Daphné La Salle. A condition de ne pas la laisser sortir d'un lit, c'était une compagne de vacances parfaite.

— Je la trouve extraordinaire, dit-il sincèrement. J'espère que nous nous entendrons bien.

Albert Mann reprit de son air sérieux:

— Miss La Salle est exactement le type de femme

dont raffole Gene Shirak. Nous l'avons choisie pour cela.

Indifférente, Daphné se leva, ondula jusqu'au réfrigérateur, l'ouvrit, en sortit une bouteille de White Label, en vida le quart dans un verre à dents et l'avala.

— Miss La Salle tient également très bien l'alcool, précisa Albert Mann.

Décidément, Daphné avait tout pour faire le bonheur d'un homme...

— Je crois que vous vous entendrez parfaitement bien, fit Albert Mann avec un rien d'ironie. Vous faites un très beau couple...

Malko frémit à la pensée d'être rencontré par un de ses pairs en compagnie de cette créature terrifiante. C'était dur de gagner son argent, parfois. Albert Mann avait déjà la main sur le bouton de la porte:

— Je vous laisse, dit-il avec la légèreté d'une mère maquerelle.

Malko le rattrapa dans l'allée, paniqué:

— Qui est-ce?

Albert Mann se rengorgea:

— Assez étonnante, n'est-ce pas? Nous l'avons débauchée d'une grande compagnie qui l'employait au mois comme call-girl pour distraire les gros clients. Elle ne sait pas exactement pour qui elle travaille. Elle se moque totalement de ce qu'on lui fait faire du moment qu'on la paie.

Ils étaient arrivés au polo-room. Albert Mann s'arrêta:

— Encore une chose. Vous êtes un de ces types de la Dolce Vita européenne, bourré. Daphné est votre dernière toquade. Vous l'avez rencontrée à New York. Voici ce qui est prévu. Après, ce sera à vous de vous débrouiller...

Lorsque Malko quitta l'homme de la CIA, l'ingéniosité des Américains avait remonté dans son estime.

*
**

Daphné La Salle était étendue sur l'immense lit, vêtue d'un slip mauve microscopique, ses seins pointant vers le plafond, au mépris de la pesanteur. Malko s'arrêta sur le seuil, le souffle coupé. Il n'avait encore jamais rencontré un tel concentré de femelle.

— Salut, fit-elle. J'espère que nous allons bien nous entendre. Venez près de moi.

Malko obéit. Gentiment, Daphné défit sa cravate et les premiers boutons de sa chemise, puis passa sa longue main sur la poitrine. Sa voix veloutée plongea Malko dans des abîmes de réflexions.

— Si on regardait le « late, late show », murmura-t-elle. Moi, j'adore la télé.

— Pourquoi pas... fit héroïquement Malko.

— Chouette! je sens qu'on va être copains.

Daphné se mit à manipuler fiévreusement la télécommande de la télé-couleur jusqu'à ce qu'elle trouve le western de ses rêves sur le canal 7.

Avec un soupir, elle cala sa tête rousse sur la poitrine de Malko.

Elle revint à la vie, le dernier coup de pistolet tiré sur l'écran, s'étira avec une grande sensualité et vint se blottir contre Malko qui s'était déshabillé à son tour. Son regard tomba sur la chevalière de Malko et son œil brilla soudain.

Elle prit le doigt et inspecta la bague.

— C'est *groovy*[1], fit-elle. Où l'avez-vous achetée? J'adore les bijoux.

[1] Chouette, en argot hippie.

Malko dut lui expliquer ce qu'étaient des armoiries. Daphné ne connaissait que le blason des Cadillac. Lorsque Malko lui parla de son titre, elle eut un roucoulement de joie.

— Je croyais que tous les princes étaient vieux, susurra-t-elle. Et qu'ils portaient des guêtres blanches avec des grandes moustaches...

Pour Daphné, l'histoire s'était arrêtée à l'Empereur François-Joseph.

— J'ai encore jamais connu de prince, sauf un Mexicain, mais il devait pas être vrai.

Les grands yeux verts se voilèrent légèrement. Malko vit approcher la grande bouche charnue et plongea dans un abîme de volupté, tandis que Daphné lui appliquait un baiser de VIP.

Soudain, il sentit l'étreinte se relâcher, puis Daphné le repoussa fermement, et s'assit sur le lit.

Ses belles lèvres étaient toutes boudeuses.

— Ça ne colle pas, laissa-t-elle tomber. Je croyais qu'avec un prince, ça me ferait quelque chose, mais je peux pas. Comme toujours.

Malko ne comprenait plus.

— Vous ne faites jamais l'amour?

Elle hocha la tête affirmativement.

— Oh! si, mais toujours pour le boulot. Si je le fais pour rien, je me dis que ça pourrait me rapporter, je suis furieuse et ça me coupe tout... Il faudrait peut-être que je voie un psychiatre.

— Ce n'est pas idiot, dit prudemment Malko.

Soudain sa voix se fit encore plus veloutée:

— Le seul truc serait que vous me donniez quelque chose, cinquante ou cent dollars.

Malko sentit son désir se calmer d'un coup. Cette machine à sous déguisée en pin-up était déprimante.

— Quand nous aurons réussi ce que nous avons à faire, dit-il évasivement. Ce soir, je suis un peu fatigué. Les DC-8 ont beau être confortables, j'ai volé pendant treize heures.

Daphné ébouriffa ses cheveux.

— Eh bien, je vais me démaquiller et on va dormir. Demain on a du boulot. Mais j'aimerais bien essayer avec vous un jour...

Un quart d'heure plus tard, ils s'endormaient chastement, chacun de leur côté. Daphné serrant tendrement dans sa main le remote-control de la TV.

CHAPITRE VI

Gene Shirak s'éveilla en sursaut, trempé de sueur. Toujours le même cauchemar vague qui le poursuivait depuis quelque temps. Il s'enfonçait dans une matière visqueuse et rougeâtre, sans pouvoir lutter. Comme des sables mouvants imaginés par Salvador Dali. Le monde extérieur n'était plus qu'un mur, hostile et souple, qui se refermait lentement autour de lui. Le producteur respira profondément et essuya son front moite.

Sa femme, Joyce, dormait à plat ventre, de l'autre côté de l'immense lit. Gene se leva, tout doucement, passa une robe de chambre en soie bleue et sortit. Le living-room était encore allumé. Presque machinalement, il prit une bouteille de Chivas Regal qui traînait sur le bar et en versa une copieuse rasade dans un large verre. Il hésita avant de l'avaler: il buvait trop. C'était peut-être la cause de ses cauchemars. Une bouteille de whisky par jour, sans compter les Manhattans et le champagne.

Brusquement, il eut besoin d'air frais. Cela dissiperait l'angoisse qui lui tenaillait la poitrine. La porte coulissante glissa sans bruit et il se retrouva dans le jardin désert et éclairé à giorno. Un vent frais agitait les feuilles des cocotiers au-dessus de la tête de Gene Shirak: le Santana, comme l'appellent encore les Indiens, le vent du nord qui balaie le désert de Californie, déchaînant de terribles tempêtes de sable. Ici, ce n'était qu'une brise légère et agréable.

Gene Shirak respira profondément et leva les yeux vers le ciel étoilé. Puis son regard embrassa son domaine. La fierté balaya l'angoisse pour un moment.

Peu d'humains se situaient au rang de Gene Shirak. Sa villa était une des plus belles de Beverly Hills, une des mieux situées, à cinquante mètres du Beverly Hills Hotel, où il déjeunait tous les jours.

Toutes ses communications téléphoniques étaient filtrées par un « answering service » diligent. Seuls, ses amis les plus intimes pouvaient l'appeler directement. A la moindre crainte, il n'avait qu'à soulever le téléphone et les policiers de Beverly Hills seraient là en quelques secondes, prêts à défendre Gene Shirak et ses biens. Une armée d'avocats pensaient pour lui, agissaient pour lui, signaient pour lui.

Il lui restait seulement à avoir une idée de temps en temps qu'on accueillait comme le Messie et qui se transformait, selon l'alchimie hollywoodienne, en un monceau de dollars.

Même si Gene stoppait toute activité, il pourrait vivre fastueusement le restant de ses jours. Producteur de films indépendant, il avait déjà gagné plusieurs millions de dollars. Ce qui lui permettait de s'offrir les fantaisies les plus coûteuses. Un appareil à faire des vagues pour la piscine; une Lincoln Mark III équipée de la télévision couleur pour l'anniversaire de sa femme et une Rolls gris métallisé pour lui. Sans parler des soixante-quinze costumes et des chemises qu'il ne mettait qu'une fois. Et des starlettes qu'il consommait sur un coin de son bureau futuriste du 9000 Sunset Boulevard.

Trop heureuses d'avoir été distinguées par le grand Gene Shirak.

Gene Shirak avait réussi. Et quand on réussit à Hollywood, on réussit vraiment. On accumule un tel piédestal de puissance et d'argent que rien ne peut vous déraciner.

Seulement, voilà, Gene Shirak n'existait pas, n'avait jamais existé. C'était la faille inconnue et secrète, la tare sans recours qui pouvait tout balayer du jour au lendemain.

Vingt-neuf ans plus tôt, un grand jeune homme maigre et mal habillé, aux yeux bleus très clairs, aux fortes mains d'ouvrier, faisait la queue devant les fonctionnaires de l'Immigration d'Ellis Island. Son tour venu, il avait présenté fièrement son visa d'immigration et décliné son identité: Gene Shirak, soudeur à l'arc, de nationalité hongroise, venant d'un camp de personnes déplacées autrichien.

Le fonctionnaire de l'Immigration, avant de lui délivrer son visa définitif, lui avait fait jurer sur la Bible que ses déclarations étaient bien exactes. Formalité banale, mais indispensable. L'homme qui disait s'appeler Gene Shirak avait juré et pénétré sur le territoire américain. Le fonctionnaire blasé qui tendait déjà la Bible au suivant était loin de se douter qu'il venait de faire entrer aux USA un agent des services de renseignements soviétiques. La CIA n'existait pas encore et l'URSS était toujours l'alliée qui avait permis d'écraser l'Allemagne nazie. Seulement, les Russes prenaient déjà leurs précautions: les camps de personnes déplacées étaient truffés de gens comme Gene Shirak.

Celui-ci, qui se nommait en fait Anton Dorak, membre du Parti communiste hongrois depuis 1944, avait travaillé comme un petit fonctionnaire du GRU jusqu'en 1946. Un an plus tôt, ses supérieurs l'avaient inscrit d'office à un cours d'anglais.

Ensuite, il avait passé deux mois à apprendre la soudure à l'arc. Enfin, il avait été convoqué dans le bureau du colonel commandant la section étrangère.

— Anton Dorak, lui avait-on dit, à partir d'aujourd'hui, vous vous appelez Gene Shirak. Voici vos papiers.

Le vrai Gene Shirak avait été fusillé par les Allemands en 1945. Il n'avait aucune famille, pas plus qu'Anton Dorak. Ce dernier avait reçu ses instructions: entrer légalement aux USA comme immigrant, se fondre dans le pays et donner signe de vie quelques mois plus tard, par l'intermédiaire d'une filière sûre dont il possédait les points de chute.

Ensuite, on verrait. Les Russes envoyaient ainsi des milliers d'agents, sachant que la plupart se feraient repérer par le FBI, mais qu'il en passerait quelques-uns à travers les mailles du filet.

Gene Shirak était passé à travers les mailles du FBI. Trop bien même.

L'Immigration lui avait assigné un job à Detroit, chez Ford. Pendant huit mois, il avait soudé des carrosseries, vivant chichement dans une maison délabrée, mais se familiarisant avec la vie américaine. Les premières semaines, il vivait dans la terreur d'être arrêté, mais s'était très vite détendu.

Il avait déposé sa demande de naturalisation, changé de job, pour gagner plus. Peu à peu, il oubliait le GRU et l'excitation que cette mission de confiance lui avait causée. Il pensait dollars. Au bout d'un an, il aurait dû donner signe de vie à son contact. Il avait hésité longuement, un peu effrayé aussi. Il craignait que les Soviétiques ne le retrouvent facilement.

Enfin, après une semaine de réflexion, il avait ramassé sa paie, réglé son loyer et s'était posté au bord de la route 66 menant vers l'Ouest. Au bout de deux heures, un camion l'avait pris à son bord. Gene Shirak avait décidé de dire adieu au GRU et à la Hongrie et de se fondre dans l'immense Amérique. Son vernis communiste n'avait pas résisté aux mirages du dollar.

Deux mois plus tard, il était serveur à la cafétéria de la Warner Bros. Durant deux ans, il n'avait pas réussi à monter plus haut dans l'échelle sociale. Sa formation de petit fonctionnaire du GRU ne l'aidait pas beaucoup. Mais Gene Shirak avait décidé de réussir et guettait la moindre occasion.

Ce n'est que dans ses rares moments de découragement qu'il songeait à donner signe de vie à ses anciens amis. Il s'en était fait de nouveaux; les ouvriers du studio, les comédiens qu'il servait à table, une jolie serveuse au type mexicain, Joyce, devenue sa maîtresse.

Toute la faune qui évoluait autour du studio. Ceux qui croyaient avoir une idée.

Un jour, Gene Shirak s'était présenté, un manuscrit sous le bras, dans le bureau d'un des directeurs qu'il servait tous les jours à la cantine des cadres. C'était une bonne histoire. On l'avait écouté. D'autant plus que Gene ne se bornait pas à apporter l'idée. Il en avait parlé à quelques comédiens de ses copains, leur avait arraché un accord de principe.

C'est un « package-deal » complet qu'il amenait, tout ce qu'il fallait pour mettre un film en chantier.

Le directeur de la Warner avait offert dix mille dollars, somme énorme à l'époque. Gene lui avait ri au nez et menacé d'aller de l'autre côté du boulevard, chez Universal, où ils manquaient d'idées. Il ne demandait rien de moins que de produire le film lui-même. Sans un sou de salaire. Simplement quinze pour cent sur les recettes brutes.

Après deux semaines de baroud d'honneur, la Warner Bros avait capitulé devant ce serveur aux dents longues.

Du jour au lendemain, Gene Shirak s'était retrouvé dans un bureau climatisé avec deux secrétaires, six téléphones, et le droit à des notes de frais illimitées.

La première semaine, il avait couché avec ses deux secrétaires. D'abord séparément, ensuite ensemble. Il se rattrapait des putains à huit dollars de Burbank.

A la fin du premier mois, il avait renvoyé la première qui prétendait à juste titre être enceinte de lui. Avec une paire de gifles en prime pour avoir osé le menacer de se plaindre au grand patron de la Warner.

Vers la même époque, il avait fait afficher une note dans son bureau précisant qu'il ne serait *jamais* là, sous aucun prétexte, pour un certain Melvin Grosky. Le candide écrivain pauvre qui lui avait confié le script parce que Gene travaillait dans un studio et connaissait des gens de cinéma. Ensuite la carrière de Gene s'était poursuivie avec une rigueur hollywoodienne.

Son aptitude à ravitailler en jeunes et fraîches comédiennes le grand patron des studios que sa maladie de Parkinson empêchait de recruter lui-même, l'avait très vite fait classer dans les « bons » producteurs. Les films avaient succédé aux films et les dollars aux dollars. Et Gene avait épousé Joyce, la petite serveuse. Peut-être parce qu'elle avait fait preuve d'une docilité totale. Très vite, il l'avait reléguée parmi les jouets dont il se fatiguait.

Gene ne la sortait que pour les reportages sur la vie idyllique des grands mogols de Hollywood et à l'occasion des premières de ses films.

Effacée et silencieuse, elle participait parfois d'un air absent aux orgies dont Gene Shirak était friand. Personne ne comprenait pourquoi Gene restait marié avec elle, alors que les plus belles filles de Hollywood se seraient damnées pour partager sa vie fastueuse. Lorsqu'un intime posait la question au producteur, celui-ci répondait avec un regard candide de ses yeux bleus :

— Mais je l'aime!

Ce qui faisait se tordre de rire même les plus innocents.

En réalité, Gene avait souvent pensé au divorce, mais il avait peur. Il avait la mauvaise habitude de parler dans son sommeil et se demandait si Joyce n'avait pas surpris son secret. D'autant plus que, maintenant, il rêvait en anglais. Elle avait eu parfois des allusions curieuses. Lui-même avait toujours férocement refusé de retourner en Hongrie, de parler de son passé. Avait prétendu de ne plus connaître personne à Budapest. Comme si, brusquement, il avait surgi du néant.

Et Joyce avait suivi dans l'ombre l'ascension de son mari. Depuis plusieurs années, Gene Shirak avait cessé d'avoir peur, persuadé que les Russes l'avaient oublié. Du côté américain, il n'avait aucune crainte à avoir. C'était le parfait citoyen. Sa réussite le faisait citer en exemple dans toute la Californie du Sud.

Il avait continué à grimper les échelons du succès. Jusqu'à un lundi d'avril. Sa secrétaire lui avait passé une femme qui insistait pour lui parler personnellement. Agacé, Gene Shirak avait pris la communication, persuadé qu'il s'agissait d'une ex-maîtresse. Au bout du fil, la voix avait un léger accent.

— Gene Shirak? C'est bien vous? avait-elle demandé.

— Qu'est-ce que vous voulez?

Elle avait continué en hongrois, sa langue natale.

— Je suis une amie d'Anton Dorak, avait-elle dit d'une voix égale. J'ai eu beaucoup de mal à vous retrouver. Il aimerait avoir de vos nouvelles...

L'inconnue avait appuyé sur le mot « beaucoup ». Le cerveau de Gene s'était brusquement vidé. Il ne voulait pas y croire. Anton Dorak, c'était lui. Mais ce n'était plus lui, non plus. *Il était* Gene Shirak. Il était resté une seconde silencieux. La voix s'était faite insistante:

— Vous vous souvenez d'Anton Dorak, n'est-ce pas?

Gene s'était entendu répondre « oui ».

Après, cela avait été l'horrible enchaînement du chantage. L'inconnue lui avait donné rendez-vous dans une petite cafétéria de la Cienega Boulevard. Il avait failli ne pas y aller, avait bu comme un trou pendant deux jours, s'était décidé à la dernière seconde.

La femme l'attendait dans un coin. Elle lui avait fait un signe joyeux lorsqu'il était entré. Comme une vieille amie. Le visage de Gene était connu. Elle pouvait avoir trente-cinq ans, avec une bouche large, des traits épais et sensuels, une silhouette un peu lourde. La dureté de ses yeux marron démentait la douceur du visage.

Tout de suite, elle avait tendu à travers la table une grande enveloppe marron à Gene, avec un sourire à peine ironique. Elle parlait hongrois parfaitement:

— Voici votre dossier, Anton Dorak. Nous n'oublions jamais rien. Tout se trouve là-dedans. Votre carte d'identité du GRU avec vos empreintes, votre vrai passeport. Vos états de service. Et quelques autres pièces.

Gene Shirak, soudain, était redevenu le petit fonctionnaire du GRU. Il avait murmuré:

— Comment m'avez-vous retrouvé?

La femme avait éludé la question, avec un léger haussement d'épaules:

— Nous sommes plus puissants que vous ne le pensez. Mais nous ne vous voulions pas de mal. Seulement que vous nous rendiez un service...

Pendant dix minutes, elle lui avait expliqué en quoi ce service consistait. Puis s'était levée sans avoir touché à son café:

— Vous trouverez un numéro de téléphone dans l'enveloppe. Je m'appelle Erain. Ne cherchez pas à me suivre. Si vous vous acquittez convenablement de cette mission, nous vous tiendrons quitte et il faudra vous estimer très heureux.

Quand il s'était retrouvé au volant de la Rolls dans la Cienega ruisselante de soleil, Gene Shirak s'était sérieusement demandé s'il n'avait pas rêvé. Mais l'enveloppe brune était posée sur le siège près de lui.

Garé dans un parking, il l'avait ouverte. Dedans, il y avait de quoi ruiner sa vie. Les Américains ne pardonnaient pas le parjure. Gene était entré aux USA illégalement, sous un faux nom, même s'il ne s'était livré à aucune activité d'espionnage. Sa nationalité américaine lui serait retirée et il serait déporté dans son pays d'origine, c'est-à-dire en Hongrie. La fin de sa vie de roi, de toute façon. Et peut-être la mort.

Le soir, il avait bu encore plus que d'habitude. Une bouteille entière de Chivas Regal, seul au bord de la piscine. Après avoir brûlé les papiers.

Il avait attendu une semaine sans rien faire, avec l'espoir insensé qu'Erain allait disparaître comme elle était venue, que tout cela n'était qu'un horrible cauchemar.

Mais le lundi suivant, le téléphone avait de nouveau sonné dans le luxueux bureau du 9000 Sunset Boulevard. C'était Erain, avec une nuance de menace dans la voix.

— Vous êtes-vous occupé de nos amis?

C'eût été le moment de lui répondre qu'il ne la connaissait pas, qu'il ne comprenait pas de quoi elle parlait, de raccrocher... Mais lâchement, Gene Shirak avait répondu à Erain, du ton de petit garçon qu'il prenait avec elle.

— Je m'en suis occupé. Rappelez-moi dans une semaine.

Il était pris dans l'engrenage. Il avait beau se dire que ce n'était qu'un moment à passer, qu'ensuite il reprendrait sa vie insouciante et fastueuse, il savait au fond de lui-même que c'en était fini de son confort moral.

Ce qu'on lui demandait semblait à première vue innocent et loufoque: entrer en contact avec un Indien de la tribu des Navajos, gagner sa confiance et le faire passer en fraude au Mexique à une date arrangée d'avance avec Erain. Lorsque la Hongroise lui avait parlé de cela, il avait d'abord cru qu'elle se moquait de lui. Mais elle était parfaitement sérieuse.

— Nous vous avons choisi, *vous*, avait-elle appuyé, parce que nous pensons que votre métier vous facilitera cette mission. C'est urgent et extrêmement important. Vous avez trois mois.

Pendant vingt-quatre heures, Gene Shirak s'était creusé la tête pour deviner à quoi pouvait bien servir un Navajo. Et pourquoi il fallait le faire sortir en fraude. En vain. Après le second coup de téléphone d'Erain, il s'était mis au travail. En tant que producteur, il lui avait été très facile d'en trouver plusieurs que l'on utilisait régulièrement au tournage des films. Cela avait été un jeu d'enfant d'en engager un, nommé Zuni, comme jardinier de la villa.

Tout à fait le genre d'excentricité qui faisait la joie des commères de Hollywood: Devinez ce que Gene Shirak a chez lui? Un Navajo, ma chère, un vrai.

Zuni était grand, avec des traits réguliers, les cheveux très noirs, le teint cuivré. Des épaules musclées et des hanches étroites. Timide et doux. Gene Shirak lui avait alloué un petit bungalow au fond du jardin. L'Indien tondait les pelouses, s'occupait des fleurs et de la piscine, en apparence totalement indifférent au monde extérieur, pour soixante-quinze dollars par semaine.

Pour le succès futur de son plan, Gene l'avait emmené deux ou trois fois en week-end à San Diego. Il l'avait même une fois confié à Joyce. Le Navajo faisait ce qu'on lui disait.

Ensuite Gene avait passé à la seconde partie du plan: le faire passer au Mexique. C'était plus délicat. Il avait décidé de faire appel à « Darling » Jill. Elle ne poserait pas de question et il n'avait rien à craindre d'elle: régulièrement, il la ravitaillait en hachisch, en marijuana, LSD et même héroïne... Sans lui, elle était perdue. Il lui avait simplement demandé de conduire Zuni au Mexique à Ensinada, de descendre dans un certain motel. On la contacterait sur place et on s'occuperait du Navajo. « Darling » Jill reviendrait seule en Californie. La jeune femme avait accepté sans discuter. Doublement lorsqu'elle avait vu l'Indien.

Du côté de Zuni, le producteur lui avait simplement dit qu'une de ses amies l'emmenait au Mexique parce qu'elle ne voulait pas rouler seule.

Quand il aurait disparu, il serait toujours temps de s'inquiéter. « Darling » Jill jurerait que le Navajo s'était évaporé au Mexique et personne n'en parlerait plus.

La Hongroise avait approuvé l'ensemble du plan. Tout était prêt de son côté. Le Navajo connaissait déjà Jill pour l'avoir vue à la villa.

Et puis, il y avait eu le pépin imprévisible, à cause de « Darling » Jill. Depuis, Gene Shirak ne vivait plus. Ni chez lui, ni au bureau, il ne répondait plus au téléphone lui-même, sachant qu'Erain n'oserait pas insister. Elle avait appelé plusieurs fois. Gene espérait secrètement qu'elle se découragerait, qu'il retrouverait sa tranquillité.

Appuyé à une des colonnades de la piscine, sous le ciel étoilé, Gene essayait de chasser l'angoisse qui l'avait réveillé. C'est alors que le téléphone sonna.

***

Le téléphone sonnait avec insistance depuis près d'une minute. Gene Shirak se décida à répondre. Il savait qui c'était et cela le rendait malade. Heureusement que Joyce dormait.

— Pourquoi vous cachez-vous? fit la voix métallique d'Erain. Que s'est-il passé? Pourquoi n'avez-vous pas rempli vos engagements?

— Je ne me cachais pas, protesta-t-il, j'étais à Palm Springs. Pour mes affaires.

— Pourquoi n'avez-vous pas livré la marchandise? insista la Hongroise. Depuis dimanche matin, j'essaie de vous joindre. Vous savez pourtant ce que vous risquez...

Gene Shirak avala sa salive.

— Il y a eu un incident imprévu, dit-il. Quelque chose de grave.

— *Quoi?*

La voix de la femme était tendue, mais pas inquiète.

— Il est mort, fit-il à mi-voix.

— Mort!

— Un accident. Je vous expliquerai. D'ailleurs, la police est venue.

— Pourquoi la police?

Gene Shirak était de plus en plus mal à l'aise. Il ne voulait pas avouer la vérité:

— Je préfère vous expliquer de vive voix, affirma-t-il.

— Faites attention, dit la femme. Pourquoi avez-vous mêlé la police à cette histoire? C'est dangereux...

— Je sais bien que c'est dangereux, grogna Gene Shirak. Mais je ne pouvais pas faire autrement.

Il y eut un soupir agacé à l'autre bout du fil.

— Vous me donnerez vos explications et j'espère qu'elles sont bonnes, annonça froidement Erain. Il faut continuer de toute façon.

Il crut avoir mal entendu.

— Continuer?

— Oui. Il faut un autre Navajo. Le plus vite possible. Faites ce qu'il faut. Sinon...

Elle avait raccroché. Gene Shirak resta plusieurs secondes l'écouteur à la main, abasourdi. Elle était folle.

*
**

Erain Bulgra sortit de la cabine téléphonique et monta dans sa vieille Corvair grise. C'est tout ce qu'elle avait les moyens de se payer, avec son salaire de secrétaire. Elle ne recevait pas un sou de ses vrais employeurs, afin d'être à l'abri de n'importe quelle enquête. Depuis douze ans aux USA — entrée comme soi-disant réfugiée après la révolution hongroise de 1956 — elle était insoupçonnable. Même si le FBI l'avait arrêtée, elle n'aurait pu dénoncer personne: elle ne savait rien du réseau qui l'employait. Ses ordres venaient par téléphone, précédés d'une phrase code.

Jusqu'ici, elle avait surtout fait de l'espionnage industriel. Cette mission « Navajo » sortait un peu du cadre de ses activités. Mais elle avait cru comprendre qu'elle était la seule sur la côte ouest à se trouver en mesure de la mener à bien. De plus, elle avait éprouvé une immédiate antipathie pour Gene Shirak, pourri par l'argent et la vie facile. Son éducation communiste la blindait contre les tentations du capitalisme. Elle songeait avec ivresse au jour où il n'y aurait plus de Gene Shirak aux USA. Plus que des fourmis comme elle.

Elle n'avait presque plus d'essence et stoppa dans une station « 76 » pour faire le plein et donner un second coup de téléphone.

La mission « Navajo » devait être très importante car deux hommes attendaient pour lui prêter main-forte, le cas échéant. Elle ne les avait jamais vus, mais savait qu'ils étaient deux car elle avait parlé à deux voix différentes. Elle possédait seulement un numéro de téléphone pour les joindre, qui changeait tous les deux ou trois jours. Et des heures précises de « vacation ». Ils utilisaient comme elle des cabines publiques.

L'homme, à l'autre bout du fil, décroeha immédiatement. Erain raconta ce qu'avait raconté Gene Shirak, d'une voix égale. Lorsqu'elle eut fini, l'inconnu dit simplement:

— Pressez-le. A partir de demain, appelez-moi à 656.9573, de quatre à cinq. Si vous avez besoin de nous, n'hésitez pas et surtout ne perdez pas de temps.

Il raccrocha sans le moindre encouragement. Tous

les rapports étaient déshumanisés pour éviter les contacts dangereux. Erain Bulgra ne souffrait pas de .sa solitude. Lorsqu'elle avait trop envie de faire l'amour, elle se faisait racoler sur la plage par un inconnu qui la soulageait et le quittait ensuite sans même lui donner son nom.

Sa seule joie venait de ses disques classiques qu'elle achetait en solde dans les super-markets. Et du combat souterrain où elle n'était qu'un pion anonyme.

CHAPITRE VII

Il n'y avait qu'un piéton, le long de Sunset Boulevard, mais quel piéton! Daphné La Salle, moulée dans un pantalon de dentelle blanche transparent et un chemisier d'organza frisant la pornographie, ses longs cheveux roux au vent.

Dans ce pays où la plus pauvre des femmes de ménage du Watts[1] a sa voiture, les automobilistes en perdaient le souffle. Cela ne pouvait être qu'une folle ou une hippie. Se déhanchant allègrement, elle avançait sur la plate-forme séparant les deux voies de circulation, balançant un minuscule sac argenté, plantant ses hauts talons dans l'herbe.

Le feu passa au vert, au croisement de Beverly Drive et de Sunset Boulevard. Plusieurs voitures démarrèrent, dont une Rolls gris métallisé. Daphné quitta l'herbe pour le rebord de pierre bordant l'asphalte. La Rolls arrivait derrière elle, ne dépassant pas vingt miles à l'heure.

Le capot surgit à la droite de la jeune femme. Brusquement, celle-ci battit l'air de ses bras, perdit l'équilibre glissa le long de la carrosserie, tentant de se raccrocher à une poignée et roula par terre avec un hurlement perçant.

Elle resta étendue sur le dos, les bras en croix, les yeux fermés.

[1] Ghetto noir de Los Angeles.

Une Cadillac, derrière la Rolls, freina et se fit emboutir dans un horrible bruit de ferraille.

Sur l'autre voie, les voitures stoppaient et tous les conducteurs mâles sans exception, accouraient au secours de la blessée.

Gene Shirak bondit de la Rolls stoppée à dix mètres et courut jusqu'à la forme étendue. Il s'accroupit près d'elle. Les dentelles du pantalon s'étaient déchirées dans la chute, à la hauteur de la cuisse droite, laissant apercevoir un gros hématome. Mais Gene avait beaucoup de mal à détacher son regard d'un sein impressionnant, qui, lui, hélas, n'avait pas la moindre égratignure.

La bouche sèche, il détaillait le corps de Daphné avec des pensées qui l'auraient fait exclure immédiatement de la Croix-Rouge. La jeune femme ouvrit les yeux.

— J'ai mal, gémit-elle de sa voix veloutée, oh! j'ai si mal!

Le producteur se sentit une âme de saint-bernard en plein blizzard.

— Où? demanda-t-il.

Daphné prit sa main velue et la plaça sous le chemisier, les doigts contre la peau douce et élastique de son sein gauche. Gene eut l'impression de recevoir une décharge d'électricité statique et un picotement voluptueux remonta le long de sa colonne vertébrale.

— Mon cœur! soupira Daphné, j'ai eu si peur.

— Ce n'est rien! affirma Gene. Je vais vous transporter à l'hôpital.

Une lueur de panique passa dans les grands yeux verts et Daphné s'accrocha de toutes ses forces au cou du producteur, écrasant sa poitrine contre lui.

— Oh! non, j'ai peur dans les hôpitaux. Je vais aller dans une pharmacie.

Avec une grimace de souffrance, elle se releva, son

bras passé autour du cou de Gene. Le pantalon de dentelles était arraché sur toute la longueur de la jambe droite, laissant apparaître la cuisse et un bout de slip mauve.

— Je vais vous emmener chez moi, offrit Gene. Vous vous reposerez et nous appellerons un docteur.

Il la soutint jusqu'à la Rolls-Royce. Déçus, les sauveteurs en puissance remontèrent dans leurs voitures. L'embouteillage atteignait déjà la pharmacie Schwab, à un demi-mile de là. Belle manifestation d'esprit civique... Gene installa avec précaution Daphné sur les coussins arrière de la Rolls et se mit au volant. Tant pis, il n'irait pas au bureau. Ce n'est pas tous les jours qu'on rencontrait sur sa route une fille de cette beauté.

Daphné avait déjà allumé la mini-télévision encastrée à l'arrière. Pour la forme, elle gémit un peu. Heureusement qu'elle savait tomber. Gene Shirak fit demi-tour en face de Foothill Drive et sentit soudain ses soucis s'envoler.

*
* *

Etendu au bord de la piscine du Beverly Hills Hotel, Malko écoutait d'une oreille distraite sa voisine de matelas en bikini de vison, une blonde platinée, lui expliquer qu'elle choisissait ses amants dans la catégorie des hommes gagnant plus de trois mille dollars par mois, cette somme représentant la pension alimentaire versée par son ancien mari.

Question de standing.

Il regarda sa montre. Daphné était partie depuis une heure maintenant. Bon signe. Elle guettait Gene Shirak depuis trois jours. Le premier jour il ne s'était pas montré; le second, il allait trop vite. Aujourd'hui, elle avait dû avoir plus de chance...

L'aide du FBI était précieuse. Albert Mann avait appris à Malko que le producteur déjeunait chaque jour au restaurant du Beverly Hills et partait ensuite à son bureau, 9000 Sunset Boulevard.

Il suffisait de l'intercepter au bon moment. En attendant, Malko jouait son rôle d'oisif milliardaire. Les cocotiers bruissaient doucement au-dessus de sa tête et il n'avait qu'à lever un doigt pour que le bar ambulant stoppe devant lui. L'hôtel se flattait d'avoir la clientèle la plus sélect et la plus riche du monde. Le garçon de la piscine s'était acheté en quatre mois une Rolls de 1964 avec ses pourboires.

Depuis le grand incendie de Beverly Hills, en 1966, l'apparition de Daphné avait été l'événement le plus marquant survenu à l'hôtel. Elle était si typiquement hollywoodienne que Malko avait été sur-le-champ classé parmi les gens « in ». D'autant plus qu'elle se conduisait avec l'aimable désinvolture d'une guenon en rut. Ses bikinis diminuant chaque jour de surface, un producteur de disques avait parié deux cents dollars qu'elle finirait par venir « topless ». Secret espoir de tous les mâles présents.

S'ils avaient su que l'intimité de Malko et de Daphné n'avait encore dépassé le baiser presque chaste...

Malko regarda autour de lui, avant de plonger. Tous les visages étaient marqués par une dureté sous-jacente. A Hollywood, tout se payait cher, et ce qui se payait le plus cher, c'était l'argent. Derrière la vie facile, les Cadillac, les Lincoln Mark III, les Rolls, les femmes sophistiquées, belles et offertes aux vainqueurs, il y avait une lutte impitoyable, des secrets mortels et sordides, des cadavres. De temps en temps, un homme que l'on croyait arrivé, heureux, vainqueur, se tirait une balle dans la tête.

Sans raison apparente. Brisé intérieurement.

Malko se demandait le prix qu'avait payé Gene Shirak. Quel était son secret, si les hypothèses de la CIA étaient exactes? Qu'est-ce qui pouvait pousser un homme riche et célèbre à trahir son pays d'adoption.

*
**

Gene Shirak, soutenant Daphné, passa près de la chaise longue de sa femme et lui expliqua brièvement l'accident. Joyce jeta un regard sombre à la rousse et murmura une phrase indistincte où il était question d'ordures qu'il était préférable de laisser dans les caniveaux. Daphné répondit par un gracieux sourire et suivit Gene à l'intérieur de la villa. Il fit étendre Daphné sur son propre lit.

— Comme vous êtes gentil, murmura-t-elle.

Elle soupira, ce qui fit doubler ses seins de volume. Gene se sentit au bord de la folie.

— Je vais vous faire couler un bain, cela vous détendra, proposa-t-il d'une voix étranglée.

Elle le retint par la main. Ses yeux verts se révulsèrent presque comme elle passait ses deux mains dans la toison recouvrant la poitrine du producteur. En même temps son bassin se soulevait du lit.

— J'aime les hommes comme vous, fit-elle.

Elle l'attira et glissa une langue soyeuse dans sa bouche mince. Leur baiser aurait pu aisément allumer un haut fourneau. Les artères de Gene charriaient de la fonte en fusion. Fiévreusement, ses mains parcoururent le corps souple de la jeune femme sans rencontrer la moindre résistance. Cette familiarité n'étonnait pas Gene Shirak outre mesure. En Californie, et spécialement dans le milieu où il vivait, les mœurs sexuelles avaient considérablement évolué. Pratiquement les tabous classiques étaient tous tombés. Pour les filles belles et jeunes, le soutien-gorge était aussi démodé qu'une bottine à lacets. On faisait l'amour comme on buvait des cocktails. Sans inhibition et sans prolongement métaphysique.

Daphné se dégagea et murmura:

— Vous m'aviez promis un bain...

A grand-peine, Gene Shirak redescendit sur terre.

— Comment vous appelez-vous? demanda-t-il.

Elle s'étira creusant son ventre d'une façon qui fit perler la sueur au front du producteur.

— Daphné, dit-elle. Daphné La Salle. Je suis danseuse. Mais, en ce moment, je ne travaille pas. Je suis avec mon ami au Beverly Hills.

— Ah! fit Gene déçu.

Elle eut un geste insouciant:

— Oh! il n'est pas jaloux! C'est un prince d'Europe. Un type marrant. Je l'ai rencontré à New York. Il m'a promis de m'emmener dans son château.

Rasséréné, Gene Shirak fila vers la salle de bains. La baignoire était une grande fosse de marbre creusée dans le sol. Gene ouvrit les robinets, mit en marche la machine à rayons ultraviolets pour sécher plus vite, puis revint trouver Daphné.

— Votre bain est prêt.

Le court déplacement de Daphné jusqu'à la salle de bains déclencha dans le cerveau du producteur un flot de pensées abominablement lubriques.

A regret, il referma la porte et fonça vers le bar du living-room. Au moment où il atteignait la bouteille de White Label le téléphone sonna. Avant que Gene ait pu décrocher, la sonnerie s'arrêta. Puis reprit trente secondes plus tard.

Aussitôt, l'excitation de Gene tomba. C'était le signal d'Erain. Il se laissa tomber dans un fauteuil et décrocha.

— Ici, Gene Shirak, qui est là?

Malgré lui, il parlait à voix basse.

— J'ai appelé au bureau, dit la voix dure d'Erain. Avez-vous fait ce que je vous ai dit?

— Non, répondit piteusement le producteur. Je n'ai pas pu.

Qui aurait reconnu le puissant Gene Shirak: il parlait d'une voix plaintive et humble, le front barré de deux grosses rides. Impitoyable, la voix reprit:

— Vous savez ce qui arrivera si vous refusez d'obéir. Il faut continuer ce que vous aviez commencé. Débrouillez-vous.

Avant qu'il ait pu protester, elle avait raccroché. Il resta une seconde assommé, fou de rage. Tout allait si bien. S'il n'y avait pas eu cette menace dans l'ombre. Il se sentait des envies de meurtre.

Il avala son whisky, passa rapidement dans sa douche, se lava les dents et s'arrosa d'after-shave. Puis, il ouvrit la porte du sauna et disposa des serviettes sur la large banquette de carrelage doré. Il avait bien droit à des compensations. Il ne voulait pas penser à la menace de plus en plus précise sur sa vie.

*
**

Gene Shirak léchait à petits coups de langue les seins de Daphné, avec des grognements de joie. Etendue sur le dos, intégralement nue, la jeune femme se laissait faire, tandis que son cerveau enregistrait les réactions de son partenaire. Le producteur semblait tendu et inquiet lorsqu'il était venu la retrouver dans la salle de bains. Aussi avait-elle précipité les choses.

Avec le plus grand naturel, elle avait émergé du bain nue et couverte de mousse, tendant une serviette à Gene:

— Essuyez-moi.

Il s'était exécuté de très bonne grâce et l'avait guidée ensuite jusqu'au sauna.

Devant les seins fabuleux, il n'avait pas pu résister. A genoux sur le carrelage, il avait enfoui la tête contre la poitrine de Daphné, tout en la caressant.

Soudain, la porte du sauna s'entrouvrit. Le visage brun et triangulaire de Joyce Shirak s'encadra dans l'ouverture. Gene vit le reflet de sa femme dans la glace.

Il abandonna la poitrine de Daphné pour aboyer:

— Fous le camp!

Joyce eut une grimace de mépris, hésita une fraction de seconde puis referma la porte. Cela faisait partie de leurs conventions. Gene Shirak respirait comme un soufflet de forge. Cette poitrine fabuleuse le rendait fou.

Il mordit cruellement Daphné qui gémit.

Aussitôt, il s'allongea sur elle et la prit brutalement.

Daphné respira profondément et démarra.

Un festival de soupirs, de gémissements, de halètements, de râles, de petits cris. En même temps, ses ongles rouges déchiraient le dos et la nuque de l'homme qui lui faisait l'amour. Rendu fou par ce manège, Gene s'activait à se faire péter toutes les artères. Un vrai jeune homme.

Daphné était assez satisfaite d'elle. La tête froide comme un poisson sorti de freezer, elle écoutait les réactions de son partenaire. Une fois par semaine, elle se passait une bande de magnétophone reproduisant tous les bruits de l'amour. Le reste était une question de mémoire et d'application...

A l'accélération des mouvements de l'homme, elle sentit que l'aboutissement était proche. Il ne fallait pas rater le final. Brutalement, elle se cambra, comme sous un plaisir exacerbé, un long cri jaillit de sa gorge, ses yeux se révulsèrent et, d'un coup de reins, elle se débarrassa de Gene Shirak au moment psychologique. Puis elle resta haletante, la bouche ouverte, murmurant:

— Oh! pardonne-moi, c'était trop, jamais je n'ai éprouvé cela.

A la fois frustré et ivre de désir, Gene ne savait plus où il était. Les étreintes consciencieuses de ses call-girls habituelles lui semblaient fades à côté de cette tornade.

Daphné guetta sa réaction. Elle ne tarda pas.

— Je veux te revoir, murmura le producteur. Je donne une partie dans deux jours. Viens.

— Mais je ne suis pas seule, objecta Daphné.

La contrariété tordit l'estomac de Gene Shirak. Ce n'était pas possible qu'une pareille créature lui échappe.

— Amène ton ami aussi, dit-il. J'espère qu'il n'est pas trop jaloux.

Daphné eut un rire de gorge.

— Pas plus que ta femme...

Cela ouvrait de beaux horizons.

Avec une conscience professionnelle pareille, Daphné mériterait le jour venu d'être enterrée au cimetière d'Arlington parmi les héros ayant donné leur vie pour le salut de la patrie.

CHAPITRE VIII

Une grande fille au visage de madone, déshabillée par une robe orange s'arrêtant en haut de ses longues cuisses, s'approcha de Malko, un verre à la main. Sa petite poitrine se dessinait parfaitement sous le léger tissu. Son regard parcourut Malko avec l'intérêt d'un turfiste devant un pur-sang, pour s'arrêter aux yeux dorés.

Une fraction de seconde, l'expression de ses yeux chavira.

— Je m'appelle Jill, dit-elle. Nouveau en ville? Je ne vous ai jamais vu chez Gene.

— Prince Malko Linge, répliqua Malko. Je suis en effet de passage.

— J'aime la couleur de vos yeux, dit « Darling » Jill pensivement.

Ils lui rappelaient ceux de Sun. Jill, peu à peu, oubliait la mort du Navajo. Rien n'avait bougé et elle reprenait goût à la vie.

Malko n'eut pas le temps de répondre à son compliment direct. Une autre fille, en mini-robe dorée, lança une bouteille de champagne dans la piscine, juste devant Malko et Jill.

Celle-ci posa la main sur le bras de Malko.

— Allez la chercher, nous allons la boire.

Malko avait beau n'être vêtu que d'une chemise de voile et d'un pantalon, il hésita. Jill lui tendit son verre sans mot dire.

Tranquillement, elle descendit les marches de marbre et s'avança dans l'eau bleue et lumineuse, éclairée par des projecteurs sous-marins, jusqu'au moment où elle attrapa la bouteille de champagne. Elle avait alors de l'eau jusqu'aux épaules. Lorsqu'elle ressortit de la piscine, sa robe collée par l'eau dessinait toutes les formes de son corps, avec une précision anatomique.

Malko put ainsi vérifier qu'elle ne portait strictement aucun dessous.

Personne — parmi les personnes présentes — ne semblait trouver déplacé l'expédition de « Darling » Jill.

La jeune femme posa la bouteille par terre et offrit son dos à Malko.

— C'est désagréable, ce tissu mouillé, dit-elle, très mondaine. Voulez-vous la faire glisser, s'il vous plaît?

Malko s'exécuta, un peu surpris. « Darling » Jill ondula des hanches et la robe ne fut plus qu'un petit tas aux pieds de la jeune femme. Il lui restait ses escarpins, un très joli chignon, des boucles d'oreilles en rubis et des colliers fantaisie. Elle se retourna vers Malko et, avec le plus parfait naturel, elle ordonna:

— Maintenant allez chercher des coupes au buffet et débouchez la bouteille, j'ai soif.

Ça commençait bien. Malko s'exécuta.

Le « love-in » commençait à s'animer, mais Jill était la première à se déshabiller. Gene Shirak ne lâchait pas Daphné d'une semelle. Celle-ci était une des rares femmes à porter un slip sous sa mini-robe. Sa chevelure flamboyante émergeait d'une balancelle où Gene Shirak, tout en mauve, l'avait entraînée dès son arrivée. Joyce était invisible. Le producteur avait accueilli Malko chaleureusement et immédiatement accaparé Daphné.

— C'est gentil d'avoir bien voulu participer à notre petit « love-in » avait-il dit à Malko.

Il y avait une quinzaine de couples. Toutes les femmes, jeunes et jolies, rivalisaient d'indécence. Certaines jouaient au billard dans le living, ou buvaient; d'autres dansaient autour de la grande piscine en L. A part Jill, on se serait cru dans une partie ordinaire.

Malko revint vers Jill et ils débouchèrent le champagne. La jeune femme but deux coupes coup sur coup, et dit paisiblement:

— J'ai envie de vous. Dans l'eau.

Elle se leva, fit jouer les muscles de ses cuisses et de ses fesses et plongea, sans une éclaboussure. Après quelques mouvements, elle revint s'accouder au rebord de marbre, le corps abandonné dans l'eau, près de Malko.

Gene Shirak se félicitait de voir Malko et Jill ensemble. Cela lui laissait le champ libre pour Daphné. Ce dont il ne se privait pas.

Une grande blonde, vêtue uniquement d'un pantalon, la poitrine un peu grasse, plongea soudain dans la piscine derrière une nouvelle bouteille de champagne. Jill ricana:

— Cette idiote de Patricia! Gene n'aurait jamais dû l'inviter. Elle va encore gâcher la soirée.

Elle était pourtant dans l'ambiance. Déjà, elle ressortait de l'eau, faisant des mimiques obscènes avec la bouteille.

— Pourquoi? demanda Malko.

— Elle ne sait pas ce qu'elle veut, expliqua Jill. Chaque fois qu'elle vient à un « love-in », elle se suicide après. C'est une maniaque du suicide depuis qu'elle a joué au cinéma un rôle où elle se suicidait. Elle continue dans la vie.

La dernière fois, elle a eu neuf hommes dans sa soirée. Tous ceux qui étaient là. Ensuite, elle se dégoûtait tellement, qu'elle est sortie toute nue et qu'elle s'est étendue sur Beverly Drive, soi-disant pour se faire écraser. C'était nouveau. D'habitude, elle avale des pilules. Evidemment, un flic est arrivé. Il a fallu tirer au sort pour savoir qui allait le calmer. C'est tombé sur moi. C'était affreux: un vieux type de cinquante ans avec un ventre tout mou...

Pauvre « Darling » Jill.

Gene Shirak dansait avec Daphné, en lui tenant carrément les fesses. Sa femme, Joyce, avait fait son apparition et dansait avec un jeune éphèbe, collée à lui. Encore un couple uni.

— Il se moque de ce que fait sa femme? demanda Malko à Jill.

La jeune femme ricana. Elle en était à sa sixième coupe de champagne.

— Il la hait, fit-elle. Un jour, elle se baignait à Malibu, il priait pour qu'elle se noie.

Soudain, sans transition, « Darling » Jill saisit la main de Malko, la plongea dans l'eau. Il sentit sous ses doigts la rondeur d'une cuisse.

— Caressez-moi, souffla-t-elle.

Un autre couple se rapprocha d'eux. Une fille brune et un garçon jeune et poupin, presque obèse, avec de grosses lunettes d'écaille. Il jeta un regard mouillé à « Darling » Jill qui se laissait aller, sous la caresse de Malko.

— Hello! dit-il.

Puis, sans transition, il glissa la main sous la robe de sa cavalière et caressa ses fesses. Puis, ils s'éloignèrent dans l'ombre du jardin.

Malko avait beau se creuser la tête, il ne voyait pas la moindre trace d'espionnage parmi tous ces détraqués. Tous les gens qui faisaient des partouzes ne travaillaient pas pour les Russes ou les Chinois... Distrait, il relâcha son attention et « Darling » Jill le rappela à l'ordre par un léger grognement. Il vit Mme Shirak disparaître dans la villa avec son éphèbe. Gene ne broncha pas. Un autre couple faisait l'amour près de la piscine, étendu sur un matelas. Deux filles s'approchèrent et regardèrent.

L'attention de Malko fut détournée par un nouvel arrivant. Un homme d'une beauté presque gênante tant elle était parfaite, très bronzé, au visage impénétrable. Il était pieds nus, vêtu d'un vieux blue-jean et d'une chemise sans boutons, ouverte sur son torse parfait. Un petit singe était en équilibre sur son épaule gauche. L'inconnu balaya l'assistance d'un regard indifférent et alla s'allonger sur une chaise longue de l'autre côté de la piscine.

« Darling » Jill sembla soudain agitée de convulsions, enfonça ses ongles dans le bras de Malko et ouvrit la bouche toute grande comme si elle allait se noyer.

Au même moment, une fille en maillot noir déposa près d'eux une petite assiette pleine de gâteaux secs.

— C'était si bon, soupira Jill. Vous êtes doux. Prenez un kookie.

Presque de force, elle fourra dans la bouche de Malko une poignée de gâteaux. Il faillit s'étouffer avec et dut les arroser de champagne. « Darling » Jill éclata de rire.

— Vous allez vous sentir bien, vous aussi...

— Pourquoi? demanda Malko, vaguement inquiet.

— Ce sont des *grass-kookies*[1] dit Jill. A la Marijuana. Beaucoup plus efficaces que les cigarettes. C'est concentré et cuit. Après ça, c'est formidable de faire l'amour...

De mieux en mieux. Tout à coup une fille rousse et maigre, avec des cheveux courts et des yeux bleus,

[1] En argot, *grass* signifie marijuana.

drapée dans une sorte de sarong, s'avança vers le bel inconnu au singe. Malko remarqua la couperose de ses pommettes et le grand verre de whisky dans la main droite.

« Darling » Jill ricana avec distinction.

— Il va y avoir du sport. Sue a envie de Joe. Regardez.

Celle que Jill avait appelé Sue se dirigea droit sur l'homme étendu sur une chaise-longue. Elle s'agenouilla près de lui, posa son verre et commença à lui caresser la poitrine en lui parlant à l'oreille.

« Darling » Jill en avait arrêté de boire.

— Ça fait des mois qu'elle le veut, commenta-t-elle. Lui qui n'aime déjà pas beaucoup les bonnes femmes, quand il voit ce sac à whisky...

Là-bas, l'homme n'avait pas bronché. Il caressait son singe tandis que Sue le caressait. Soudain, la main de la jeune femme descendit le long du blue-jean. Jill eut un gloussement énervé.

— Elle va... commença-t-elle.

Soudain Joe se redressa calmement. Il attrapa la fille par le devant de son sari, la fit lever et, d'une poussée violente, l'envoya dans la piscine. Puis, il se recoucha et reprit sa méditation.

« Darling » Jill éclata de rire. Sue émergea, trempée, ramassa son verre et le jeta de toutes ses forces à la figure de Joe Makenna. Celui-ci ne bougea pas, s'essuyant seulement les yeux. Un garçon arriva derrière Sue et la poussa dans la piscine, mais elle eut le temps de s'accrocher à lui et ils tombèrent ensemble.

Il y eut une mêlée confuse qui se transforma en étreinte, debout dans l'eau.

Enfin, Sue sortit de la piscine entièrement nue, s'étira et sans un regard pour Joe Makenna fila vers le buffet. Elle était maigre avec une toute petite poitrine et des cuisses fortes et musclées. Jill essaya d'attirer Malko dans l'eau, très émoustillée.

— Venez.

Elle hasarda une caresse si précise qu'il regarda autour de lui. Personne ne prêtait attention à eux. Par la porte du living, il voyait un homme danser à genoux devant une fille paraissant quinze ans, dont les ondulations se passaient de commentaires. Il commençait à ne plus savoir très bien où il se trouvait. Ni ce qu'il faisait. Comment croire à une histoire d'espionnage dans cette ambiance démentielle. Il n'avait pas eu le temps de fumer les cigarettes offertes par Albert Mann et la marijuana commençait à le plonger dans un état second.

Jill s'énervait.

— Venez!

Soudain, une cloche placée près du buffet, couvrit le bruit de la musique.

— Venez tous, les jeux vont commencer, criait Gene Shirak.

Docilement, les couples se rapprochèrent. Sauf le gros jeune homme à lunettes, qui s'allongea sur une chaise longue, à l'écart. Même « Darling » Jill sortit de l'eau et prit Malko par la main.

Gene Shirak ôta sa chemise et fit glisser la fermeture Éclair de son pantalon. En un clin d'œil, il fut nu. Les autres hommes l'imitèrent et les femmes qui avaient encore leur robe les plièrent soigneusement sur une table, gardant seulement leurs bijoux.

Malko avait fait comme tout le monde. Il était nu comme un ver. « Darling » Jill regarda ses cicatrices et ses yeux brillèrent.

— Vous vous êtes battu?

— Accidents de voiture, dit-il laconiquement.

Daphné finissait de se débarrasser de sa robe avec

beaucoup de grâce. Il sembla à Malko que ses seins avaient encore grossi. Il vit le regard de Gene Shirak posé sur la jeune femme: les marchands du temple devant le Veau d'Or.

« Darling » Jill, qui ne dédaignait pas à l'occasion une excursion à Lesbos, se passa la langue sur les lèvres et remarqua:

— Ton amie est très belle.

Gene Shirak claqua des mains. Martha, la vieille bonne noire toute desséchée, sortit de la cuisine, portant à grand-peine une vasque pleine d'un liquide incolore sur lequel flottait une éponge. Ses yeux passèrent sur les corps dévêtus des hommes et des femmes avec une indifférence totale.

Gene Shirak annonça:

— Vous connaissez les règles du jeu. Les hommes vont aller au fond du jardin, près du bungalow. Ensuite, ils n'auront plus qu'à faire leur choix, s'ils arrivent à attraper nos gracieuses compagnes.

Il eut un geste large vers les femmes:

— Mesdames.

« Darling » Jill, avant de quitter Malko, lui glissa à l'oreille:

— Tâchez de m'attraper le premier.

Interdit, il contempla l'incroyable spectacle. Entièrement nues, les femmes faisaient sagement la queue devant la vieille bonne. Sue Scala se présenta la première. D'une main experte, la Noire lui enduisit le corps avec le liquide contenu dans la vasque. Aussitôt, sa peau se mit à luire d'un éclat agréable.

— C'est de la pure huile d'olive. cria Gene, très excité. Importée.

On est snob ou on ne l'est pas.

Le badigeonnage dura une dizaine de minutes. Malko s'était écarté avec les autres hommes. Joyce, la femme de Gene Shirak, faisait sagement la queue comme au supermarché.

Seuls, Joe Makenna et le gros jeune homme joufflu étaient restés habillés. Ce dernier attrapa Malko par le bras lorsqu'il passa près de lui.

— Stranger, dit-il, votre amie est magnifique. J'organise une petite partie en avion dans quelques jours, j'espère que vous serez des nôtres...

Malko n'osa pas lui demander pourquoi il n'en profitait pas sur-le-champ.

Le badigeonnage était terminé. Les femmes attendaient en bavardant comme chez le coiffeur. Soudain, Gene, velu comme un chimpanzé, mit sur l'électrophone la bande sonore de « Hair » et hurla:

— Maintenant le jeu commence.

Aussitôt, il se précipita sur Daphné, qui était la plus proche de lui. D'ailleurs, il était le seul mâle a être resté près de la piscine. Discrètement, la vieille Noire se retira dans sa cuisine, en emportant ce qui restait d'huile d'olive.

Gene Shirak enserra les hanches de Daphné. Mais le badigeonnage avait été trop bien fait. Elle lui glissa littéralement entre les mains et s'enfuit en riant aux éclats.

Jouant le jeu, Malko s'avança à son tour. Si ses ancêtres l'avaient vu! La sécurité des USA passait par d'étranges méandres. Il aperçut « Darling » Jill poursuivie par un petit homme bedonnant qui la saisit à bras-le-corps et voulut la renverser sur une balancelle.

Elle lui échappa, aperçut Malko, et fonça sur lui. Ce dernier se heurta presque à Daphné. Ainsi ointe, elle était somptueusement belle. On aurait dit une statue de bronze. Au même moment, « Darling » Jill atterrit dans ses bras. Soudain un objet brillant sur le corps de Daphné, accrocha l'œil de Malko.

Enfoncé dans le nombril, elle portait le bijou que lui avait confié Albert Mann. La pierre de lune trouvée sur le corps du Navajo assassiné! Elle avait dû fouiller ses affaires et le lui « emprunter ».

Malko en oublia la sangsue huileuse qui se frottait contre lui. Si l'assassin du Navajo se trouvait là et apercevait le bijou, il saurait immédiatement que Malko n'était pas un simple prince en goguette. Il fallait faire disparaître le bijou compromettant coûte que coûte.

Il repoussa Jill et se lança à la poursuite de Daphné, talonné par Gene Shirak.

— Hé! hurla Jill, furieuse d'être laissée en plan.

Mais Malko courait déjà comme un fou derrière la somptueuse chute de reins de Daphné. Gene Shirak lui cria:

— Vous n'avez pas envie de changer pour une fois?

Son état physique aurait fait honte à un chimpanzé très mal élevé.

La jeune femme faisait le tour de la piscine, s'accrochant aux colonnades de stuc.

Pendant quelques instants, les deux hommes coururent côte à côte sur le marbre glissant. Tout à coup, Gene poussa vicieusement Malko qui tomba dans l'eau tiède de la piscine.

Lorsqu'il fit surface, Gene ceinturait Daphné, l'appuyant à une des colonnes. Malko jaillit de la piscine comme un poisson volant et empoigna Daphné par la seule partie qui restait libre: ses hanches. Il rencontra le regard furieux de Gene Shirak. Collé contre Daphné, sa main droite partit vers le ventre de la jeune femme, à la recherche du bijou. Gene Shirak se méprit sur son geste.

— Il y a place pour deux, murmura-t-il.

Daphné tourna un visage effaré vers Malko. Elle

ne comprenait plus. Philosophiquement, elle se dit que décidément les hommes étaient tous des cochons.

Avant que Malko ait pu atteindre le bijou, une tornade atterrit sur son dos et l'enserra dans deux bras huileux.

— Tu n'en a pas assez de ta vache à lait, siffla la voix furieuse de Jill.

A la seconde bouteille de champagne, elle devenait grossière.

La jeune femme empoigna Malko et Gene et poussa les deux hommes dans la piscine, entraînant du même coup Daphné, prise en sandwich.

Puis, avec un cri sauvage, elle sauta à pieds joints et les rejoignit.

Ils se redressèrent tous les quatre, avec de l'eau jusqu'à la taille. Les deux femmes étaient face à face et le regard de « Darling » Jill balaya le ventre de Daphné sans émotion particulière. Comme pour jouer, Malko se jeta sur Daphné et, dans la bousculade, en profita pour faire tomber le bijou au fond de la piscine.

La jeune femme sentit sa main arracher la pierre de lune et ouvrit la bouche pour protester. Devant l'expression de Malko, elle se tut.

Déjà, Gene Shirak l'avait reprise à bras-le-corps et l'entraînait. Ils entrèrent dans la villa et Malko les perdit de vue.

« Darling » Jill jeta un regard noir à Malko:

— Je ne vous plais pas? demanda-t-elle hargneusement.

— Mais si.

Autour d'eux, c'était Sodome et Gomorrhe, dans leurs meilleurs jours.

« Darling » Jill attira Malko et se laissa aller sur le dos dans l'eau tiède et fluorescente, ses jambes autour des hanches de Malko, ses cheveux flottant autour d'elle. Soudain, elle semblait très jeune et très pure. Mais l'expression de ses yeux démentait la pureté de ses traits.

— Maintenant, murmura-t-elle.

Ils restèrent presque immobiles dans l'eau. « Darling » Jill haletait légèrement, les yeux dans les étoiles. Malko éprouva soudain un profond dégoût.

En dépit du luxe, des cocotiers, de la piscine tiède, du corps souple et consentant de Jill, cette villa était ce qui se rapprochait le plus de l'enfer.

La jeune femme enserra les hanches de Malko avec ses cuisses et cria. Puis elle se redressa et prit le visage de son amant entre ses longues mains, se reflétant dans les yeux d'or de Malko. Elle ne pouvait pas lui dire qu'il lui rappelait Sun et qu'elle était amoureuse à cause de cela.

Tout à coup, Patricia avança comme une somnambule vers Joe Makenna qui semblait se désintéresser complètement de l'orgie se déroulant autour de lui.

— Regardez, souffla Jill.

Joe Makenna ne bougea pas. Patricia « la suicidée » s'installa en face de lui et commença à caresser son singe. Le chimpanzé poussait des cris aigus sous les doigts habiles de la jeune femme. Soudain, celle-ci enfouit son visage dans le ventre du petit animal.

« Darling » Jill frissonna.

— Oh! je ne pourrais jamais faire cela!

Il y avait maintenant plusieurs invités autour de l'étrange trio. Le singe poussait des cris de plus en plus aigus, ses mains minuscules accrochées dans les cheveux de Patricia. Joe avait un visage toujours aussi impassible. Patricia s'écarta brusquement, avec un rire hystérique.

Aussitôt, le singe termina son entreprise, dans un concert de cris aigus. Patricia s'apprêtait à faire profiter Joe Makenna du même traitement, mais il la repoussa fermement.

— C'est tout ce qu'il leur permet de faire, remarqua Jill, je crois qu'il est vraiment dingue.

Elle s'amusait à onduler contre lui dans l'eau. Malko aperçut le gros jeune homme poupin, en train de les contempler de son regard humide. Il était resté habillé.

— C'est un voyeur? demanda Malko.

Cela manquait à la collection.

« Darling » Jill éclata de rire.

— Pas du tout. Mais ce pauvre Dennis est terrorisé par sa femme. S'il divorce, cela lui coûte au moins vingt millions de dollars. C'est pour cela qu'il ne se déshabille pas. Il a toujours peur qu'elle surgisse!

— C'est déjà arrivé?

— Pensez-vous, dès qu'il tourne le dos, elle file se faire racoler au Watts. Elle aime les gros machins noirs. On l'a dit à Dennis, mais il ne veut pas le croire. Alors, une fois par mois, il donne un « love-in » dans son avion privé. Là, il sait que sa femme ne surgira pas. Et je vous assure qu'en dépit de sa graisse, il est rudement rapide.

Pour l'instant, Dennis achevait une bouteille de whisky, considérablement frustré.

Malko n'eut pas le temps de s'appesantir sur les malheurs de Dean. Un cri perçant jaillit de la chambre ou Gene Shirak avait disparu avec Daphné. Puis des voix féminines crièrent des injures. Malko lâcha aussitôt « Darling » Jill et courut vers la maison. Il y avait du grabuge avec Daphné.

Il entra dans la pièce faiblement éclairée au moment où deux corps roulaient sur la moquette blanche: Daphné et Joyce, la femme du producteur, aussi nues l'une que l'autre. Joyce tirait de toutes ses forces sur les longs cheveux roux, le visage déformé par la haine. Daphné lui envoya une manchette en pleine poitrine, la bascula sur le ventre et s'assit à califourchon sur son dos, triomphante. Elle pesait bien vingt livres de plus que son adversaire. Joyce gigotait furieusement et hurla:

— Gene, fous-moi cette ordure dehors ou j'appelle la police!

Le producteur émergea de la salle de bains, les reins enroulés dans une serviette. Une large estafilade zébrait son visage ennuyé.

Il prit Malko par le bras et dit à voix basse:

— Elle est folle. Elle a voulu m'éborgner avec des ciseaux. Il vaudrait mieux emmener votre amie. Nous nous reverrons.

— Venez Daphné, appela Malko. Nous partons

Daphné se souleva gracieusement. Malko n'était pas fâché de quitter cette ambiance de dingues. Si le but de l'opération était d'entrer dans l'intimité de Gene Shirak, c'était réussi. Un peu trop, même.

Joyce se releva à son tour. Sans souci de sa nudité, elle s'approcha de Malko:

— Vous savez ce qu'il voulait? siffla-t-elle.

Elle égrena un chapelet d'obscénités à faire rougir tous les hippies de San Francisco.

— Je suis désolé, dit Malko très gêné.

— C'est un porc, hurla hystériquement Joyce, en désignant son mari. Un horrible porc.

Elle sortit en claquant la porte. Daphné alla récupérer sa robe. Malko achevait de se rhabiller lorsque « Darling » Jill surgit.

— Pourquoi partez-vous déjà? demanda-t-elle.

Gene Shirak tamponnant sa joue blessée, grommela:

— Parce que ça vaut mieux.

« Darling » Jill se coula contre Malko, ravie d'exciter Gene.

— Je veux te revoir, murmura-t-elle. Téléphone-moi CR 3 2885.

— Promis, jura Malko.

Au moment où il sortait, il se heurta à Sue.

— Pourquoi partez-vous?

Décidément, c'était un refrain.

— Appelez-moi, proposa-telle. HOL 42739.

Enfin Malko et Daphné se retrouvèrent dehors. L'air était tiède. Soudain, il s'arrêta net. Le bijou! Il était toujours au fond de la piscine.

— Bon sang, jura-t-il. Vous avez fait du joli. Pourquoi n'avez-vous pas pris ce bijou?

Daphné fit la moue.

— C'était important?

— Très.

Maintenant il était trop tard pour aller le chercher au fond de la piscine. Qui allait le trouver?

Soudain, tout cela leur parut futile. Les gens de la CIA perdaient la raison. Gene Shirak n'était qu'un milliardaire comme la Californie en comptait quarante-cinq au dernier recrutement.

Il réprima une grimace de dégoût: l'odeur de l'huile d'olive mélangée au parfum de « Darling » Jill, collait encore à sa peau.

Ils marchèrent jusqu'au Beverley Hills. Cinquante mètres. Malko se promit de téléphoner à Albert Mann. Il avait hâte de retrouver son château.

Daphné resta dix minutes sous la douche, tandis qu'il rêvait, étendu sur le lit. Ses oreilles bourdonnaient et il se sentait curieusement léger: la marijuana.

Soudain, en voyant Daphné sortir de la salle de bains il éprouva un désir brutal, dépersonnalisé. Son corps voulait cette superbe femelle. Sa volonté était comme annihilée par la drogue. Daphné porta les yeux sur lui et gémit:

— Ah! non, pas vous, maintenant!

Malko confus, tira les draps. Mais, bonne fille, Daphné vint s'allonger près de lui. Ensuite, elle murmura:

— Vous vous sentez mieux maintenant?

Cinq minutes plus tard, ils dormaient.

***

Gene Shirak alla retrouver « Darling » Jill dans la petite salle de billard. Il se sentait repu et apaisé par le corps de Daphné. Ses autres soucis s'étaient envolés avec la marijuana. Ce soir, la vie valait la peine d'être vécue.

« Darling » Jill, par contre, appuyée au billard, était de méchante humeur. Malko était parti beaucoup trop tôt à son goût.

— Tu as fait vite pour lui offrir des trucs à ta vache à lait, attaqua-t-elle.

Elle haïssait toutes les femmes ayant plus de poitrine qu'elle.

De bonne foi, Gene Shirak la regarda:

— Un bijou? Je ne lui ai rien donné du tout...

— Ne raconte pas d'histoires, coupa Jill. Je l'ai vu dans la piscine quand elle était près de moi. Le même que celui que tu m'avais offert. La pierre de lune. Seulement, le mien, il est resté avec ton Indien... Je l'avais mis dans sa poche et je n'ai pas pensé à la récupérer. Il faudra que tu m'en offres un autre...

Gene Shirak eut soudain l'impression qu'une condensation d'eau glacée lui entourait le corps. Désespérement, il chercha à rassembler des idées dans son cerveau embrumé. Lorsqu'il avait fait l'amour à Daphné, il était sûr qu'elle n'avait aucun bijou. Pourtant, Jill ne rêvait pas. Le bijou avait dû tomber au cours de la lutte dans la piscine.

Déjà « Darling » Jill, pensait à autre chose.

— Je m'en vais, annonça-t-elle. Tâche de voir beaucoup ta vache à lait parce que son petit camarade me plaît fichtrement.

Gene ne l'écoutait que d'une oreille. Il fila dans le jardin. Il n'y avait plus personne autour de la piscine, à part deux couples endormis dans des balancelles. Il entra dans l'eau transparente, et, immédiatement, aperçut le bijou, posé dans le fond.

Il se pencha et le ramassa, puis revint s'enfermer dans sa salle de bains. Son cœur battait à grands coups dans sa poitrine. Gene mit la pierre de lune sous la lumière du néon et l'examina. Au fur et à mesure que les secondes passaient, il avait l'impression que la vie se retirait de lui.

Car ce bijou existait à un seul exemplaire. Il l'avait fait faire spécialement pour « Darling » Jill. Celui qu'il tenait dans le creux de sa main était donc celui qui s'était trouvé sur le cadavre du Navajo. Assommé par ce que cela signifiait, Gene Shirak se laissa tomber sur une chaise.

CHAPITRE IX

Gene Shirak vomit dans le lavabo. La peur et l'alcool. Une fraction de seconde, il avait eu l'intuition fulgurante que sa vie était terminée, que c'était une question de jours. Maintenant, seul dans le living-room, il essayait de raisonner, de lutter.

Comme une petite bête malfaisante, le bijou de Jill était resté posé sur le lavabo, preuve tangible de la menace qui pesait sur Gene Shirak.

Il se demanda s'il ne ferait pas mieux de prendre le premier avion pour Mexico ou Acapulco. Ou plus loin. Pour la première fois depuis des années, il n'avait pas envie de boire, ni de fumer une cigarette de marijuana. La tête entre ses mains, il jura à voix basse en hongrois. Une langue qu'il s'efforçait d'oublier depuis si longtemps.

Maintenant que l'effet de l'alcool et de la drogue s'atténuait, la peur s'infiltrait dans ses veines comme un poison subtil. Ce qu'il avait toujours craint se produisait. Comme un malade à qui on annonce qu'il a le cancer, il éprouvait un grand vide et rien d'autre.

Qui était l'homme blond et sa splendide compagne?

Ce n'était pas le style du FBI. Donc, cela venait d'une organisation encore plus dangereuse. S'ils étaient là, c'est qu'on le soupçonnait, lui, Gene Shirak.

Il ne comprenait pas pourquoi la femme avait arboré le bijou qui la dénonçait. A moins que cela ne soit machiavélique, pour le forcer à se découvrir. Ou n'importe quelle raison. Mais le bijou était là. Il fallait un hasard impossible pour que ces deux-là n'aient rien à voir avec la mort du Navajo.

A sa peur se mêlait une sourde rancœur sexuelle: il ne pourrait plus profiter de Daphné, il se reprochait de ne pas l'avoir épuisée ce soir.

Cherchant à maîtriser la panique qui le gagnait, il alla au bar et se reversa du whisky qu'il avala d'un trait. Il eut un hoquet mais ne rendit pas l'alcool. Très vite, il éprouva une sensation bienfaisante. Voluptueusement, il enfonça ses pieds nus dans la moquette blanche. Dans quelques heures, le boulanger lui apporterait sa baguette de pain parisien spécialement amenée d'Europe par avion.

C'était cela la vie. Tout ce qu'il risquait de perdre. Il ne voulait pas y renoncer. Il ne pouvait pas.

Il essaya de raisonner logiquement. L'image de « Darling » Jill invitant l'homme blond le hantait. Ce dernier allait pénétrer dans son intimité, découvrir l'existence du Cheetah et faire parler Jill. Pour se sauver elle ne tiendrait pas cinq minutes. Or, elle pouvait dire que Gene Shirak lui avait demandé d'emmener le Navajo au Mexique.

C'était suffisant.

Le whisky baissait à vue d'œil dans la bouteille. Gene Shirak essuya une larme: il pleurait sur lui-même.

Les pensées s'entrechoquaient en désordre sous son crâne. Il n'y avait qu'une façon de protéger sa sécurité de façon certaine, puisque son talon d'Achille était Jill. Au moins gagner du temps. Il frémit en pensant que, sans le bienheureux incident avec

Daphné, l'homme blond serait avec elle en ce moment, chez elle.

Mais le danger était toujours là. Et il n'osait pas s'attaquer à Jill elle-même.

Plus il réfléchissait, plus l'idée s'imposait à lui. L'alcool aidant, les solutions apparaissaient de plus en plus faciles et logiques. Après tout, ce n'était qu'un mauvais moment à passer. S'il était assez ferme et habile, Erain se découragerait. Et il pourrait reprendre sa vie sans souci et brillante.

Un reste de raison lui cria casse-cou. Il mettait le doigt dans un engrenage diabolique...

Mais après tout, il en avait vu d'autres à Hollywood. Et il avait toujours gagné.

Il restait à peine un quart de la bouteille de whisky. Il le vida dans un énorme verre ballon et se mit à le siroter en repassant son plan mentalement. Tout se tenait, c'était absolument logique.

Son verre achevé, il se leva et alla au coffre-fort dissimulé dans un des murs de sa chambre. Il en tira une poignée de billets de cent dollars qu'il avait l'habitude de garder là. Il enfouit l'argent dans sa poche et sortit, après avoir éteint les lumières.

***

Une jeune hippie dont la poitrine saillait à travers une blouse transparente, siffla en voyant la Rolls-Royce gris métallisé s'arrêter devant le Whisky à Gogo de Sunset Strip. A tout hasard, elle se leva et se pencha par la glace ouverte.

— J'ai besoin de dix dollars pour m'acheter un peu d'herbe...

Gene Shirak ne répondit même pas. Il se sentait sûr de lui, mais vacillait légèrement sans même s'en rendre compte. Il fit le tour et entra par l'entrée de service sur Doheny Drive. Un grand nègre en chemise verte l'arrêta:

— Où allez-vous, Mister? C'est interdit par ici.

Gene, outré qu'on ne le reconnaisse pas, sortit un billet de dix dollars.

— Je vais voir Diana, Diana Miller. Suis un ami.

Le Noir tendit sa paume, rose à l'intérieur, fit disparaître le billet et annonça froidement:

— Elle est partie. Depuis une heure.

Gene le regarda en dessous. Mais l'autre semblait dire la vérité. Il sortit un second billet.

— Où?

— Climax, laissa tomber l'autre.

— Qu'est-ce que c'est?

Le Noir fit rouler ses yeux et sourit:

— Groowy place [1], Man. Sur la Cienega, entre Wilshire et 3e Rue. Ouvert depuis deux semaines.

Gene était déjà au volant de la Rolls. Cette fois, la jeune hippie ne se dérangea même pas, se contentant de cracher sur la belle carrosserie.

De l'extérieur, rien n'indiquait une boîte de nuit. C'était un grand bâtiment carré à droite de la Cienega Boulevard en descendant. Un jeune homme chevelu surgit de l'obscurité pour parquer la Rolls et tendit la main:

— Un dollar, sir.

Gene se fit encore extorquer vingt-cinq dollars à l'entrée, comme Membership. Le Climax [2] était un club privé. La fille le consola:

— Vous faites une bonne affaire. La semaine dernière, c'était dix dollars; dans quinze jours ça sera cent. »

Ou le « Climax » serait fermé. Mais Gene Shirak

[1] Endroit extra.
[2] Orgasme.

s'en moquait. Il entra et écarquilla les yeux dans l'obscurité. Le Climax était un endroit étrange, n'admettant comme sièges que des coussins posés à même le sol et des chaises longues! Le club se composait d'une grande salle, où il se trouvait, avec un écran de cinéma projetant des vieux films, d'une salle de billard attenante qui servait aussi de restaurant et d'un « enfer psychédélique » au sous-sol, discothèque où l'on pouvait à peine survivre plus de quelques secondes à cause du bruit et des stroboscopes projetant une lumière crue et intermittente sur les couples étendus.

Il n'y avait pas beaucoup de monde. Gene trouva Diana étendue sur les coussins, en face de l'écran, à côté d'un jeune Noir qui lui tenait la main.

Elle vit Gene, poussa un petit cri de surprise et se leva. Il lui flatta la croupe. C'était ce qu'il aimait le plus chez elle : des fesses callipyges d'une dureté extraordinaire, qui plongeaient Gene dans des abîmes de lubricité. Pour jouer, Diana frotta sa petite poitrine contre la chemise mauve du producteur.

— Tu t'ennuyais, baby, dit-elle. Alors tu as pensé à ta jolie Diana? Viens.

Elle l'attira sur les coussins et ils s'étendirent côte à côte, face à l'écran. A côté d'eux, un couple poussait des grognements inarticulés en se regardant les yeux dans les yeux, leurs mains occupées dans l'ombre à d'obscures activités.

— Ils sont « *loaded* »[1], expliqua Diana. Ne fais pas attention. Ils ne nous voient même pas.

Gene se sentait de mieux en mieux. Diana faisait toujours tout ce qu'il voulait. Quelquefois, elle venait le voir à son bureau, en fin d'après-midi, entre deux répétitions. Il la prenait rapidement, debout contre le

[1] Drogués à la marijuana ou au L.S.D.

bureau, et la renvoyait ensuite, toujours de bonne humeur.

Mais surtout Diana Miller était sa pourvoyeuse en drogues de tous genres, de la marijuana au LSD. Même de l'héroïne que Gene repassait à « Darling » Jill. Celle-ci était une des plus grosses consommatrices de la bande.

Gene n'avait jamais demandé à Diana d'où venait la drogue. Mais il savait qu'elle possédait des contacts suivis avec la pègre.

Diana était noire. Sa bouche immense et ses fesses l'avaient fait violer le jour de ses treize ans, dans le Nebraska. Depuis, elle avait fait du chemin. Chanteuse et strip-teaseuse, elle avait traîné à travers les USA jusqu'au moment où elle avait rencontré le gangster Mickey Levine. Ce dernier occupait une place importante dans le Syndicat et était tombé amoureux fou de Diana. Grâce à Mickey, elle n'avait plus jamais manqué d'engagements.

Hélas! les cinq avocats véreux de Mickey n'avaient pu empêcher l'inévitable. Ce dernier s'était vu convaincre par un jury fédéral de diverses bagatelles incluant le meurtre avec préméditation qui l'avaient envoyé pour quinze ans au pénitencier modèle de Dennamora.

Son départ avait donné lieu à une partie touchante, où Gene Shirak avait été invité. Avec des larmes dans la voix, Mickey avait confié sa gazelle noire à ses amis. Gene n'avait pas perdu de temps pour mériter sa confiance. Le soir même, il avait ramené Diana chez lui. Depuis, ils entretenaient d'excellents rapports. Quand il avait envie de s'encanailler, Gene la suivait dans les bouges du Watts, où il écoutait du jazz « soul » joué par des musiciens ivres de marijuana.

Perdu dans ses pensées, Gene sentit la main de la jeune Noire le caresser. Il sursauta.

— Il faut que tu me rendes un service, dit-il.

Diana rit gentiment.

— Tu sais bien que tu es un ami. Qu'est-ce que tu veux?

Sa force, sa brutalité, et sa puissance l'attiraient. Elle aimait se coller contre lui à la Factory, pour que tout le monde sache qu'elle couchait avec le puissant Gene Shirak.

Il faillit soudain oublier pourquoi il était venu. Exprès, Diana s'était étendue sur le ventre, et sa croupe dessinait un demi-cercle presque parfait. Sous le regard de Gene elle creusa encore les reins.

— Tu aimerais gagner cinq mille dollars? demanda-t-il à voix basse.

Diana ferma les yeux à demi. Elle aimait l'argent. Mais, connaissant Gene, elle allait mériter ses dollars.

— Cela dépend, sweathie.

Prudente.

Gene, malgré lui, regarda si personne ne les écoutait. Ce qu'il avait à demander à Diana sortait un peu de ses attributions habituelles. Sur l'écran passait un vieux film en noir et blanc.

Gene se sentit nerveux, tout à coup.

— Filons d'ici, dit-il. J'ai envie d'air frais.

Docilement, Diana se leva. Au « Climax » on ne payait pas. Une fois à l'intérieur, on pouvait boire et manger autant qu'on le voulait. Ils ne s'adressèrent plus la parole tant que Gene n'eut pas démarré. Il remonta vers Hollywood et Beverly Hills. Diana s'enfonça voluptueusement dans les coussins. Puis commença à défaire la fermeture Éclair de son pantalon en lastex. Gene l'arrêta d'un geste.

Une voiture de police les dépassa et, instinctivement, Gene ralentit. Diana lui jeta un coup d'œil surpris. Ce n'était pas dans ses habitudes.

Il avait horriblement mal à la tête.

— Tu veux vraiment gagner cinq mille dollars, répéta-t-il.

Diana haussa les épaules:

— Tu connais une fille qui ne veut pas gagner cinq mille dollars. Si c'est pas pour faire un truc impossible.

Ils tournèrent dans Sunset Boulevard, complètement désert. Gene s'appliquait à ne pas regarder Diana.

— Pour toi, ce n'est pas impossible, murmura-t-il. Ce n'est même pas dangereux.

***

La Rolls-Royce glissait doucement à travers les allées somptueuses de Beverly Hills. Gene pouvait à peine garder les yeux ouverts. L'aube se levait. Il était plus de six heures. A côté de lui, Diana dormait, la tête renversée en arrière.

Une horrible tentation accrocha Gene. Maintenant que tout était arrangé, il suffisait d'un coup de manchette dans la gorge de la Noire pour supprimer tout lien entre lui et ce qui allait se passer. Il pourrait jeter le corps de Diana dans un des canyons des collines. Ils avaient parcouru depuis trois heures tous les bouges de Los Angeles, jusqu'à Long Beach. Gene Shirak avait découvert une humanité grouillante et sordide, haineuse et mortelle, avide jusqu'à la folie.

Plusieurs fois, Diana avait dû le protéger.

Il s'arrêta au coin de Larrabee et de Sunset, secoua Diana. Elle habitait une maison juste au coin.

— Merci, dit-il. J'espère que tu sauras tenir ta langue.

Elle haussa les épaules en sortant de la Rolls. Si elle n'avait pas su tenir sa langue, il y aurait belle lurette qu'elle serait au fond du Pacifique dans un tonneau de ciment.

Gene repartit aussitôt. Un quart d'heure plus tard, il était sous une douche brûlante. Il avait un meeting à huit heures avec les gens d'Universal pour une importante série de télévision dont il possédait les droits.

Sous la douche, il essaya de se persuader qu'il avait fait tout ce qu'il fallait. Le reste était entre les mains de Dieu. Ou de préférence du diable.

CHAPITRE X

Dean Anchor avait un visage d'enfant et de longues mains fines à peine teintées. Il fallait le regarder de près pour distinguer la légère coloration de sa peau. Il évitait de porter des couleurs trop voyantes, comme le font les Noirs d'habitude.

La vieille dame préposée à l'entrée de la piscine du Beverly Hills, lui sourit aimablement:

— Résidez-vous à l'hôtel?

— Non, répondit-il poliment, je viens voir des amis.

Après avoir payé les deux dollars d'entrée, il se déshabilla dans une cabine, prit une chaise longue, commanda un gin and tonic et, derrière ses lunettes noires, fit le tour des gens autour de lui.

Son travail commençait.

Près de lui, un gros homme adipeux pavanait au milieu d'une demi-douzaine de filles qui s'amusaient à tirer sur sa courte barbiche.

Dean réprima une grimace de dégoût. Il haïssait la société américaine. Il ne s'était pas fait tueur à gages seulement pour gagner facilement sa vie. Il aimait tuer ces gens qui incarnaient tout ce qu'il haïssait. Lorsqu'il appuyait sur la détente et qu'il voyait le corps de sa victime sauter sous l'impact des projectiles de 38 il éprouvait une jouissance comparable au plaisir sexuel.

Une blonde platinée lui jeta un coup d'œil brûlant avant d'aller s'installer dans la chaise longue voisine. Elle dégrafa son soutien-gorge, s'allongea sur le ventre, la tête tournée vers Dean, un indéfinissable sourire aux lèvres. Il faillit se lever, aller lui parler, mais se retint. Jusqu'ici, il n'avait jamais fait d'imprudence. Le FBI ne possédait aucune fiche sur lui.

Le jeune Noir se sentait bien. Le luxe qui l'entourait lui montait un peu à la tête. C'est la première fois qu'il exécutait un « contrat » dans un tel milieu. Il ignorait tout de l'homme qu'il devait tuer. Sinon le numéro de sa chambre et son signalement. Il ne se posait d'ailleurs aucune question.

C'est le second jour qu'il hantait la piscine du Beverly Hills. Il était presque sûr de l'avoir identifié, mais il lui manquait encore une ultime preuve.

Dean alla au bar et décrocha un téléphone posé sur une table. Dès qu'il eut la standardiste, il demanda:

— Voulez-vous me passer le bungalow 3?

La sonnerie résonna presque une minute avant que la fille ne revînt en ligne. Dean essuya sa paume pleine de sueur, mais parvint à demander d'une voix très naturelle:

— Pouvez-vous vérifier à la piscine?

Quelques secondes plus tard, le haut-parleur grésilla:

— Monsieur Malko Linge, téléphone, s'il vous plaît?

Derrière ses lunettes noires, Dean balayait toute la piscine. Il vit un grand homme blond quitter l'abri d'une des « cabanas » en face de lui et décrocher le téléphone posé sur un tabouret. Aussitôt, Dean raccrocha le sien et alla reprendre sa sieste apparente. Il suivit des yeux l'homme qui retourna s'étendre près d'une fille rousse.

Maintenant, l'opération ne posait plus de problème.

Un peu plus tard, il plongea dans la piscine, nagea un peu, s'arrangea pour passer près de l'homme, le visage au ras de la margelle, afin de bien l'identifier. Il nota les yeux jaunes, couleur d'or.

Au moment où il remontait, l'homme qu'il devait tuer baissa les yeux sur lui et leurs regards se croisèrent. Dean sortit de la piscine, se sécha et sortit sans se presser. Il lui restait moins d'une heure pour agir. La vieille dame lui sourit aimablement.

Malko contemplait la courbe du dos de Daphné, se demandant comment une fille aussi belle pouvait être call-girl. Il était furieux contre lui-même. Depuis deux jours, il se dorait au soleil.

Sans rien faire.

Plus aucune nouvelle de Gene Shirak. Il avait appelé « Darling » Jill sans avoir pu la joindre. Sa mission avait de fortes chances de s'arrêter là. Même si le producteur lui avait téléphoné, qu'est-ce que cela aurait donné? Une nouvelle partouze et c'est tout. Il croyait de moins en moins à l'histoire d'Albert Mann.

Daphné remit son soutien-gorge, au grand dam de l'Anglais de la « cabana » voisine, qui donnait tous les jours vingt dollars de pourboire au garçon pour profiter du spectacle.

— Je vais me baigner, annonça-telle.

Elle se leva et, au même instant, le haut-parleur grésilla:

— Bungalow 3, téléphone.

Malko décrocha le téléphone placé devant lui, donna son nom à la standardiste. Aussitôt, il entendit la voix de « Darling » Jill.

— Malko! Comment allez-vous? Jill Rickbell à l'appareil.

— C'est gentil d'appeler.

Jill prit une intonation plus intime, murmura presque:

— Je pensais à vous..

— Ah! fit Malko, dans l'expectative.

— Nous sommes à Palm Springs, continua Jill et nous nous bronzons.

— Qui ça, nous? demanda Malko.

— Gene, Seymour et une fille que vous ne connaissez pas, expliqua « Darling » Jill. Gene avait un truc à régler ici et nous a emmenées. On rentre ce soir. Pourquoi ne venez-vous pas un de ces soirs, à la maison ?

— Pourquoi pas, en effet?

Au point où il en était...

— Avec Daphné, bien entendu, précisa suavement « Darling » Jill. Après-demain.

Malko ne demanda pas de qui il s'agissait.

— Va pour après-demain, dit-il. Je serai heureux de vous revoir.

— Voilà mon adresse: 3428 Belagio Road, dans Bel-air, précisa « Darling » Jill.

Daphné émergeait de la piscine. Malko lui apprit qu'ils étaient invités par « Darling » Jill. Daphné haussa les épaules, philosophe.

— Je vais encore faire des heures supplémentaires, laissa-t-elle tomber.

A tout hasard, Malko appela le bureau d'Albert Mann. Celui-ci, heureusement, était là. Il sembla ravi de l'invitation de Jill.

— Bravo, dit-il. C'est parfait qu'ils vous donnent signe de vie eux-mêmes.

— Vous ne croyez pas qu'en interrogeant sérieusement Gene Shirak, on arriverait à un résultat?

— Non. Nous n'avons pas assez d'éléments. Il nous rirait au nez. Le type est protégé par une armée d'avocats. En plus, il connaît personnellement le gouverneur de l'Etat.

— C'est une histoire de fous, fit Malko, découragé. Vous avez tout simplement mis le doigt sur une bande de joyeux fêtards...

— Je le souhaite, fit simplement Mann. Dans ce cas, vous aurez passé des vacances au soleil. Et à nos frais.

Sur ces paroles consolatrices, il raccrocha. Malko alla au bar commander une vodka. Le soleil chauffait son dos agréablement et cela lui rappela son exécution manquée de Bagdad. Il frissonna. Quel dommage que Djemal ne soit pas là. Lui qui aimait tant la vie. Son verre à la main, il revint s'allonger près de Daphné qui riait toute seule. Elle lui tendit un billet de cent dollars.

On avait griffonné dessus: « chambre 112. 10 heures P. M. »

— C'est notre voisin, expliqua-t-elle.

S'il était aussi prolixe que la marquise de Sévigné, cela risquait de lui coûter cher...

— Nous continuons, annonça Malko.

— C'est pour la patrie, dit philosophiquement Daphné. Et pour mon petit magasin à Kansas City.

***

Enfermé dans son bungalow luxueux de la Siesta Villas, Gene Shirak essayait désespérément de joindre Diana Miller. La jeune Noire semblait s'être dissoute dans le smog qui recouvre Los Angeles trois jours sur quatre. Aucun de ceux qui la connaissaient ne l'avaient vue.

La sueur coulait sur le front de Gene. La température, d'abord. Il faisait 35° dans le désert de Palm Springs.

La peur aussi.

Dégrisé, il avait réalisé ce qu'il avait lancé. C'était reculer pour mieux sauter, jouer avec le feu. Bien sûr, il gagnerait quelques jours, mais, après l'homme blond, il en viendrait d'autres et il ne protégerait pas éternellement « Darling » Jill de tout contact dangereux.

Depuis le matin, il voulait dire à Diana Miller de décommander l'opération. « Darling » Jill se dorait au bord de la piscine, sans se douter de rien. Il l'avait emmenée à Palm Springs pour l'éloigner de Beverly Hills et laisser au tueur de Diana le temps d'agir. Tout cela lui semblait enfantin maintenant. Et terriblement dangereux. Il visitait des terrains qu'il n'avait pas la moindre envie d'acheter et cela ajoutait à sa mauvaise humeur.

Le numéro qu'il appelait ne répondait pas une fois de plus. Il raccrocha et sortit se détendre quelques minutes au bord de la piscine.

Jill était en train de téléphoner. Il entendit la dernière phrase:

— Je vous attends après-demain. Au revoir, Malko.

Gene Shirak ne sut pas si c'était le soleil brûlant ou cette petite phrase, mais il se sentit brutalement les jambes molles. Son visage dut refléter son désarroi, car « Darling » Jill l'interpella après avoir raccroché.

— Eh bien! tu es jaloux?

Il s'en tira par une plaisanterie et plongea dans l'eau transparente.

Après tout, que le destin s'accomplisse. Il valait mieux parer au danger le plus pressant. Lorsqu'il sortit de l'eau, il alla s'étendre au soleil sur une des chaises longues et ne chercha plus à joindre Diana Miller.

*
**

L'homme qui se présenta à l'entrée de la piscine du Beverly Hills avait le visage caché par un masque semi-cylindrique en mica fumé utilisé par les motocyclistes. Il portait un paquet à la main. La vieille dame de la caisse fronça les sourcils.

— Que voulez-vous, jeune homme? C'est privé ici.

La voix posée de l'inconnu la radoucit:

— J'ai un paquet urgent pour un client de l'hôtel, expliqua-t-il. Le bungalow 3. En haut, au desk, ils n'avaient personne pour le porter et ils m'ont dit d'y aller moi-même.

Rien à dire à cela.

— O.K.! dit la vieille dame en libérant le tourniquet automatique. Mais faites vite. Demandez à Georges, le garçon en blanc, il vous dira où est la personne que vous cherchez.

Le jeune homme se faufila dans le tourniquet et descendit les quelques marches. Le masque cachait entièrement ses traits. La préposée à l'entrée avait des excuses de ne pas avoir reconnu son jeune client « teinté » de l'heure précédente.

Sa moto, une Yamaha, montant à cent vingt milles, était garée en bas du parking. En quelques secondes, il serait loin.

Dean Anchor se retourna et vit que la vieille dame l'observait. Aussi fit-il le tour de la piscine pour aller demander à Georges où se trouvait le client du bungalow 3. Ce dernier était au même endroit, étendu sur un matelas, en train de lire. La fille rousse était là aussi, à côté de lui.

De l'argent facilement gagné, pensa Dean.

Georges bavardait sous le plongeoir avec une dame mûrissante qui s'intéressait beaucoup à sa jeune éducation. Il regarda d'un air dégoûté le coursier et laissa tomber:

— Là-bas, la dernière « cabana », le type blond avec les lunettes. Et filez vite ensuite, sans regarder les gonzesses...

Dean Anchor eut un rire servile. Il regrettait de tout son cœur de ne pas avoir le temps de repasser par le plongeoir, juste le temps de coller une balle de 38 dans le ventre de ce petit maquereau.

Prenant bien soin de ne pas marcher sur les corps étendus, il avança lentement vers l'homme et la femme qu'il devait tuer. Il préférait qu'ils ne le voient pas au dernier moment. Les gens ont parfois des pressentiments. Il n'avait pas choisi la piscine au hasard. C'était le seul endroit où sa victime serait sans défense et détendue.

Il n'était plus qu'à quelques mètres du couple. Avec sa main gauche, il ouvrit le paquet. C'était un gros livre dans lequel il avait creusé une alvéole pour loger son Smith et Wesson. Dans sa poche, il avait une boîte de cartouches, à tout hasard. Absorbé, il trébucha sur des jambes étendues. Une grande fille maigre dont le soutien-gorge ne cachait rien, chercha son regard à travers le masque.

Au même moment, le haut-parleur grésilla.

— Miss La Salle, téléphone, s'il vous plaît.

Dean Anchor ne prêta pas attention à l'appel: cela ne le concernait pas; mais soudain, il vit la fille rousse se lever et s'éloigner devant lui, en ondulant de ses hanches somptueuses. Une seconde, il resta immobile, paralysé par la surprise. Jamais il n'aurait le temps de tuer les deux.

Il se baissa, comme pour arranger le lacet de sa chaussure de basket. Il fallait gagner une minute ou deux. Soudain, la voix furieuse de Georges éclata derrière lui.

— Alors quoi? On prend le soleil! Je vous ai dit de donner votre paquet et de filer.

Dean se releva lentement. L'éclat de voix avait fait lever la tête à l'homme blond. Dean, à cause des lunettes noires, ne pouvait voir s'il le regardait.

Il lui restait trois mètres à parcourir. Georges ne pourrait pas intervenir. Ensuite, il aurait à courir le long de la bordure pour atteindre la fille en train de téléphoner. Une bouffée de haine le submergea. Il plongea dans le paquet et agrippa solidement la crosse du Smith et Wesson, ramena le chien en arrière et fit jaillir l'arme. Il avait retrouvé son calme. Pour quelques secondes, il n'était plus le petit voyou de la 103e Rue du Watts, mais le Destin.

La fille maigre aperçut l'acier bruni du revolver et poussa un cri perçant.

Dean Anchor, les jambes écartées comme au stand, leva le bras et visa. Juste au-dessus du maillot noir. C'était un coup facile. Son doigt se crispa sur la détente.

***

En roulant sur le San Diego Freeway, le patrolman Clyde Krieger méditait sur l'inanité de la vie. A la tête de six motards de la police de Los Angeles, il convoyait l'émir de Bahrein, minuscule principauté du golfe Persique, en visite semi-officielle aux USA. C'était un petit vieux tout ridé qui nageait littéralement dans le pétrole.

A près de quatre-vingts miles, ils roulaient sur la bande du milieu, phares allumés comme pour un enterrement. De temps en temps, Clyde donnait un petit coup de sirène pour écarter les voitures.

Il était toujours de corvée pour ce genre de truc. A cause de sa haute taille et de son physique d'acteur. Des traits virils, une peau mate, des épaules larges et une taille mince. Avec le casque doré, la tenue bleu marine et la ceinture-cartouchière, il avait grande allure. Tous ses copains lui disaient:

— Clyde, avec ta gueule, tu devrais faire du cinéma...

Seulement, les gens connus qu'il escortait une fois par semaine, se contentaient de lui serrer la main et de le remercier de la promenade aux sirènes. Et Clyde Krieger était toujours patrolman à six cent cinquante-quatre dollars par mois, avec une petite maison à Culver City, qu'il n'avait même pas fini de payer...

Le petit convoi avait tourné dans Sunset Boulevard. Une voiture de la police de Beverly Hills les escorta un moment. Sur la ligne droite avant d'arriver au Beverly Hills Hotel, Clyde poussa une dernière pointe de vitesse. En grande partie pour dépasser une Pontiac Grand Prix blanche, conduite par une jolie brune qui daigna lui adresser un sourire quand il la doubla. Une fille comme il n'en aurait jamais dans son lit.

Il remit la sirène pour l'arrivée à l'hôtel. L'émir se rengorgeait. Laissant la Mark III blanche stopper sous le porche, Clyde arrêta sa machine un peu avant, mit la béquille et descendit à terre. Conscient qu'un groupe de clients le regardait, il ôta lentement ses lunettes, ses gants et resta, les jambes écartées, la main sur la crosse, comme les héros de western.

***

Un pressentiment indéfinissable fit lever la tête à Malko. Il devina le geste de l'homme à la visière noire avant même de le voir. D'ailleurs, cette visière, si elle cachait le visage de l'inconnu, donnait un sentiment de malaise. On avait l'impression de se trouver en face d'un robot.

D'un bond, il se leva de sa chaise longue. Le long canon du Smith et Wesson était déjà braqué sur lui. Il lui restait une fraction de seconde pour sauver sa vie.

Il plongea la tête la première dans la piscine juste au moment où Dean Anchor tirait. La balle alla fracasser une bouteille dans le bar et se perdit sur le court de tennis. Dean, le revolver au poing, resta tout bête au bord de l'eau. La silhouette de Malko se détachait sur le fond de mosaïque bleue à quelques mètres.

Il visa soigneusement et tira deux fois. Les balles firent chacune un petit geyser, mais Malko continua à nager: Dean ignorait qu'un matelas de quelques centimètres d'eau suffit à arrêter n'importe quelle balle...

Indécis, il resta le revolver en l'air. Un cri retentit derrière lui. Georges accourait, brandissant une batte de base-ball. Mais il stoppa à deux mètres du tueur; hurlant et hystérique:

— La police! Appelez la police!

Autour de la piscine, c'était la panique. Des femmes s'enfuyaient, d'autres se recroquevillaient sur leurs matelas, paralysées de terreur.

Dean vit le barman décrocher le téléphone. Il lui restait très peu de temps. Avec un peu de chance, il pourrait abattre la femme au passage et l'homme quand il sortirait de l'eau, de l'autre côté. Brandissant son Smith et Wesson, il fonça vers le bar.

Malko sentit que ses poumons allaient éclater. Jamais il n'était resté si longtemps sous l'eau. Il fit encore un effort désespéré pour revenir vers le centre de la piscine. Il savait que son corps se détachait parfaitement dans l'eau claire.

Il expulsa l'air de ses poumons, ce qui le fit couler. Dès qu'il sentit la mosaïque sous ses pieds, il donna un violent coup de talon, pour remonter d'un coup.

Sa tête émergea, plus vite que ne l'avait prévu Dean Anchor. Celui-ci, en équilibre au bord de la piscine, leva le Smith et Wesson. Il avait déjà parcouru la moitié du chemin qui le séparait de la fille rousse. Celle-ci regardait le tueur avancer sur elle, sans lâcher son téléphone.

L'explosion du 38 fit trembler les cocotiers. La balle s'enfonça dans l'eau, à quelques centimètres de la tête de Malko. Il avait eu le temps de respirer et replongea aussitôt.

Dean ne voyait plus que la rousse. Au moins, il aurait celle-là. Il fonça, mais glissa sur le dallage humide. Une seconde, il resta en équilibre. Mais ce n'était pas son jour de chance. Sous la « cabana » devant laquelle il passait, se trouvait un Texan qui n'avait pas peur des armes à feu.

D'une violente poussée, il projeta Dean dans la piscine, avant que le tueur ait pu retrouver son équilibre.

Dean Anchor tomba sans lâcher son arme. Il entendit la clameur des femmes qui s'enfuyaient dans tous les sens. Plusieurs s'étaient accroupies derrière le bar ambulant. Le tueur s'étrangla avec l'eau tiède, tâtonna, ivre de haine. Il avait pied. Il s'accrocha d'une main au rebord, mais l'homme qui l'avait poussé lui écrasa la main gauche et il lâcha prise avec un cri de douleur.

Sans viser, il tira. La balle de 38 frappa une femme qui tomba en arrière. Tous ceux qui s'étaient approchés pour l'hallali reculèrent précipitamment, y compris le courageux Texan. Dean marcha, de l'eau jusqu'au cou, jusqu'à l'échelle, qu'il escalada en se secouant comme un chien mouillé.

Il rabattit sa visière, comme pour se protéger, et regarda autour de lui.

La fille rousse avait disparu. Il n'avait pas le temps de la chercher. Il ne vit pas non plus l'homme blond qu'il était chargé de tuer. Son contrat était raté. Maintenant, il fallait sauver sa peau.

Il courut jusqu'à la barrière au tourniquet et sauta par-dessus. L'intrépide vieille dame voulut lui barrer la route. D'un méchant coup de crosse à la tempe, Dean l'étendit sur le carrelage, avant de disparaître dans le petit chemin donnant directement sur le parking. A l'abri des regards, il s'accroupit et rechargea son arme. Derrière lui, c'était un concert de hurlements et d'imprécations.

Deux minutes plus tard, il enfourchait la Yamaha, le Smith et Wesson passé dans la ceinture.

*
**

Clyde Krieger rêvait en comptant les Cadillac s'arrêtant sous le porche de Beverly Hills, lorsqu'un homme en maillot de bain surgit en courant.

Instinctivement, Clyde porta la main à son 357 Magnum 45, puis se reprit. Il n'était pas dans le Watts. On ne tirait pas sur un millionnaire sans sommation. Trois des patrolmen étaient à la cafétéria et les deux autres écoutaient KRLA sur la radio de leur machine. L'homme blond fonça sur Krieger.

— Vite. Il y a un tueur à la piscine. On a tiré sur moi. Venez.

Déjà, il repartait en courant. Clyde Krieger n'hésita qu'une seconde. C'était la chance de sa vie. En dégainant son lourd Magnum 45, il se voyait déjà riche et célèbre...

— Restez là, cria-t-il aux deux autres patrolmen. S'il y avait une action glorieuse, autant être seul...

— Le voilà, cria l'homme blond.

Ils aperçurent la silhouette d'un homme enfourchant une moto qui démarra aussitôt. Clyde Krieger leva son arme, mais l'homme l'empêcha de tirer. Ils virent la moto traverser le Sunset et prendre Rodeo Drive.

— Ne tirez pas. Il le faut vivant.

— Pourquoi?

— C'est un ordre du FBI.

Clyde Krieger courait déjà vers sa machine. Enfin, il tenait le gros coup.

La grosse Harley-Davidson démarra au premier coup de manivelle. Clyde sauta en selle. Ses deux copains s'apprêtaient à l'imiter mais le patrolman les arrêta:

— Restez là. L'émir va ressortir. Prévenez les voitures. Un type sur une Yamaha rouge. Porte un casque de mica noir. Armé. Dangereux. Descend sur Rodeo Drive, vers le sud.

Il mit la sirène et démarra. Le temps de se faufiler au feu rouge de Sunset et de Benedict Canyon, il fonçait à quatre-vingt-dix miles à l'heure sur Rodéo. Il ouvrit sa radio. Ses deux copains donnaient frénétiquement l'alerte. Une voiture de la « Beverly Hill Patrol », répondit de Wilshire Boulevard qu'elle remontait vers le nord pour couper la route au fugitif.

Clyde Krieger arriva au croisement de Santa Monica Boulevard et hésita. L'homme avait pu tourner à gauche ou à droite. Il s'arrêta. Au même moment la radio annonça:

— Ici B-18. Los Angeles. Venons de croiser homme sur Yamaha roulant en direction de Santa Monica.

Impossible faire demi-tour, sommes bloqués par trafic.

Clyde fila à droite. Le Santa Monica filait tout droit sur près de quatre miles. La grosse Harley pouvait monter à cent vingt miles, il n'y avait pas de feux rouges pour lui. Il arriva à fond sur l'intersection de Wilshire Boulevard, dut monter sur le trottoir pour éviter un camion. Une sirène éclata derrière lui. Une voiture de patrouille dévalait Wilshire; filant vers Century City, Clyde accéléra encore. Une seconde voiture jaillit de l'Avenue of the Stars et prit la chasse à son tour, non loin de lui.

Une dizaine de véhicules convergeaient maintenant vers Santa Monica Boulevard. La « Bel Air Patrol » bloquait le Sunset au nord. A l'ouest, il y avait la mer. L'homme essaierait de filer vers le sud, « downtown », où il avait plus de chance de se cacher que dans ces quartiers résidentiels.

Dévalant le Santa Monica, Clyde Krieger entendit dans la radio le cri d'un des policiers:

— Attention, il fait demi-tour! Intersection Santa Monica et Beverly Glen.

C'était à un mile en avant. Clyde Krieger ralentit, défit la patte de sécurité de son pistolet, mit en marche ses feux clignotants rouges. Et scruta ce qui arrivait en face.

Dean Anchor aperçut le policier le premier. Derrière lui, une voiture de patrouille essayait désespérément de se frayer un chemin dans le trafic. A gauche, il y avait une palissade infranchissable. Mais sur la droite s'ouvraient les terrains vagues de Century City. Sa seule chance. Clyde Krieger l'aperçut et sortit son pistolet.

Stupéfaite, une femme en bigoudis stoppa si brusquement sa Cadillac que le tueur vint buter dedans. Il roula par terre. Clyde avait mis pied à terre, sa machine en travers de l'avenue pour bloquer la circulation; il se précipita vers le fugitif.

Dean courait déjà à travers un terrain vague, vers Century City. S'il parvenait à atteindre le bloc d'immeubles, il pourrait se perdre dans l'immense parking.

La silhouette bleue surgit à vingt mètres derrière lui.

Avec ses bottes et ses immenses jambes, le patrolman était avantagé dans ce terrain boueux. Il courait de toutes ses forces, gagnant à chaque enjambée. Il aurait pu facilement tirer, mais se souvenait de ce qu'avait ordonné l'inconnu blond. Une voiture de patrouille stoppa et quatre autres policiers s'élancèrent à leur tour dans le terrain vague.

Dean Anchor glissa et tomba, roulant sur lui-même, sans lâcher son 38. Pataugeant dans la boue, il tenta de se relever. Mais le grand patrolman braquait déjà son colt sur lui:

— Lâche ton arme, dit-il.

De la main gauche, il chercha à attraper ses menottes fixées derrière son dos sans quitter des yeux l'homme étendu à ses pieds.

Il vit dans les yeux du tueur qu'il allait tirer, hésita une fraction de seconde, toujours à cause de l'ordre.

Dean Anchor appuya sur la détente du 38 et le choc de la balle rejeta Clyde Krieger en arrière. Il ressentit un violent choc à la poitrine, voulut riposter mais sa main ne lui obéissait plus. Il tomba à genoux, tandis que le tueur se relevait. Réunissant ses ultimes forces, Clyde bloqua le long canon du 357 dans la saignée de son bras gauche, visa et tira. Il était si faible que le recul le fit tomber en arrière, mourant.

L'énorme balle de 357 frappa Dean Anchor entre

les omoplates et ressortit par la poitrine en lui arrachant une partie du cœur.

Lorsque les policiers arrivèrent près de lui, il était mort. L'un d'entre eux retourna le corps du bout du pied, pour voir le visage? La visière de mica s'était écrasée et il avait de la terre dans la bouche. Le vieux flic secoua la tête avec tristesse. Le tueur n'avait pas plus de vingt-cinq ans. Le patrol-man Clyde Krieger, trente-cinq.

Au loin, les jappements d'une ambulance augmentaient d'intensité. Le policier se pencha et ferma les yeux du mort.

*
**

Nom: Anchor.

Prénoms: Dean, Vernon.

Age: 24 ans. Né à Pasadena, Californie. Habitant 1086 103e Street — Los Angeles.

Profession: électricien. Aucun employeur connu.

Casier judiciaire: vierge.

Renseignements. Libéré de l'armée dix-huit mois plus tôt. 25e division de marine. Stationné à San Diego et Wake. N'a jamais travaillé. Aucune ressource connue. Paie son loyer régulièrement.

Albert Mann reposa la fiche avec découragement. Il n'y avait rien de plus sur le tueur de Clyde Krieger. Le numéro de série du Smith et Wesson avait été usé à la lime. La piste s'arrêtait là.

Malko, Albert Mann et deux policiers de Los Angeles se trouvaient dans le bureau de Jack Thomas, 1340 West 6e Rue, au sixième étage. La conférence avait été convoquée à l'instigation d'Albert Mann alors que le corps de Dean Anchor était encore chaud à la morgue du Receiving Hospital.

Jack Thomas secoua la tête en reprenant la fiche:

— J'ai peur que nous ne trouvions pas grand-chose de plus. C'est un tueur à gages, il agissait pour quelqu'un. La police de Los Angeles a perquisitionné chez lui, sans résultat. Sa mère prétend qu'elle ne l'avait pas vu depuis trois mois... Nous allons continuer quand même..

La climatisation marchait à fond et il faisait une température sibérienne dans le bureau, bien que le soleil frappât les vitres bleutées.

Le patron du FBI avait l'air soucieux. Il prit Albert Mann à part dans un coin du bureau:

— Cette histoire fait un mort et une blessée grave. J'espère que vous savez ce que vous faites... C'est peut-être le moment de secouer Gene Shirak, millionnaire ou pas...

Albert Mann secoua la tête:

— Je comprends ce que vous pensez. Ce meurtre m'étonne et me ravit à la fois. C'est la première preuve tangible que nous sommes sur la piste de quelque chose d'important. Et que les gens en face de nous sont pressés. Il y a des méthodes plus discrètes pour éliminer les gens...

« Donnez-moi encore une semaine...

A regret, Jack Thomas lui serra la main. Le FBI avait horreur des initiatives de la CIA qui le paralysaient. Surtout quand cela se terminait par des meurtres.

Albert Mann entraîna Malko, qui avait été présenté à Jack Thomas comme un agent « noir ».

— Vous avez l'avantage, dit-il dans l'ascenseur. Tâchez de trouver pourquoi on a voulu vous tuer...

C'est ce que Malko cherchait désespérément depuis le moment où il s'était trouvé en face de Dean Anchor.

— Je ne vois pas, avoua-t-il. Bien sûr, il y a le bijou que j'ai oublié au fond de la piscine. Mais

Gene Shirak ou qui que ce soit n'est pas assez naïf pour penser que l'enquête va s'arrêter parce qu'on me tue.

Il y a autre chose, qui s'applique spécifiquement à ma modeste personne.

— Vous avez intérêt à le trouver avant qu'ils ne réussissent leur coup, souligna Albert Mann en remontant dans la Pontiac. Cela m'ennuierait de vous interroger par l'intermédiaire d'une table tournante.

— Moi aussi, dit sobrement Malko.

— De toute façon, nos amis du FBI ont mis Gene Shirak sous surveillance légère. On recueillera peut-être quelque chose...

CHAPITRE XI

Les mains dans les poches, Gene Shirak regardait sans les voir les voitures qui défilaient quatorze étages plus bas, sur Sunset Boulevard. Son bureau n'avait pas de murs: uniquement de grands panneaux vitrés descendant jusqu'au sol, réunis par des poutrelles d'acier. Le verre bleuté laissait entrer la lumière, mais il ne fallait pas avoir le vertige. On avait l'impression de se trouver suspendu entre ciel et terre.

Gene était très élégant, avec une chemise verte et un pantalon assorti. Mais ses traits étaient tirés et il avait de grandes poches sous les yeux. Son masque plat semblait sculpté dans du bois.

Il passa nerveusement la main dans ses rares cheveux. Ses yeux, déjà très clairs d'habitude, étaient presque incolores. Il n'avait pas dormi de la nuit. Depuis la veille il savait que son plan idiot avait raté. L'attentat du Beverly Hills et le duel mortel entre le patrolman et le tueur faisaient couler des torrents d'encre. Dans un éditorial virulent, le *Los Angeles Time* demandait qu'on mette un frein au crime organisé.

Gene avait grincé des dents devant la photo de l'innocent prince Malko qui jurait qu'il devait s'agir d'une erreur...

Toute la nuit, Gene Shirak avait tourné et retourné les faits dans sa tête. Il se trouvait confronté avec une situation sans issue. Maintenant le FBI le surveillait certainement. Sans posséder aucune preuve, bien sûr. Pour le moment.

Heureusement que Dean Anchor était mort. Mais il avait été fou de vouloir éliminer l'homme blond. D'autant que ce dernier avait bel et bien rendez-vous avec Jill. Il avait perdu cinq mille dollars pour rien.

Sa seule chance était de se tenir tranquille et d'attendre.

Le téléphone sonna et la secrétaire passa la tête par la porte:

— Douglas Reef, d'Universal.

— Qu'il aille se faire foutre! fit brutalement Gene Shirak.

S'il ne convainquait pas Erain d'arrêter tout, cela finirait mal. Seulement, il n'avait aucun moyen de pression sur elle.

Il ouvrit une nouvelle bouteille de Dom Perignon et se versa la moitié d'un verre qu'il avala d'un coup. Impossible de continuer à vivre comme cela.

La ligne directe grelotta. Gene alla décrocher et son cœur sauta dans sa gorge. Il avait reconnu le léger accent d'Erain.

— Descendez au Scandia, dit-elle simplement. Je vous attends.

Avant qu'il ait le temps d'ouvrir la bouche, elle avait raccroché. Gene resta une minute songeur. C'était tentant de prévenir le FBI, de faire prendre Erain. Ils lui en sauraient gré. Mais ils ne le protégeraient pas toute sa vie.

— Je descends pour une heure, dit-il à Ann. Je rappellerai Douglas Reef plus tard.

Dans l'ascenseur il réfléchissait encore. Quelle était la façon la moins dangereuse de se sortir de ce merdier?

Le Scandia, restaurant élégant voisin du 9000, était aussi sombre que d'habitude. Le maître d'hôtel se précipita sur Gene Shirak; le restaurant semblait absolument vide.

— Personne ne m'a demandé?

— Personne, monsieur Shirak, fit l'autre, dégoulinant de respect.

Gene s'assit près de la porte et commanda un JB pour changer. Il se sentait déplacé et vulnérable dans ce restaurant vide. Où était Erain? Il avait fini son whisky quand le maître d'hôtel se pencha sur lui.

— On vous demande au téléphone, monsieur, dans la cabine du fond.

Gene courut jusqu'au téléphone.

— Je vous avais donné huit jours pour reprendre l'affaire, fit la voix glaciale de la Hongroise. Où en êtes-vous?

C'en était trop pour Gene Shirak. Bégayant de fureur, il se mit à injurier grossièrement son interlocutrice. Il en bavait dans le récepteur. Erain laissa passer l'orage:

— Vous feriez mieux de vous calmer, fit-elle. J'ai besoin de vous et vous allez obéir. Sinon...

— Sinon quoi? hurla Gene Shirak dans sa fureur. Vous allez m'envoyez le FBI? Ils sont déjà là...

Brusquement, il se rendit compte de son imprudence, entr'ouvrit la porte de la cabine. Le maître d'hôtel était à l'autre bout du restaurant. Heureusement.

— Ecoutez, dit-il, il faut que je vous voie. Absolument.

C'était jouer avec le feu étant donné la surveillance dont il était sûrement l'objet, mais il ne se sentait pas capable de convaincre Erain au téléphone.

— Je n'en vois pas l'utilité, répliqua Erain. Tant que tout ne sera pas prêt.

— Si je ne vous vois pas *ce soir*, fit Gene Shirak, je laisse tout tomber, définitivement. Et advienne que pourra.

Erain hésita. Elle sentait Gene Shirak à bout de nerfs sans en savoir la raison. Les instructions étaient de ne le voir qu'en cas de nécessité absolue. Mais elles étaient aussi de remplir la mission... Quels que soient les risques. Elle fit une dernière tentative:

— Tout doit être réglé avant une semaine, insista-t-elle. D'ici là, je n'ai pas à vous voir. C'est aussi dangereux pour vous que pour moi.

— Je m'en fous! Je veux vous voir.

— Bien, conclut Erain. Je vous verrai ce soir. Au croisement de Mulholland Drive et de Laurel Pass. A onze heures.

Elle raccrocha et Gene retraversa le Scandia avec l'impression d'avoir disputé un combat de boxe, sous l'œil faussement respectueux du maître d'hôtel. C'était toujours amusant de voir un « big shot » se faire poser un lapin.

Gene remonta dans son bureau. Il n'avait plus faim. Il fallait absolument convaincre la Hongroise de renoncer. Heureusement, elle était inquiète depuis la mort du Navajo et prenait certaines précautions: ne l'appeler que d'un endroit public, au cas où sa ligne serait sous surveillance. Il ne savait ni son adresse, ni où elle travaillait.

— M. Douglas Reef vous a rappelé, annonça la secrétaire dès qu'il ouvrit la porte. Il vous fait dire d'aller vous faire foutre.

Un ange passa et s'envola, effaré. Tout allait mal.

***

Des groupes de hippies faisaient du stop sur Laurel Canyon. Plusieurs sifflèrent en voyant la Rolls. Gene Shirak conduisait lentement. Il était bien en avance à son rendez-vous, il n'était pas plus de dix heures et demie.

Il était sûr de ne pas avoir été suivi. En rentrant il avait garé la Rolls de l'autre côté de la maison et l'avait rejointe en sautant son propre mur. Ensuite il avait zigzagué dans Beverly Hills. Aucune voiture ne le suivait.

Il tourna à droite dans Look-out Drive. C'était un chemin sinueux bordé de vieilles maisons de bois envahies par les hippies. Gene faillit se faire emboutir par une vieille Porsche qui descendait ventre à terre avec au moins six garçons et filles.

De là, il rejoignit Laurel Pass. Les maisons étaient déjà beaucoup plus clairsemées. Mulholland Drive serpentait sur des milles de virages, épousant la crête des collines, de Beverly Glen à l'autre bout de San Fernando Valley.

Le croisement avec Mulholland Drive était désert. Gene gara la Rolls sur une petite placette et partit explorer les environs. Les seules bâtisses en vue étaient trois vieilles baraques en bois.

Deux étaient inoccupées. Une lumière brillait dans la troisième, au premier étage.

Gene n'était qu'un paquet de nerfs. Inlassablement, il se répétait ce qu'il allait dire à la Hongroise, comme un collégien se récite des mots d'amour pour se donner du courage, avant un rendez-vous galant.

Pour s'occuper, il remonta dans la Rolls et alla la garer dans un petit « driveway » menant à une maison vide, perpendiculaire à Laurel Pass. Ainsi, on ne la voyait pas de la route. Il coupa le contact, et le bruit de son cœur lui sembla effroyable. Machinalement, il porta la main sur sa poitrine.

Il reposa sa tête sur l'accoudoir en cuir, et la bonne odeur de luxe lui remonta un peu le moral. La montre de bord indiquait onze heures moins sept. Le temps avait passé vite. La glace électrique se baissa silencieusement. Les collines étaient mortes, seul le grondement des véhicules dans San Fernando Valley troublait le calme.

Un ronronnement de moteur se fit entendre sur Mulholland Drive. Gene descendit de la Rolls. Une voiture arrivait, mais il ne pouvait encore la voir. En hâte, il remonta jusqu'au croisement. Au moment où il parvenait à la placette, une Corvair grise surgit du virage, roulant très lentement.

Gene s'arrêta

La voiture vint à sa hauteur et freina. Il se pencha et reconnut Erain, seule dans la voiture. Elle stoppa deux mètres plus loin. Gene, malgré lui, courut et ouvrit la portière.

— Montez.

Il obéit. L'intérieur sentait l'essence et la saleté. C'était une vieille voiture mal entretenue.

— Alors? demanda Erain, qu'est-ce que vous vouliez?

Brusquement, Gene eut le cerveau vide. Il regarda le profil régulier avec une furieuse envie d'étrangler la Hongroise.

— Je ne peux pas continuer, dit-il à voix basse, c'est trop dangereux.

— C'est à nous de juger ce qui est dangereux ou pas, coupa-t-elle sèchement. Vous avez un service à nous rendre, vous nous le rendrez. Ne cherchez pas d'excuses.

Gene explosa tout à coup:

— Je ne cherche pas d'excuses, rugit-il. J'ai le FBI au cul! Ça vous suffit, non?

Le désir de faire peur à Erain fut plus fort que

la prudence: bribes par bribes, il raconta comment il avait tenté de supprimer Malko et pourquoi. Au fur et à mesure, le sang se retirait du visage d'Erain. C'était encore pire que ce qu'elle avait imaginé. Quand les « manipulés » perdaient la boule, on ne savait pas où ça s'arrêtait.

— Vous voulez dire que, vous sachant surveillé par le FBI, vous m'avez donné rendez-vous? siffla-t-elle.

— Je suis sûr que l'on ne m'a pas suivi, fit piteusement Gene.

— Vous avez fait du joli, coupa la voix glaciale de la Hongroise. Vous êtes complètement fou. Utiliser un tueur à gages! Et qui n'a même pas réussi. C'est un suicide.

Gene prit la balle au bond.

— Justement. Le mieux, c'est de me tenir tranquille et de me faire oublier. Plus tard peut-être...

Erain secoua la tête. Il y avait autant de lassitude que de détermination dans sa voix. Mais elle n'avait pas le choix. Dans l'organisation, elle n'était qu'un pion, à sacrifier, si besoin était, au succès de sa mission:

— Non. Il faut continuer. Dès demain, vous irez cherchez le second Navajo et vous le prendrez à votre service. C'est la première partie de l'opération.

— C'est de la folie!

La Hongroise tendit la main vers la portière et l'ouvrit:

— Ce n'est pas à vous d'en juger, répéta-t-elle. Si demain, vous n'avez pas le Navajo, j'envoie le dossier que vous connaissez au FBI. Au revoir.

Sans même s'en rendre compte, il descendit de la Corvair et marcha vers la Rolls. Partagé entre la rage, la haine et la peur, il ne voyait même plus ce qui l'entourait et buta contre l'aile de la Rolls.

Le crissement du démarreur de la Corvair le fit sursauter. Erain n'arrivait pas à redémarrer.

Gene Shirak se laissa tomber dans la Rolls et tourna le contact. A travers le pare-brise, il vit les phares de la Corvair se rallumer. Erain avait enfin réussi à la mettre en marche. La petite voiture vira lentement et s'engagea dans Laurel Pass.

Soudain une haine aveugle submergea Gene Shirak. Il eut l'impression qu'en supprimant Erain, il allait éliminer tous ses problèmes.

La Corvair était à vingt mètres. Les dents serrées, Gene Shirak mit le levier de la boîte automatique sur le « Low » afin de donner le maximum de puissance. La lueur des phares de la Corvair éclaira la route devant le Drive-Way. Elle roulait très doucement. Gene appuya légèrement sur la pédale de l'accélérateur et la Rolls avança de quelques centimètres. Puis il appuya encore mais pesa sur le frein en même temps. La puissance du moteur fit vibrer le châssis. Il eut le temps de penser que c'était probablement la première fois qu'on se servait d'une Rolls-Royce de vingt-huit-mille dollars pour commettre un assassinat.

Le capot court de la Corvair apparut. Gene Shirak enfonça l'accélérateur au plancher. Les deux tonnes se ruèrent en avant. La calandre massive comme l'avant d'une locomotive pénétra dans les tôles légères de la petite voiture avec un bruit sourd. Solidement accroché à son volant, tous les muscles bandés, Gene Shirak jura pour se soulager.

Il y eut un choc violent, un raclement de ferraille et la Rolls s'arrêta, l'avant coincé dans les débris de la Corvair.

Gene Shirak coupa le contact. Le moteur de la Rolls n'avait même pas calé. Poussée comme par un bulldozer, la Corvair avait été rejetée jusqu'au talus où elle était restée coincée. Irrémédiablement enchevêtrées, les deux voitures bouchaient Laurel Pass.

Gene Shirak descendit. La tête lui tournait. Personne ne semblait avoir entendu le bruit. Les voitures de police venaient rarement jusque-là. Quant aux hippies, ils ne s'occupaient pas du monde extérieur, par définition hostile.

Un liquide coulait de la Corvair, avec un petit glou-glou rassurant. Rien ne bougeait à l'intérieur. Gene dut se forcer pour faire le tour, escalader le talus et se pencher sur la portière. Pourvu qu'Erain soit morte sur le coup! Il se voyait mal en train de l'achever. Pour la Rolls, c'était moins grave. Un garagiste ami la lui remorquerait sans poser de question avec cent dollars de pourboire. Il suffisait de dire qu'il avait embouti une voiture, en état d'ivresse, et ne voulait pas d'histoires...

Gene aperçut une forme tassée sur la banquette, de son côté. De toutes ses forces, il tira sur la portière, s'arc-boutant sur la caisse. Elle était bloquée. Enfin, elle céda d'un coup et Gene tomba en arrière.

Se relevant aussitôt, il entra la moitié du corps dans la voiture accidentée, se heurtant presque à la tête de Erain. Elle était tassée sur la partie intacte de la banquette, presque sur le plancher, immobile. La place du conducteur n'était plus qu'un amas de ferraille broyée.

Timidement, Gene Shirak toucha l'épaule de la jeune femme. Elle gémit et il recula si brusquement qu'il se cogna la nuque au montant de la portière. Une panique abominable le paralysait. Il fut tenté de tout laisser là et de s'enfuir. Décidément, il n'avait pas une âme de tueur!

Erain gémit encore. Gene prit une profonde inspiration et replongea dans la voiture. Il fallait absolument finir ce qu'il avait commencé.

A tâtons, il mit ses mains autour du cou de la Hongroise et commença à serrer, les yeux fermés. Il avait toujours entendu dire qu'il était facile de tuer quelqu'un de cette façon. Il suffisait de tenir une minute. Mentalement, il commença à compter.

Soudain, le corps d'Erain se détendit d'un coup. Elle poussa un grognement inhumain et ses mains se nouèrent autour des poignets de Gene Shirak. Paniqué, celui-ci faillit encore tout lâcher. C'était scandaleux que la Hongroise n'ait pas été tuée par un choc pareil, alors que les gens se tuaient sur le Freeway en roulant à quarante-cinq miles. Mais Erain luttait avec l'énergie du désespoir. Gene recevait son souffle haletant dans la figure.

Troublé, il relâcha la pression de ses mains une fraction de seconde et elle en profita pour lui saisir un doigt. Elle le tordit si brutalement qu'il poussa un hurlement et la lâcha complètement. Avec la rapidité d'un serpent-minute, elle attrapa un second doigt et commença à le ramener en arrière lentement et cruellement.

Gene Shirak se tordit de douleur, hurla, cherchant à se dégager en sortant de la voiture. Mais Erain le suivait. Il y eut un petit craquement dans la main droite de Gene Shirak et il éprouva une douleur fulgurante: le ligament de son index gauche venait de s'arracher.

C'est comme si on lui avait coupé le doigt. Des larmes de douleur jaillirent de ses yeux.

— Arrêtez, arrêtez, supplia-t-il.

Erain ne répondit pas, se concentrant sur l'index gauche: celui-ci craqua dix secondes plus tard. Gene Shirak était livide. Les larmes l'aveuglaient, les ondes de douleur montaient jusqu'à son épaule. Alors, seulement elle le lâcha.

Erain sortit en rampant de la voiture: elle avait un énorme bleu sur la tempe gauche.

— Salaud, fit-elle. Si je n'avais pas vu le reflet de la voiture, j'étais morte...

Gene Shirak baissa la tête.

— Je vous demande pardon, murmura-t-il. Mais je ne sais plus où j'en suis.

Erain lui envoya un coup de pied dans les tibias et il tomba assis sur le talus.

— Assez de jérémiades, lorsqu'on vous a envoyé dans ce pays, ce n'était pas pour conduire une Rolls-Royce.

— Vous êtes bien content de m'avoir aujourd'hui, gronda-t-il. Sinon, vous ne seriez pas là à me supplier.

Elle le fixa avec un mépris sidéral:

— Vous n'êtes qu'un pion, un pion minuscule, dont nous avons besoin pour le moment.

Elle fit le tour de la Corvair et examina l'avant de la Rolls. La calandre massive avait à peine souffert. Erain monta à l'avant, tâtonna, mit le moteur en route et enclencha la marche arrière. La Rolls vibra mais n'arriva pas à se décrocher de la Corvair. Crispée sur le volant, Erain accélérait, freinait, avançait. Enfin, elle enfonça à fond l'accélérateur. Il y eut un craquement strident et la Rolls recula, emportant un morceau de portière de la Corvair.

Dès que Gene Shirak se leva, ses mains l'élancèrent de façon intolérable. Il ouvrit la portière et s'effondra à côté d'Erain. Aussitôt elle démarra.

Jusqu'à Laurel Canyon, ils n'échangèrent pas une parole. Gene se mordait les lèvres pour ne pas crier. Ses doigts retournés lui faisaient effroyablement mal.

— J'espère que cela va vous servir de leçon, fit

Erain. Il nous faut un Navajo. Vivant et en bon état.

Gene en oublia la douleur de ses doigts.

Erain s'arrêta au feu de Hollywood Boulevard et tourna son visage aux traits lourds vers Gene.

— N'essayez plus de me tuer. Sinon, c'est moi qui vous tuerai.

Il baissa la tête sans répondre. Le piège se refermait inexorablement autour de lui. Du jour où Erain l'avait contacté, il avait toujours su qu'il ne s'en sortirait pas.

La jeune Hongroise arrêta la Rolls-Royce au coin de Fairfax Avenue et de Hollywood Boulevard. Trois taxis, objets rarissimes à Los Angeles, se trouvaient en stationnement. Elle se pencha sur Gene et il recula avec un cri de souris. Elle eut un sourire méprisant:

— N'ayez donc pas peur! Je ne suis pas aussi lâche que vous.

Habilement, elle prit son portefeuille en crocodile et en tira un billet de vingt dollars, laissant cinq cents dollars en coupures.

— Je n'ai pas envie de rentrer à pied, dit-elle. A propos, demain, vous allez laisser votre Thunderbird dans le parking de Ralph sur Sunset toute la journée. Dans la boîte à gants vous mettrez une enveloppe avec mille dollars. Pour ma voiture. N'oubliez pas.

Gene eut une lueur d'espoir:

— Erain, demanda-t-il timidement, je peux vous donner cent mille dollars. Vous êtes jolie et jeune, vous méritez mieux que cette vie dangereuse..

L'expression de la jeune femme lui coupa le reste de sa phrase.

— Taisez-vous, fit-elle, vous êtes immonde. Ensuite vous me proposerez de coucher avec moi, n'est-ce pas? Bonsoir et n'oubliez pas ce que je vous ai dit...

Elle sortit et claqua la portière. Gene la vit entrer

dans une cafétéria. Ses mains enflaient à vue d'œil. Il se demanda comment il arriverait chez lui. Il se glissa derrière le volant et parvint à diriger tant bien que mal la lourde Rolls-Royce.

La villa était éteinte, Joyce était partie à Palm Springs avec des amis. Gene entra, alluma tout et se jeta sur son lit. La tête lui tournait, il n'en pouvait plus.

Il tapa rapidement sur le cadran le numéro de son médecin. Un answering service lui répondit que le praticien ne serait pas là avant deux heures. Parti à Long Beach pour une urgence. Gene se traîna jusqu'à la pharmacie, avala trois tranquillisants et revint dans le living-room. Il se sentait abandonné et sans courage. Lui qui, un mois plus tôt, était un des hommes les plus puissants de Hollywood.

Soudain, il pensa à Diana Miller. Il ne l'avait pas revue depuis l'attentat. C'était son jour de relâche, elle était peut-être chez elle. Rapidement, il enfonça les touches de son numéro.

Gene se sentit bêtement ragaillardi d'entendre la voix de la jeune Noire.

— C'est Gene, dit-il.

— Qu'est-ce que tu veux?

Il sentit la peur dans la voix de Diana et s'empressa de la rassurer.

— Tu sais bien que je suis amoureux de toi, dit-il d'un ton faussement badin.

D'habitude, la Noire riait et ils flirtaient, s'excitaient mutuellement au téléphone, jusqu'à ce que l'un des deux prenne sa voiture et aille rejoindre l'autre. Mais Diana laissa passer quelques secondes avant de dire d'une voix froide et inhabituelle:

— Je ne pourrai pas te voir ces jours-ci. J'ai beaucoup de choses à faire.

— Mais il ne s'agit pas du jour, coupa Gene, mais des nuits. De cette nuit, par exemple.

Brutalement, il revit le corps cuivré de Diana, ses hanches dures comme du bronze. La douleur de ses doigts s'éloigna. Etendu sur le dos, il éprouva un violent désir. Comme si Diana avait été la seule femme au monde.

— Viens, demanda-t-il. Tout de suite.

— Je ne peux pas. Je préfère ne pas te voir pendant quelques jours.

Une rage aveugle envahit Gene Shirak. Cette histoire pourrie lui gâchait ses joies les plus précieuses.

— Il s'agit bien de ça, gronda-t-il. J'ai envie de toi:

— Il y a d'autres filles à Hollywood. Tu en connais assez.

— C'est toi que je veux.

— Non.

Elle avait crié. Il se força au calme et annonça:

— Mille dollars, cash, dès que tu es là. Tu entends.

Elle avait raccroché.

Gene garda l'appareil en main près d'une minute. Puis il ouvrit la télévision et s'efforça de ne plus penser. Ses mains, de nouveau, lui faisaient souffrir le martyre.

Et l'avenir était de plus en plus noir.

CHAPITRE XII

Malko dansait en pensant à autre chose. Le fracas de l'orchestre de la Factory épargnait heureusement le souci de la conversation. On n'aurait pas entendu une sirène d'incendie. Cinq jeunes gens chevelus et déchaînés hurlaient des « rock » à s'en faire claquer les cordes vocales, accompagnés par une sono digne des orgues de Notre-Dame.

Ce qui n'empêchait pas Sue Scala d'enlacer Malko avec autant de langueur que s'ils avaient dansé un tango argentin dégoulinant de *corazón*.

— A quoi pensez-vous? glissa-t-elle à son oreille.

Elle espérait évidemment qu'il lui dise « à vous ». Comme chaque fois qu'elle dépassait la demi-bouteille de whisky, elle commençait à avoir sérieusement envie de faire l'amour. Plus particulièrement avec ce beau prince européen.

Malko ne répondit pas, pour la bonne raison qu'il n'avait pas entendu la question de Sue, plongé dans ses propres pensées. Qui n'étaient pas roses. Le sixième sens, qui l'avait souvent aidé au cours de sa carrière, diffusait en lui une angoisse mal définie, comme un aérosol de peur.

Rien de fâcheux n'était pourtant arrivé depuis l'attentat de la piscine.

Gene Shirak n'avait pas donné signe de vie, ce qui ne voulait rien dire, le FBI n'avait rien trouvé concernant Dean Anchor, le jeune tueur, et Malko avait rongé son frein un jour de plus. Bizarrement, à la piscine, les deux « cabanas » voisines de la sienne étaient restées vides. Le coup de fil de Sue Scala était arrivé deux heures avant qu'il ne parte avec Daphné au rendez-vous de Jill Rickbell. Sue voulait absolument passer la soirée avec Malko.

Celui-ci, après avoir hésité, accepta finalement. Sue faisait partie de la bande Shirak et pouvait être au courant de certaines choses. Il avait laissé partir Daphné toute seule chez Jill, sans aucune appréhension. La jeune femme risquait seulement d'être déçue.

Chez Sue, la soirée s'était déroulée sans histoire. Il y avait une douzaine d'invités dans sa petite villa, tout en haut de Laurel Canyon, tous inconnus de Malko. On avait bu et mangé. L'actrice portait une étrange robe de toile en forme de sac, très serrée à mi-cuisse, moulant étroitement ses hanches et fendue dans le dos jusqu'à la naissance des reins. Un petit chef-d'œuvre d'indécence. Sans rien dessous, bien entendu.

Sue n'avait pas caché ses intentions à Malko. Elle buvait comme un trou et, plus ses pommettes rosissaient, plus elle devenait tendre. Déjà, au bord de sa piscine, elle s'était livrée avec Malko à une exhibition de danse qui ne laissait aucun doute sur son désir.

Ensuite, le whisky s'épuisant, la bande avait émigré à la Factory. C'est là que Malko avait commencé à se sentir mal à l'aise. Sans aucune raison. Sue passait en revue les perversions sexuelles du Tout-Hollywood et serait sûrement tombée raide si Malko lui avait parlé de la CIA. Torturé par son pressentiment, il s'était éclipsé pour appeler Jill. Il était tombé sur l'answering service. Daphné n'était pas non plus revenue au Beverly Hills. Son angoisse s'en était encore accrue, bêtement.

Voyant que Malko ne lui répondait pas, Sue Scala reprocha d'un ton pleurnichard:

— Vous vous ennuyez avec moi!

— Mais non, se défendit Malko, sentant venir l'orage.

Lorsqu'elle avait bu, c'est-à-dire tous les jours après six heures, Sue était très susceptible.

— Si! continua-t-elle avec l'obstination des ivrognes. D'ailleurs, vous ne savez même pas dans quels films j'ai joué. Je ne vous intéresse pas.

Sa voix montait carrément vers l'hystérie. Malko plongea sur sa main et la baisa, tandis que son cerveau travaillait à la vitesse d'un ordinateur:

— Comment aurais-je pu vous oublier? Dans *No Place like Hell* lorsque vous vous battez avec votre rivale et que vous la chassez de chez elle? Ensuite, vous allumez une cigarette et vous fredonnez *Night and Day*.

Sue s'en arrêta de danser.

— Comment vous en souvenez-vous, Jésus-Christ! fit-elle d'une voix aiguë. Il y a dix ans de cela.

Malko sourit, modeste. Elle ne pouvait évidemment pas savoir qu'il possédait une mémoire fabuleuse, capable d'enregistrer le plus petit détail et de le conserver dix ou vingt ans. Il n'avait vu qu'un film de Sue, et encore à la TV, mais tout cela était revenu au bon moment...

Persuadée d'avoir trouvé un « fan », Sue en ronronnait littéralement, collée à Malko, plus *corazón* que jamais. Son corps maigre s'appuyait contre lui de tous ses os. Affreux.

— Venez, dit-elle. J'en ai assez d'être ici. On rentre.

Elle l'entraîna à travers l'immense salle, authentique hall d'usine. Malko avait hâte d'être seul, pour tenter de rejoindre Jill. Il avait bien abordé le sujet, mais Sue s'était fermée comme une huître: en amour, elle n'était pas partageuse et connaissait les penchants de la jeune milliardaire. D'autre part, Malko ne voulait pas se brouiller avec elle. Dans son étrange enquête, il n'avait pas tellement de points de chute. De toute façon, il avait laissé sa « Mustang » chez elle.

Lorsqu'on amena la T-Bird, Sue laissa Malko prendre le volant. Au moment où il tendait un dollar au jeune garçon qui avait amené la voiture, Sue faisait déjà glisser le haut de sa robe marron, d'un gracieux mouvement des épaules.

Elle avait horreur de perdre du temps. A partir d'une certaine dose d'alcool, elle ne raisonnait plus.

L'angoisse n'avait pas quitté Malko. Il aurait bien aimé savoir qui avait voulu le tuer et pourquoi. Et, surtout, quand on allait recommencer.

*
**

Le geste vague et la bouche pâteuse, « Darling » Jill voulut embrasser Daphné sur la bouche, mais rata son but. Vêtue d'un pantalon de soie jaune, elle ne portait rien au-dessus de la ceinture. Daphné avait réussi à garder sa mini-tunique blanche et son slip. Seymour s'approcha d'elle et voulut la saisir par les hanches, mais Jill attira la call-girl contre elle.

— Je la garde, proclama-t-elle, d'une voix aiguë.

Depuis le début de la soirée, elle avait entrepris Daphné et ne la lâchait pas. D'abord déçue par l'absence de Malko, elle s'était rabattue assez facilement sur Daphné, persuadée d'ailleurs que Malko l'avait fait exprès. Une expérience nouvelle n'était jamais pour lui déplaire.

Ils n'étaient restés qu'une heure environ chez Jill. Sun était enfermé à double tour dans une pièce du fond. Seymour Zev était venu les chercher dans une Mark III framboise. Daphné avait insisté pour prendre sa Camaro. Après un quart d'heure de route dans les allées de Beverly Hills et de Bel-Air ils avaient abouti dans une villa somptueusement meublée, avec de profonds canapés, des boiseries et une piscine ombragée d'arbres semi-tropicaux.

Ils avaient vidé six bouteilles de Dom Perignon en un clin d'œil. Jill, surtout, n'arrêtait pas de remplir sa coupe. Elle sublimait ses inhibitions, tandis que Seymour s'intéressait de plus en plus à Patricia.

Daphné tentait de garder la tête froide. Plusieurs fois, elle vida son verre dans des pots de plantes vertes. Aucun des téléphones ne portait de numéro. Elle n'était pas vraiment inquiète, mais aurait aimé prévenir Malko de l'endroit où elle se trouvait. Avec ces dingues... Seymour lui avait déjà glissé dans l'oreille qu'il apprécierait beaucoup d'assister à ses ébats avec « Darling » Jill. En toute camaraderie.

« Darling » Jill s'arracha soudain au profond canapé et entraîna Daphné.

— Viens, on va prendre un bain au champagne.

Daphné se laissa tirer dans la salle de bains. Un grand bassin rectangulaire creusé dans le sol de marbre servait de baignoire-piscine. Jill acheva de se déshabiller et ôta elle-même la tunique de Daphné. Puis, après avoir ouvert les robinets, elle disparut.

Elle revint, croulant sous quatre bouteilles de Dom Perignon. Après s'être allongée dans l'eau tiède, elle attira Daphné, ouvrit la première bouteille et s'aspergea le visage, la bouche ouverte. Puis elle la tendit à Daphné:

— A toi!

Daphné laissa le liquide mousseux couler sur son visage et sur son corps. Quel gâchis! Le meilleur champagne du monde.

Seymour se glissa dans la salle de bains, nu comme un ver. Jill le chassa aussitôt:

— Va-t'en avec Patricia, gros porc! Sinon, elle va nous arracher les yeux.

Par moments, Jill, capable de s'offrir à un régiment de Marines, avait des pudeurs inexplicables. Elle se leva et fit coulisser la cloison opaque qui les séparait du reste de la salle de bains. La première bouteille de champagne était vide. Elle fit sauter le bouchon de la seconde... et força Daphné à boire.

— A qui est cette belle maison? demanda la call-girl.

Jill sourit:

— Petite curieuse! C'est la garçonnière de Seymour. Il l'a louée sous un faux nom. Sa terreur, c'est que l'on sache qu'il participe à des orgies. Alors que tout Hollywood le sait!

Elle arracha la bouteille des mains de Daphné et colla sa bouche au goulot:

— J'ai soif.

Le champagne dégoulinait sur tout son corps ambré, en minuscules bulles. Elle suivit le regard de Daphné, retroussa ses lèvres, découvrant des dents parfaites.

— Tu aimes ma poitrine? demanda-t-elle, la voix changée.

Daphné opina de la tête.

— Embrasse-la.

*
**

Gene Shirak ne tenait pas en place. La bouteille de White Label était vide, et il se sentait pourtant l'esprit étrangement clair. Il mourait d'envie d'aller retrouver « Darling » Jill mais avait peur de se trouver en face de l'homme blond.

Ses mains lui faisaient moins mal, à force de morphine. La veille, son médecin lui avait remis les articulations en place, sans poser de questions.

Et depuis le matin, il avait un second jardinier navajo. Harrisson Yahzé. L'ami de Zuni. Il ne s'était pas fait prier pour venir gagner soixante-quinze dollars par semaine, logé et nourri.

A onze heures, n'y tenant plus, il appela « Jill ». Pas de réponse, sauf l'answering service. Alors, il essaya la garçonnière de Seymour.

C'est Patricia qui répondit.

— Qui est là? demanda Gene.

Patricia énuméra les participants, terminant par Daphné. Gene n'osa pas poser de questions sur l'homme blond. La présence de Daphné était déjà un danger assez grand.

— Je vais venir faire un tour, annonça-t-il.

Tout valait mieux que l'incertitude. Il sortit du garage la Lincoln noire de Joyce, et s'enfonça dans Beverly Drive.

***

Seymour et Patricia partageaient une pipe de marijuana, nus sur une grande couverture de fourrure, lorsque Gene arriva.

— Où sont les autres? demanda-t-il.

Patricia désigna le fond de la pièce.

— Dans la salle de bains depuis une heure.

Sans même se déshabiller, Gene fila dans la salle de bains. Quand elle était soûle, « Darling » Jill racontait sa vie. De nouveau, il se sentait des envies de meurtre. Bien que cela ne lui ait pas réussi jusque-là.

Il poussa doucement la porte de la salle de bains. L'épaisse moquette étouffait le bruit de ses pas. Il aperçut deux silhouettes derrière la glace dépolie et entendit la voix aiguë de Jill. Elle parlait de lui, justement.

— Je l'aime bien, Gene, assurait-elle d'une voix avinée. Sans lui, j'allais en cabane!

— Sans blague, fit la voix gouailleuse de Daphné.

Gene se rendit compte immédiatement qu'*elle* n'était pas ivre le moins du monde. Il vivait son cauchemar...

— Remarque bien, continuait « Darling » Jill, que c'est lui qui m'avait demandé de le conduire au Mexique, son Indien.

Gene n'écouta pas la suite. Avec la sensation d'avoir reçu une décharge de 30/30 dans le ventre, il s'éloigna.

— Elles t'ont viré aussi? demanda Seymour quand il réapparut.

Le producteur se força à sourire. Il prit une bouteille de Dom Perignon et but au goulot, à étouffer. Gentiment, Patricia se leva et le fit s'étendre près d'elle.

— Tu sais bien que je suis la soupe populaire de l'amour, dit-elle ironiquement.

Tandis que les doigts habiles de Patricia déshabillaient Gene, une évidence s'imposait à lui: Daphné ne devait pas sortir vivante de la maison. Et il n'était pas question de faire participer ses amis au meurtre. Désespérément, il se mit à chercher une solution au problème. Il en va du meurtre, comme des autres activités humaines: il n'y a que le premier pas qui coûte.

Un peu plus tard, « Darling » Jill et Daphné reparurent en se tenant par la main. Gene se leva et embrassa Daphné sur la bouche.

— C'est gentil d'être revenue, dit-il.

Elle le toisa froidement.

— Pourquoi ne m'avez-vous pas téléphoné?

Gene montra ses doigts emmaillotés. Mais Daphné ne s'occupait déjà plus de lui. L'intermède avec Jill lui avait donné une faim de loup. Elle vit sur la table une assiette pleine de gâteaux secs et en prit une poignée.

Elle adorait ce genre de gâteaux. Gene eut une illumination. Ces gâteaux étaient des « grass-kookies » bourrés de marijuana, gadget habituel des maisons snobs...

Chaque « kookie » équivalait à vingt cigarettes de marijuana. Dans une demi-heure, les perceptions de Daphné seraient diminuées, ce qui aidait le plan de Gene.

Ils continuèrent à boire et à grignoter des kookies pendant un bon moment. « Darling » Jill revint s'allonger près de Daphné et lui prit la main, très amoureuse.

Ce simple contact déclencha chez Daphné une vague de sensations confuses. Le visage de sa compagne lui apparut semé de cratères et elle éclata de rire.

Gene se leva discrètement, et fila vers le dressing-room où les femmes avaient laissé leurs affaires. Le sac argenté de Patricia était sur la table. Gene l'ouvrit et le retourna. A part un bâton de rouge, des clefs, des kleenex et un rouleau de dollars, il contenait exclusivement des pilules en vrac. Depuis des années, Patricia vivait par elles: amphétamines pour s'exciter, tranquillisants le matin et somnifères chaque fois qu'elle devait trouver le sommeil. C'est ce qui intéressait Gene.

Il commença à faire son tri, éliminant ce dont il n'avait pas besoin: le Seconal rouge, qui n'était pas assez puissant, le Noludar mauve et noir, simple calmant, les capsules vertes de Tofranil, euphorisant, et même les dragées mauves de Nembutal, barbiturique assez puissant.

Il restait des comprimés rose et bleu. Gene ignorait leur nom, mais c'était ce qui se faisait de plus puissant en fait de barbiturique.

Patricia, déjà mithridatisée, les faisait faire sur mesure pour elle. Gene en avait accepté une fois et dormi trente heures...

Gene en compta onze. Il en prit huit, remit les autres dans le sac, ramassa un verre dans la cuisine et alla s'enfermer dans les waters. Il se sentait à peine ému. Sans ses doigts blessés qui le gênaient beaucoup, il aurait été presque détendu, dédoublé en quelque sorte.

Un à un, il décortiqua les comprimés. Chacun contenait une poudre jaune. En cinq minutes il obtint un petit tas jaunâtre au fond du verre. De la mort facile et douce.

Il tira la chaîne pour faire disparaître les étuis de plastique et revint dans la cuisine pour prendre une bouteille de Dom Perignon dans le réfrigérateur, puis réapparut dans le living-room:

— Qui veut du champagne?

Les trois levèrent la main. Daphné se sentait vraiment très bizarre, mais elle avait une soif dévorante.

Gene alla déboucher la bouteille dans la cuisine et revint s'agenouiller près de Daphné, deux coupes à la main. Il lui en tendit une, choqua la sienne et la but d'un coup. La jeune femme l'imita et son geste fit remonter sa poitrine, la faisant paraître encore plus belle. Gene fut brutalement submergé de désir et s'allongea près de Daphné.

Elle poussa un petit cri et ferma les yeux. Depuis des années, c'est la première fois qu'elle éprouvait une sensation physique quelconque.

— Encore, murmura-t-elle.

La marijuana à dose massive avait balayé toutes ses inhibitions. De quoi se faire rayer de l'ordre des call-girls! Gene ne se le fit pas dire deux fois.

Tout en caressant Daphné, il calculait. Le somnifère agissait en moins d'une heure. Il fallait ensuite compter trois heures pour que l'on ne puisse plus rien tenter pour sauver la jeune femme, même par un lavage d'estomac.

Elle l'attira et Gene ne pensa plus qu'à son plaisir. Le visage enfoui dans les longs cheveux roux, il savourait chaque centimètre carré de la peau soyeuse de sa partenaire.

CHAPITRE XIII

Daphné voyait tourner les murs de la pièce. Elle voulut parler, mais aucun son ne sortait de ses lèvres. Au prix d'un effort surhumain, elle parvint à se redresser sur ses coudes.

Gene l'avait déposée dans une des chambres à coucher. Elle ignorait depuis combien de temps elle se trouvait là. Soudain, elle frissonna, fut prise de tremblements violents. Ses pieds étaient glacés et sa tête brûlante.

Puis elle glissa dans l'inconscience quelques secondes. Lorsqu'elle refit surface, une peur sournoise s'était infiltrée dans son cerveau. Elle avait, jadis, tenté de se suicider aux barbituriques. C'était la même sensation, à la fois douce, rassurante et terrifiante: on s'enfonçait lentement dans le néant, en se voyant couler.

Elle voulut soulever le bras, mais cela lui demanda un effort trop grand. Comme si on y avait attaché un poids de plomb.

Alors seulement, Daphné réalisa qu'elle était en train de mourir. Son cerveau était trop fatigué pour comprendre pourquoi et qui la tuait. Une terreur atroce lui fit ouvrir la bouche pour crier, mais seul un ridicule gémissement sortit de ses lèvres. Elle ferma les yeux et pensa à Malko. Ses yeux dorés lui apparurent comme quelque chose de chaud, de rassurant.

Il fallait qu'elle l'appelle.

Elle parvint à glisser du lit, se retrouva à plat ventre sur l'épaisse moquette. Impossible de se redresser. A quatre pattes, elle partit à la découverte. Elle se rappelait vaguement avoir vu un téléphone, pas loin, dans un petit dressing-room.

Il lui fallut plusieurs minutes pour y parvenir. Enfin, elle vit le cadran du téléphone brillant faiblement dans la pénombre. Il était posé sur un guéridon. Daphné tenta de se lever et retomba. Dès qu'elle redressait la tête, de violents vertiges la mettaient au bord de la syncope. Elle s'appuya au mur pour se reposer un peu.

La porte ouverte lui parut soudain une menace. A quatre pattes, elle rampa jusqu'au battant, le repoussa et, à tâtons, poussa le bouton, la verrouillant. Regagner le téléphone lui demanda un effort surhumain. Elle tira le fil pour le faire tomber par terre. Le bruit fut étouffé par la moquette.

Daphné remit l'appareil droit, prit le récepteur. C'était un nouveau modèle et les touches étaient encastrées dedans. Elle fit un effort dément pour se rappeler le numéro du Beverly Hills Hotel. Les chiffres revinrent au fur et à mesure qu'elle enfonçait les touches. 2... 7.. 6... 2. 2... 5 1..

Durant la fraction de seconde qui précéda le déclenchement de la sonnerie, elle chercha ce qu'elle devait dire.

Un son rapide sortit du téléphone: la ligne était occupée.

Daphné garda l'appareil à la main. La sonnerie syncopée perforait sa tête, comme autant de piqûres d'épingles. Brusquement, elle ne sut plus ce qu'elle était en train de faire.

Le bouton de la porte tourna: quelqu'un tentait de l'ouvrir. Le bruit fit revenir Daphné à elle. Après avoir raccroché l'appareil elle recomposa lentement le numéro. On secoua furieusement la porte.

Le dos appuyé au mur, Daphné sentait le froid monter dans son corps, comme si on la plongeait lentement dans de l'eau glaciale. Seule sa tête était brûlante.

Enfin la sonnerie se déclencha.

*
**

Gene avait laissé Daphné dans la chambre dix minutes seulement. Le temps de dire au revoir à Patricia et à Seymour qui partaient. Lorsqu'il y avait transporté la jeune femme, elle était déjà inconsciente. Personne ne s'en était étonné. Entre le champagne et la marijuana... Patricia était trop saoule pour s'apercevoir de la disparition des pilules.

« Darling » Jill somnolait sur la grande couverture de fourrure, en sirotant du champagne, droguée jusqu'aux yeux. La porte refermée sur Seymour, Gene fila dans la chambre et eut un choc: Daphné avait disparu.

D'abord il n'en crut pas ses yeux: c'était impossible. Puis, il vit la porte du dressing-room fermée et se précipita:

— Ouvrez, Daphné!

Ou elle s'était évanouie, ou elle tentait d'appeler au secours. Gene tourna la poignée et se lança contre la porte. Mais le bois épais vibra à peine. Il secoua le battant en criant:

— Daphné! Ouvrez!

Pas de réponse. Il colla son oreille au panneau et n'entendit aucun bruit. En courant, il retourna au salon. Jill était étendue, les yeux fermés.

Il se précipita vers la cuisine, perdit de précieuses secondes à trouver l'éclairage du jardin. Le dressing-room donnait sur l'extérieur par un large vasistas. La pensée d'avoir à achever Daphné le rendait malade.

*
**

— Ici le Beverly Hills Hotel, qui demandez-vous?

Tout se passait très clairement dans la tête de Daphné. Mais quand elle voulut dire « bungalow 3 », elle ne réussit qu'à éructer un grognement inaudible.

— Pardon? demanda la standardiste.

Avec un effort atroce, Daphné cracha le mot; appuyant sur le « trois ». Les mots continuaient à se presser dans sa tête, mais ses cordes vocales étaient déjà paralysées. Le froid montait, inexorablement.

Il y eut quelques craquements dans l'appareil, puis la voix angoissée de Malko:

— Daphné?

Elle voulut dire « oui ».

Le bruit qu'elle arracha à son gosier ressemblait au miaulement d'un chat nouveau-né.

— Daphné, où êtes-vous?

Malko tournait en rond depuis deux heures, dans la chambre. Il n'était même pas entré dans la villa de Sue pour redescendre plus vite à l'hôtel. Ne voyant pas Daphné, il avait foncé chez Jill, pour trouver la porte close et était revenu à l'hôtel. Il avait beau se dire que sa peur était ridicule, il ne parvenait pas à s'en débarrasser.

La conversation avec Jill revint soudain à la mémoire de Daphné. Mais c'était trop long, trop compliqué à expliquer. Plus tard. Elle poussa un soupir.

A l'autre bout du fil, Malko devinait un drame

— Daphné, répéta-t-il, parlez.

Tout se brouillait dans la tête de Daphné. De nouveau, elle eut peur du froid, de la mort qui montait.

— Je... suis... commença-t-elle.

Plusieurs secondes s'écoulaient entre chaque mot. La voix de Daphné était cassée, rauque, presque inaudible.

— Où êtes-vous? demanda-t-il. Juste le numéro et le nom de la rue.

Daphné pensa avec désespoir qu'elle ne le savait même pas. Elle avait l'impression que ses lèvres devenaient dures.

— ... em... dit-elle.

Elle aurait voulu dire empoisonnée. Mais elle ne put pas achever le mot. Sa tête tomba sur sa poitrine, la bouche resta ouverte. Elle ne vit même pas la silhouette de Gene Shirak escalader la fenêtre à grand-peine et retomber près d'elle. Le récepteur était encore dans sa main crispée. Tout doucement, Gene le détacha et le porta à son oreille.

— Où êtes-vous? Daphné, où êtes-vous? criait la voix de Malko.

Le producteur posa l'appareil sur la moquette. Là où était Daphné maintenant, personne ne pourrait plus aller la chercher. Il reprit le récepteur et écouta de nouveau. Il n'y avait plus que le bourdonnement de la tonalité. On avait raccroché.

Il souleva Daphné et l'allongea par terre. Elle avait l'air de dormir. Elle dormait en fait, mais ne se réveillerait jamais. Le poison était en train de passer dans ses veines. Déjà, ses extrémités bleuissaient.

Le producteur alluma une cigarette et essaya de ne pas penser. En emmenant Daphné immédiatement dans un hôpital on aurait encore pu la sauver. Il regarda son paquet de cigarettes. Lorsqu'il les aurait toutes fumées, il n'aurait plus besoin de s'inquiéter.

*
**

La sonnerie résonnait depuis une bonne minute chez Albert Mann. Enfin, l'homme de la CIA décrocha. En entendant la voix de Malko, il eut le pressentiment d'une catastrophe. Malko lui expliqua ce qui se passait:

— Pouvez-vous identifier l'origine de l'appel? Il est peut-être encore temps?

— Si c'est un appel local, non. Et si c'est un longue distance, cela prendra des heures...

— Venez me rejoindre, dit Malko. Il faut tenter quelque chose.

***

Lorsque Albert Mann arriva au Beverly Hills, Malko venait de téléphoner chez Jill et chez Gene Shirak. Aucun des deux numéros ne répondait

— J'ai prévenu le FBI, dit Mann, mais pour l'instant, ils sont impuissants. Daphné La Salle n'est même pas officiellement disparue.

— Je connais deux endroits où elle pourrait se trouver, dit Malko. Allons-y.

Albert Mann conduisait une Dodge noire équipée d'un émetteur-radio et d'un téléphone. Ils passèrent lentement devant la maison de Gene Shirak. Tout était éteint et aucune voiture n'était dans le garage.

Il leur fallut dix minutes pour atteindre Bel-Air en roulant à quatre-vingts miles. La villa de Jill Rickbell était éteinte, elle aussi.

Albert Mann entra lentement dans le driveway. Une corvette rouge se trouvait dans le garage. Malko descendit et toucha le moteur. Il était froid. Avant de remonter dans la Dodge, il essaya la poignée de la porte d'entrée et fit le tour de la maison. Tout était éteint sur le derrière également.

Albert Mann parlait dans le micro lorsqu'il reprit sa place à côté de lui.

— Je vérifiais auprès de la « Bel Air Patrol » et du shérif de Beverly Hills, expliqua-t-il. Ils n'ont rien vu d'anormal.

— Retournons à l'hôtel, dit Malko à regret. Jill finira bien par réapparaître quelque part.

Ils repartirent. Malko se maudissait de n'avoir pas accompagné Daphné. Il était sûr que la call-girl était en train de mourir lorsqu'elle lui avait téléphoné.

*
**

Gene se releva tout doucement. « Darling » Jill dormait, la bouche ouverte, en ronflant légèrement. Il alla dans le dressing-room et se pencha sur Daphné.

Daphné respirait encore faiblement. Il la secoua de toutes ses forces, la gifla, souleva sa paupière sans obtenir la moindre réaction. Il la prit dans ses bras et la porta dans sa Camaro. A grand-peine, il la logea sur le siège à côté du conducteur. La place du mort.

Puis il se glissa sous le volant et démarra, conduisant avec une grande attention. De nuit, la Bel Air Patrol stoppait tous les véhicules pour la plus légère infraction. Gene respirait mieux quand il déboucha sur Sunset Boulevard.

Il ne lui fallut guère plus de vingt minutes pour atteindre une petite impasse qu'il connaissait bien à Beverly Hills: Summit Drive. Bordée de cinq ou six villas, dont celle de Sammy Davis Junior, c'était une voie très tranquille. Il gara la Camaro au fond, coupa le contact et écouta.

Silence total.

Il sortit alors de la voiture et tira le corps de Daphné sur le siège du conducteur. Elle s'affaissa, la tête sur le volant. Puis, à tout hasard, Gene passa sa pochette de soie sur le levier de vitesses, le volant et les poignées de porte. Ensuite, il ferma doucement la portière et partit tranquillement à pied. C'était la partie la plus délicate du plan.

Un piéton à Beverly Hills était aussi rare qu'un sapin au Sahara. Heureusement qu'il était honorablement connu et habitait le quartier. Il n'avait d'ailleurs qu'un demi-mile à marcher, en coupant par Cove et Lexington Road.

Il irait récupérer sa voiture le lendemain, et dirait à Jill que Daphné l'avait déposé chez lui.

*
**

Le téléphone sonna à six heures dix du matin dans la chambre de Malko. Le « Los Angeles Receiving Hospital » venait d'admettre une jeune femme répondant au signalement de Daphné. C'est le sergent conduisant l'ambulance de la police qui était au téléphone.

— Dans quel état se trouve-t-elle? demanda Malko.

— Vous êtes son mari? fit le policier, méfiant.

Malko le rassura:

— Non, non. Juste un ami.

— Elle est dans le coma, dit-il laconiquement. Foutue.

Malko remercia, raccrocha et réveilla Albert Mann qui dormait tout habillé sur le lit voisin.

— Ils l'ont retrouvée.

Les deux hommes traversèrent l'hôtel désert et s'engouffrèrent dans la Dodge. Le Sunset était désert et ils atteignirent rapidement le Hollywood Freeway pour descendre en ville. Le jour allait se lever et le soleil rosissait déjà le ciel.

L'interne en blouse blanche sortit et alluma une cigarette dans un couloir. Le shérif avait accrédité

Malko et Albert Mann de façon qu'ils aient accès au quartier des urgences.

Malko s'approcha de lui.

— Elle est perdue, dit à voix basse le jeune médecin. Nous lui avons fait un lavage d'estomac, des piqûres de solu-camphre et tout ce qu'on pouvait tenter. Mais c'était beaucoup trop tard. En plus, nous ne savons pas exactement ce qu'elle a avalé.

— Où l'a-t-on trouvée? demanda Malko.

L'interne fronça les sourcils:

— Dans une allée de Beverly Hills, je crois. Elle avait conduit sa voiture jusque-là pour être tranquille. Il y a trois heures au moins, parce qu'ensuite elle aurait été hors d'état de conduire.

Ils s'approchèrent de la grande glace séparant la chambre du couloir. Daphné était couchée, les yeux fermés, des tuyaux enfoncés dans les deux bras. Un imposant appareillage électronique était aligné près du lit. Pendant qu'ils regardaient, une infirmière entra par l'autre porte et fit rapidement une piqûre à la jeune femme.

— Elle a pu parler? demanda Malko.

L'interne secoua la tête.

— Non. Et elle ne parlera plus jamais. J'ai une certaine expérience de ces cas. J'en ai vu des centaines depuis que je suis ici. Elle n'a pas une chance sur un million. Sa température est de 41° depuis deux heures. Nous la maintenons en vie artificiellement, sans pouvoir rien faire pour qu'elle se réveille.

» Elle va plonger dans la mort sans s'en rendre compte...

Devant l'expression atterrée de Malko, le jeune médecin ajouta tristement:

— C'est un cas trop fréquent par ici. Toujours des jolies filles La vie est trop dure pour elles à Hollywood. Un jour, elles craquent.

Malko hocha la tête. Il n'arrivait pas à détacher ses yeux de la morte-vivante, de l'autre côté de la vitre. Elle ne s'était pas suicidée et il le savait.

On l'avait assassinée, alors qu'elle se trouvait avec « Darling » Jill. Parce que Daphné avait appris quelque chose d'important.

Il remercia le jeune interne et entraîna Albert Mann. Il n'y avait plus rien à faire. Sinon à trouver l'assassin de Daphné.

Lorsqu'ils sortirent de l'hôpital, il faisait presque jour. Albert Mann entraîna Malko dans une cafétéria près de l'hôpital, encore déserte, ni l'un ni l'autre n'étaient rasés, et le néon leur donnait un teint verdâtre épouvantable.

Malko leva les yeux sur l'énorme bâtisse trouée de centaines de fenêtres. Daphné était en train de mourir à quelques mètres. Il trempa ses lèvres dans le café noir sans sucre et se brûla.

Le ciel était déjà bleu et il n'y aurait pas de smog. Une journée splendide en perspective.

CHAPITRE XIV

Les quatre voitures filaient tous phares allumés dans les lacets du Sunset Boulevard. En tête, une vieille Cadillac noire aménagée en corbillard, ensuite la Dodge conduite par Albert Mann où avait pris place Malko, enfin, deux voitures du FBI.

Daphné La Salle reposait dans une alvéole du Westwood Cemetery. La cérémonie n'avait pas duré dix minutes. Cet enterrement à la sauvette sous ce ciel radieux avait quelque chose d'irréel. Malko était partagé entre la tristesse et la rage. De temps en temps, une des voitures qui croisait le petit convoi allumait ses phares un court instant, par déférence. Cela rappelait à Malko un autre jour à Los Angeles où des centaines de milliers de Californiens roulaient en plein jour, avec leurs phares, en hommage à Robert Kennedy.

— Elle a été assassinée, dit-il.

Albert Mann hocha la tête.

— Très probablement, mais nous ne possédons aucune preuve. N'oubliez pas que le coroner a délivré un permis d'inhumer mentionnant que la cause de la mort était le suicide...

Les yeux dorés de Malko avaient foncé jusqu'à être verts. Mauvais signe.

— Pourquoi ne pas secouer sérieusement Gene Shirak ou Jill Rickbell ?

— Parce que nous sommes en démocratie, soupira

Albert Mann. Et que nous préférons ne pas mêler la police locale à cette histoire. Vous allez agir, *vous*.

— Mais comment? protesta Malko. Nous sommes en plein brouillard. Je ne suis même pas sûr que Gene Shirak lui-même soit coupable. Il faudrait leur faire peur.

Ils avaient atteint Beverly Hills et roulaient un peu plus vite. Le chauffeur du corbillard avait hâte de rentrer.

— J'ai une nouvelle pour vous, dit Albert Mann. Depuis deux jours Gene Shirak a un nouveau jardinier. Un Navajo, comme celui qui a été trouvé au Mexique...

— Et alors?

— Alors, fit Albert Mann, je crois que c'est le commencement de la fin. Si nous avions pu, c'est nous qui l'aurions mis là, ce Navajo. Pour jouer le rôle de la chèvre dans la chasse au tigre...

» Nous avons affaire à des adversaires aux abois, pressés par le temps, j'en suis sûr maintenant. Sinon, ils n'auraient pas commis de meurtres. Cela va encore s'accélérer car ce Navajo, ils le veulent...

— Mais pourquoi, bon sang!

— Je n'en sais rien. Mais ils vont faire du forcing. Gene Shirak a peut-être un rôle, mais derrière, il y a des vrais professionnels. C'est ceux-là que nous voulons. Cela ne servirait à rien de boucler Shirak et Jill Rickbell. Récapitulez:

» Nous ne savons même pas où et pourquoi a été tué Zuni le Navajo.

» Nous n'avons pu relier la tentative de meurtre sur vous à aucun des personnages de cette histoire.

» Et officiellement, Daphné La Salle s'est suicidée.

» Sur le plan légal, nous sommes pieds et poings liés. Mais rien ne vous empêche, vous, de demander à miss Jill Rickbell où Daphné se trouvait le soir de sa mort et avec qui...

Le corbillard continuait tout droit sur le Sunset et Albert Mann tourna dans le driveway du Beverly Hills. Malko réfléchissait. L'Américain avait raison, hélas.

— Je vais aller voir Jill Rickbell, dit-il sombrement.

Malko avait dans sa ceinture le colt 38 offert par Albert Mann. Il ne voulait plus prendre aucun risque. On mourait trop à Los Angeles — la Cité des Anges.

Il avait décidé de débarquer chez Jill Rickbell sans crier gare, même s'il devait l'attendre toute la nuit. Elle finirait bien par rentrer. Et la surprise était un bon atout.

Tout le rez-de-chaussée de la villa était éclairé. La Cadillac blanche et la Corvette rouge se trouvaient dans le driveway. Malko gara la Mustang derrière et appuya sur le bouton de la sonnette.

« Darling » Jill ouvrit elle-même. Malko ne vit aucune peur dans ses yeux, seulement de la surprise, et très vite une lueur amusée.

— Pourquoi n'avoir pas téléphoné? demanda-t-elle espièglement. Vous vouliez me surprendre?

— C'est un peu cela, dit Malko en entrant.

L'attitude de « Darling » Jill ne collait pas du tout avec ses hypothèses.

La jeune femme était vêtue d'un curieux pantalon de cuir marron, fermé comme une barboteuse par des lanières, avec un chemisier de soie rouge. Un bandeau dans ses cheveux lui donnait l'air très sage. Mais elle ne portait aucun dessous à son habitude.

Malko alla s'asseoir sur le grand canapé de velours noir.

Moulée dans son pantalon de cuir, « Darling » Jill

était extrêmement désirable. Comme la vie était mal faite. Elle lut dans le regard de Malko car elle se rapprocha soudain de lui.

— Je suis heureuse de vous voir.

Malko prit la main aux doigts couverts de bagues et la baisa. Il n'avait pas envie de dire ce qu'il avait à dire.

— Je ne suis pas venu ici pour cela, dit-il.

Le visage de madone s'assombrit, une lueur inquiète passa dans ses yeux.

— Qu'est-ce qu'il y a?

Malko plongea dans les siens ses yeux dorés.

— Daphné La Salle est morte. Quelques heures après avoir passé la soirée avec vous.

Jill détourna les yeux. Mais sans aucune peur.

— Je... je sais, dit-elle. Je l'ai lu dans les journaux. Je suis désolée. C'était votre amie, n'est-ce pas?

— C'était mon amie, dit Malko. Et je voudrais savoir comment elle est morte.

Jill baissa la tête.

— Je sais, j'aurais dû vous téléphoner, mais je n'aime pas parler de mort. Cela me faisait peur. Je ne sais pas pourquoi. Daphné s'est suicidée. Elle est partie longtemps avant moi. Je me suis réveillée à six heures du matin.

Malko soupira:

— Jill, Daphné La Salle ne s'est pas suicidée. Elle a été assassinée. Quelqu'un lui a fait prendre à son insu une forte dose de somnifères. Vous étiez là. Donc vous êtes complice d'un meurtre. Voilà ce que je voulais vous dire.

— Vous plaisantez! dit Jill. Il n'y avait que Seymour, Gene, Patricia et moi.

— Où?

— Je... Je préfère ne pas vous le dire. Cela n'a aucune importance d'ailleurs.

Malko la sentait ennuyée, mais pas vraiment inquiète. Ou il n'avait plus aucune psychologie, ou elle n'était pour rien dans la mort de Daphné.

Ce qui semblait impossible.

« Darling » Jill sourit gentiment et dit:

— Je comprends que vous ayez de la peine, mais il ne faut pas aller imaginer des choses pareilles. Pourquoi voulez-vous qu'on tue Daphné...

Elle renifla, sincère:

— C'était une fille formidable...

Malko sentit que c'était le moment de la prendre à contre-pied.

— Il n'y avait aucune raison non plus de tuer Zuni, le Navajo.

« Darling » Jill resta la bouche ouverte, puis la terreur tordit son joli visage, la rendant laide. Une fine sueur froide apparut sur son front. Ses oreilles bourdonnaient, elle était au bord de la syncope.

Les yeux dans le vide, elle se leva et balbutia:

— Partez, partez tout de suite. Ou j'appelle la police.

Malko ne broncha pas.

— Je ne partirai pas avant de savoir le nom de l'assassin de Daphné, dit-il calmement, même si c'est vous, Jill.

Il crut qu'elle allait piquer une crise de nerfs, là sous ses yeux. Elle se tordit les mains, baissa sur lui des yeux horrifiés, comme si elle découvrait une chose immonde, effroyable:

— Mais qui êtes-vous? demanda-t-elle d'une voix suppliante. Pourquoi dites-vous toutes ces choses horribles? Partez, partez!

Sa voix monta hystériquement. Malko s'efforçait de rester froid: cette fois, il avait tapé dans le mille. Jill avait peur, peur de quelque chose qu'il ignorait. Il était au bord de la réussite.

— Je me moque du Navajo, répéta-t-il. Mais je veux savoir qui a tué Daphné et je le saurai.

Un chaos de pensées assaillit Jill. Malko se leva et elle crut qu'il allait la prendre par le bras pour l'emmener Dieu sait où; elle recula, trébucha et hurla en tombant sur le tapis.

Un grondement lui répondit, venant de la pièce du fond; Jill se releva, les yeux brillants de haine, courut à la porte et l'ouvrit.

Sun, le Cheetah, bondit dans la pièce et vint s'étirer aux pieds de sa maîtresse; Malko resta cloué sur le canapé de velours, un frisson désagréable dans la colonne vertébrale; le fauve s'était assis en face de lui et ne le quittait pas des yeux.

— Je comprends maintenant comment est mort Zuni, dit-il. Pourquoi l'avez-vous tué, Jill?

— Je ne l'ai pas tué!

Rassurée par la présence de Sun, elle avait repris un peu d'assurance. Mais tout s'effondra lorsque Malko reprit:

— Il va falloir vous expliquer sur beaucoup de choses, Jill... Qui couvrez-vous, si vous n'êtes pas coupable? Vous allez venir au FBI avec moi.

» Dites à cette bête de se tenir tranquille.

Le Cheetah gronda et la phrase de Gene fulgura dans la tête de Jill: ils tueront Sun et te mettront en prison. Quelque chose bascula dans sa tête. Lorsqu'elle regarda Malko, ses yeux fous lui firent peur. Instinctivement, il posa la main sur la crosse du 38.

— Foutez le camp, fit-elle d'une voix basse et sifflante ou je lâche Sun.

Le Cheetah se leva, gronda, fit le tour de la table et s'arrêta en face de Malko, aplati contre la moquette la gueule entrouverte. Ses babines retroussées laissaient apercevoir ses crocs blancs. Les yeux jaunes ne quittaient pas Malko. Son arrière-train ondulait légèrement.

Il se préparait à bondir.

Très lentement, pour ne pas effrayer le fauve, la main de Malko releva le chien du pistolet, caché par la veste. Il avait affreusement peur.

— Jill, dit-il, même si votre Cheetah m'égorge, cette fois, vous ne vous en tirerez pas.

— Ce n'est pas vous qui m'attraperez, cria-t-elle d'une voix aiguë.

Au son de sa voix, Sun baissa les oreilles et s'aplatit encore plus. Ses yeux jaunes n'étaient plus que deux lignes invisibles.

Malko s'était rarement trouvé dans une position aussi inconfortable. De la main gauche, il attira à lui un des gros coussins de velours du divan.

Jill recula lentement jusqu'à la porte. Malko esquissa un mouvement et s'arrêta net. Le Cheetah allait bondir. Il s'en fallait d'une fraction de seconde. Retenant sa respiration il se rassit.

Jill avait atteint la porte.

— Jill, appela Malko. Revenez.

Pour toute réponse, la pièce fut plongée dans l'obscurité et la porte claqua.

Malko se trouvait seul dans le noir avec le fauve.

Sun feula: il avait peur. Malko ne le distinguait pas mais sentit qu'il allait bondir. D'une détente désespérée, il se laissa tomber par terre, sortant son pistolet...

Dehors il entendit le rugissement du moteur de la Cadillac.

Presque aussitôt, il y eut un choc sourd à l'endroit où se trouvait Malko une seconde plus tôt. Il entendit nettement les griffes s'enfoncer dans le velours du canapé. La tête du Cheetah se trouvait juste au-desusus de lui et il pouvait sentir son souffle chaud.

Au jugé, il étendit le bras et tira, le pistolet touchant presque la fourrure.

Le Cheetah poussa un grondement déchirant et bondit en arrière. Malko ignorait s'il l'avait touché gravement ou non. Il resta accroupi derrière le canapé. Sun feulait doucement.

Tapi entre lui et la porte, le fauve lui interdisait toute sortie.

Malko décida de tenter le tout pour le tout. Se guidant au bruit, il étendit le bras et tira, très vite, trois fois.

Les détonations l'assourdirent complètement. Ensuite il tendit l'oreille. Le fauve ne faisait plus aucun bruit. Ou il était mort, ou il attendait, dans le noir, pour bondir sur Malko dès que celui-ci bougerait.

Mais il ne pouvait attendre indéfiniment. Il attrapa un des coussins. C'était une médiocre protection, mais cela valait mieux que rien.

Il se releva et, contournant le canapé, avança lentement vers la porte.

Les secondes les plus longues de son existence.

Il atteignit le bouton de la porte sans aucune réaction du Cheetah. Jamais, il n'avait ouvert aussi vite une porte. Ce n'est que le battant refermé qu'il réalisa que son cœur faisait des bonds dans sa poitrine.

Bien entendu la Cadillac blanche avait disparu. Malko monta dans sa Mustang et fonça au Beverly Hills. Il fallait retrouver Jill avant celui ou celle qui avait tué Daphné. Albert Mann et le FBI allaient enfin pouvoir intervenir.

*
**

« Darling » Jill n'arrêtait pas de trembler. Elle s'était arrêtée dans un « liquor store » pour acheter une bouteille de White Label. Elle était déjà à moitié vide. Jill roulait sur le San Diego Freeway, vers le sud. Sa première idée était de se réfugier au Mexique.

Puis, elle pensa soudain que la police surveillerait la frontière. Elle revit l'homme blond et Sun, face à face, étouffa un sanglot. Sun était peut-être mort maintenant. Elle se sentit seule et désemparée, sortit du Freeway, s'arrêta à une station Standard et courut à la cabine téléphonique. Elle composa le numéro de Gene chez lui, raccrocha avant que l'answering service lui demande son nom.

Ses jambes tremblaient. Elle crut qu'elle allait s'évanouir. Un petit motel se trouvait de l'autre côté du boulevard. Jill laissa sa voiture à la station, traversa, paya douze dollars et s'étendit tout habillée sur un lit, après avoir donné un faux nom.

Epuisée, elle s'endormit immédiatement.

« Darling » Jill se réveilla en sursaut, et regarda sa montre. Une heure dix. La bouche pâteuse, elle contempla d'abord les murs peints en vert, se demandant où elle était.

Tout lui revint d'un coup. Elle éprouva une violente nausée et se précipita vers le lavabo; après avoir vomi, elle sortit et l'air frais lui fit du bien. Titubant, elle s'affala dans la Cadillac, mit en marche et regagna le Freeway, direction nord; elle venait d'avoir une idée pour se cacher: la garçonnière de Seymour; ce dernier était à New York pour quelques jours et la seule personne qui pourrait la déranger serait Gene Shirak.

Celui qu'elle voulait voir. « Darling » n'arrivait pas à croire que Daphné ait été assassinée. Ce n'était ni Seymour, ni Patricia, ni elle. Donc, ce ne pouvait être que Gene.

— Impossible!

Mais il fallait qu'il la rassure et surtout qu'il la sorte du pétrin...

Le Freeway était désert et une heure plus tard, elle stoppa devant la villa de Seymour. Après avoir garé la Cadillac dans le garage, elle fit le tour et pénétra dans la maison en utilisant la clef qui se trouvait au-dessus de la porte de la cuisine.

Tout était silencieux et elle frissonna. Après avoir exploré toutes les pièces de la maison, elle s'assit près du téléphone et commença ses recherches, la bouteille de White Label près d'elle.

Gene n'était toujours pas chez lui; lorsqu'elle reconnut la voix de Joyce, Jill raccrocha précipitamment.

Ensuite, elle essaya sans succès toutes les boîtes de Beverly Hills: le Daisy, la Factory, le Candy store. Personne n'avait vu Gene Shirak; partout, elle fit dire au producteur d'appeler d'urgence chez Glen: le nom d'emprunt de Seymour, sans donner le numéro.

Puis, après avoir lampé une bonne gorgée de whisky, au goulot, elle s'installa dans un fauteuil et regarda le Late Late Show sur le canal 7.

Pour ne pas penser.

*
**

L'agent du FBI qui surveillait la villa de Gene Shirak, dissimulé dans une camionnette arrêtée sur Sunset, sursauta lorsqu'on ouvrit la portière: il somnolait.

Albert Mann le regarda sévèrement, ravala un reproche et demanda:

— Rien de spécial?

— Rien. Il n'est pas rentré et personne n'est venu. Je reste?

— Bien sûr...

Ce n'était pas une sinécure, une planque à Beverly Hills. Tout stationnement étant interdit dans ce quartier résidentiel, il fallait simuler un véhicule en panne. Bien entendu, le téléphone de Gene Shirak était surveillé et le FBI avait réussi à cacher dans le jardin deux micros directionnels. Mais ce n'était pas suffisant.

Albert Mann regagna la Dodge où Malko l'attendait.

— Rien de ce côté-ci, annonça-t-il.

Depuis neuf heures du soir, ils cherchaient « Darling » Jill. Une demi-heure après la fuite de la jeune femme, Malko était retourné à la villa avec Albert Mann et quatre hommes de la Bel Air Patrol, dont l'un était armé d'une carabine 30/30. Mais sa présence avait été inutile: Sun gisait mort sur le côté, au milieu du living. Une des balles de Malko lui avait fait éclater le cerveau.

Les six hommes étaient repartis après avoir chargé le cadavre du fauve dans une camionnette du shérif.

— Je ne peux même pas lancer un avis de recherches, avait expliqué Albert Mann à Malko. Il n'y a aucun délit caractérisé. Il faut la retrouver par nos propres moyens...

» Dans ce pays, quand un homme en tue un autre à bout portant devant cinquante témoins, c'est déjà toute une comédie pour obtenir une inculpation de meurtre. Alors votre histoire... Pour peu qu'elle prétende que vous avez voulu la violer, c'est vous qui vous retrouverez en prison...

C'est beau la démocratie...

Depuis, ils cherchaient. Gene Shirak, lui aussi, était invisible; impossible de joindre Patricia ni Seymour. Chaque heure qui passait diminuait les chances de retrouver Jill vivante.

Malko rongeait son frein dans la Dodge.

— Allons nous coucher, s'il y a du nouveau, on nous préviendra, proposa Albert Mann.

— Je ne vais pas me coucher, dit Malko, pas tant que je n'aurai pas trouvé Gene Shirak. Je vais faire le tour des boîtes. Il est bien quelque part...

*
**

Le téléphone fit sursauter Jill, qui s'était endormie. Elle mit plusieurs secondes à décrocher. La voix de Gene Shirak la réveilla complètement.

— Qu'est-ce que tu fous là?

Gene essayait vainement d'entrer au « Candy store » bourré comme toujours, lorsque le gorille de l'entrée lui avait transmis le message. Il venait de passer quatre heures agréables avec une jeune starlette très désireuse de tourner et avait presque réussi à oublier ses ennuis. La voix de Jill le replongea en plein cauchemar. Heureusement qu'il téléphonait d'une cabine publique.

— J'ai besoin de toi, fit Jill. Tu m'as mise dans la merde, tu vas m'en sortir.

Elle lui raconta succinctement la visite de Malko. Le producteur crut qu'il allait exploser comme un ballon trop gonflé.

Il jurait à voix basse. C'était le bouquet.

Soudain « Darling » Jill éclata en sanglots.

— Sauve-moi, Gene, sauve-moi! Dis, tu n'as pas tué Daphné?

Dans la vie pratique, Jill avait l'âme d'une enfant de douze ans. Gene Shirak se sentit soudain horriblement fatigué.

— Mais non, je n'ai pas tué Daphné, affirma-t-il, rassurant. Reste chez Seymour. Je viendrai plus tard. Là-bas, personne ne viendra te chercher.

— Tu crois? demanda anxieusement Jill.

— Je te promets. A tout à l'heure.

Il raccrocha et sortit de la cabine. Rêvant à ses futurs contrats, la petite starlette brune attendait sagement dans la Continental. Gene secoua la tête. Il était assis sur un baril de dynamite.

Se ravisant, il rentra dans la cabine, composa le numéro de l'answering service d'Erain. Celui qu'il ne devait utiliser qu'en cas d'extrême urgence.

S'il n'y avait pas urgence, il était le pape.

CHAPITRE XV

Malko sortit de la Factory avec l'impression d'emmener un orchestre dans sa tête. L'air était tiède, avec la vague senteur d'essence qu'il y a toujours en Californie.

Gene Shirak était introuvable et il était deux heures du matin. Toutes les boîtes fermaient. Malko était certain qu'en ce moment Jill se trouvait en danger de mort, si elle n'était pas déjà morte.

Ficelés par la loi, le FBI et Albert Mann étaient impuissants; ils risquaient d'intervenir trop tard. Tout en roulant sur Santa Monica Boulevard, Malko réfléchissait à ce qu'il pourrait tenter. Il tourna brusquement à droite dans Larrabee: il allait chez Gene Shirak: tout ce qu'il risquait était de se voir claquer la porte au nez.

Il y avait de la lumière dans le living-room. Malko essaya en vain de voir à travers les voilages, puis appuya sur le bouton de sonnette. Il entendit le tintement à deux tons, mais personne ne vint ouvrir.

Au bout de cinq minutes, il tourna le bouton de la porte et elle s'ouvrit. Malko entra. Toute la maison était éclairée. Il fit quelques pas à droite, vers le living, et s'arrêta, interdit.

Joyce Shirak était à quatre pattes sur la moquette blanche, en face de la TV, dodelinant doucement de la tête, un verre plein à côté d'elle. Visiblement ivre morte.

Malko l'appela et elle leva la tête, murmurant quelque chose d'inintelligible. Malko hésita. Mais il fallait trouver Gene.

— Où est Gene? demanda-t-il.

Elle parut enfin le reconnaître, esquissa une grimace, et éructa:

— Sais pas. En train de baiser une de ses putains, comme d'habitude.

Dans un reste de dignité, elle parvint à se lever, mais elle pointa un doigt accusateur sur Malko:

— C'est lui que vous cherchez?

— Mais non, assura Malko. Je passais seulement. Nous sommes voisins, vous savez...

Soudain, sans préavis, elle s'affala contre lui de toute la longueur de son corps. Son visage levé vers le sien, Malko faillit tomber raide: l'haleine de Joyce rappelait celle du Grand Collecteur. Il recula discrètement, mais elle le prit par la main et l'entraîna jusqu'au canapé blanc.

— On va passer une bonne soirée, bredouilla-t-elle.

Ce n'était pas évident. Joyce se rapprocha encore et dit, sur le ton de la confidence mondaine:

— Ce porc ne s'occupe jamais de moi...

Elle faisait vraisemblablement allusion à son mari. Malko était forcé de jouer le jeu. Joyce était trop saoule pour accepter la moindre discussion.

Brusquement, elle se leva, fit passer sa robe par-dessus sa tête et regarda Malko avec défi dans un panty et un soutien-gorge verts: elle avait un corps mince, pas trop abîmé, mais presque sans poitrine. Elle vint s'asseoir sur les genoux de Malko et darda férocement une langue agile dans sa bouche. Après un baiser qui lui sembla interminable, elle s'effondra sur son épaule. Malko jugea le moment de prendre des risques.

— Vous ne savez pas ou est Jill Rickbell? demanda-t-il.

Joyce sursauta, comme s'il l'avait mordue:

— Cette traînée! Vous n'aimez donc que les putains.

Malko tenta de plaider sa cause:

— Je crois qu'elle est en danger de mort...

— Qu'elle crève, cette salope, fit Joyce avec une profonde conviction.

— Je voudrais bien la trouver avant...

Joyce se leva et s'écarta de Malko.

— Fous le camp, dit-elle. Fous le camp. Tu n'es qu'une ordure comme les autres.

A toute volée, elle le gifla. Il dut lui tenir les mains pour qu'elle ne récidive pas.

Visage contre visage, elle lui crachait sa haine dans une haleine de Chivas Regal.

— Si c'est elle que tu veux baiser, siffla-t-elle, vas-y donc. Elle doit y être dans leur baisoir. Elle y passe sa vie. Il croit que je ne suis pas au courant, Gene. Il ne sait pas que Seymour m'y a emmenée dans son baisoir.. comme les autres...

— C'est plus grave que cela, protesta Malko.

Joyce ne répondit pas. Elle se leva, alla chercher le verre posé sur la moquette et revint en titubant jusqu'à dix centimètres de Malko. Ses yeux étaient injectés de sang et elle paraissait cinquante ans.

— Crève, salope, dit-elle à voix basse.

Malko ne vit pas partir le verre de whisky. Le liquide ambré lui brûla les yeux et dégoulina sur sa chemise. Joyce oscillait en face de lui.

Malko était déjà près de la porte. Au moins, il avait une idée de l'endroit où pouvait se trouver Jill.

Au moment où il l'atteignait, un verre s'écrasa contre le mur. L'adieu de Joyce. Il se retrouva dans la Mustang, perplexe. Il fallait trouver l'endroit que Joyce désignait comme le « baisoir de Seymour ». Il ignorait où joindre Seymour. La seule fille qui accepterait de l'aider était Sue, qui faisait partie de la bande. Elle savait sûrement où se trouvait la garçonnière de Seymour...

Mais Sue habitait tout en haut de Laurel Canyon. Encore une demi-heure perdue. Si elle était chez elle.

*
**

Erain et Gene Shirak discutaient à voix basse dans la Lincoln garée au parking du Food Giant de Santa Monica. Pour plus de sûreté, le producteur avait bloqué électriquement les portières. Il avait attendu dix minutes qu'Erain le rappelle à la cabine près du Candy Store. La Hongroise n'avait pas discuté pour le rejoindre quand il lui avait expliqué ce qui se passait. Gene avait raccompagné sa starlette, et avait attendu Erain.

— Vous êtes sûr qu'elle est encore là-bas? demanda la Hongroise.

Depuis vingt minutes, ils parlaient de Jill. Gene dit sombrement:

— J'espère. Elle a peur de la police, heureusement. Elle m'attend.

— Il n'y avait rien dans les journaux ce soir?

— Rien.

— Ça ne veut rien dire, personne n'est peut-être venu à la villa depuis, objecta Erain. De toute façon, il faut s'occuper de Jill.

— Bien sûr, dit faiblement le producteur.

Dans la pénombre, il vit le regard d'Erain posé sur lui et en eut froid dans le dos.

— N'ayez pas peur, fit la Hongroise, méprisante. Vous avez assez fait de gaffes comme cela. Si nous n'avions pas une mission à réussir, je ne vous demanderais plus rien. Je vais régler le sort de Jill Rickbell.

Gene éprouva à la fois un lâche soulagement et un dégoût intense pour lui-même.

— Qu'est-ce que vous allez lui faire? demanda-t-il.

— Vous voulez vraiment le savoir?

Non, Gene Shirak ne voulait pas le savoir. Il ne voulait plus rien savoir. Erain ordonna:

— Expliquez-moi comment aller là-bas. Ensuite, filez dans n'importe quelle boîte et n'en bougez pas de la nuit.

Gene lui dit tout ce dont elle avait besoin. Erain écouta attentivement et ouvrit la portière.

— Tout sera bientôt fini, assura-t-elle. Et vous serez tranquille.

La portière claqua et Gene se retrouva seul. Il avait absolument besoin de voir des gens. Même si Erain ne lui en avait pas donné l'ordre, il aurait été s'étourdir.

*
**

Sue Scala était couchée en maillot au bord de sa piscine, à côté d'un blond athlétique dans la même tenue. Un électrophone à piles jouait de la musique douce. Malko avait pénétré par le jardin. Entre les deux, était posée l'inévitable bouteille de whisky. Malko se planta devant elle et Sue daigna sourire.

— Ah! salut, fit-elle.

Et elle replongea dans ses vices. Marijuana et whisky.

Malko commençait à en avoir sa claque des dingues et des ivrognes. Il saisit Sue par ses courts cheveux roux, oubliant toute galanterie, et lui fit lever la tête.

— Sue, il faut que je vous parle.

Elle bafouilla:

— Laissez-moi, j'ai le cafard. Je me suis engueulé avec mon ancien mari. Il a été méchant. Il dit que je suis une traînée et que je finirai dans un asile.

N'eût été son excellente éducation, Malko lui aurait prédit la même chose.

Le gorille blond ouvrit un œil et fit jouer ses muscles:

— Foutez la paix à Sue, mec, dit-il. Ou je vous rentre dedans. C'est ma petite.

Malko ne répondit même pas.

— Sue, insista-t-il. Où se trouve la garçonnière de Seymour?

Elle secoua la tête:

— Qu'est-ce que cela peut vous foutre?

Et, elle repartit dans le brouillard.

Cette fois, Malko n'hésita pas. Il prit l'actrice par le bras et la cuisse et la fit basculer dans la piscine. Le gorille se dressa avec un hurlement. Malko crut qu'il allait se frapper la poitrine avant de foncer. Tranquillement, il sortit le 38 et le braqua sur le plexus solaire de l'autre:

— Qu'est-ce que vous préférez? Faire du café ou aller à l'hôpital?

Encore une vocation de cuisinière rentrée. En grommelant, le blond partit vers la cuisine.

— Faites-le fort, cria Malko.

Sue barbotait, la tête hors de l'eau, étouffant et crachant. Il l'aida à sortir. Son maquillage avait coulé, c'était horrible. A peine au bord, elle retomba sur le matelas.

Sans hésiter, Malko la replongea dans l'eau. Il crut

qu'elle n'allait pas remonter. Le gorille gronda de la cuisine, de façon beaucoup plus discrète. Malko plongea encore Sue deux fois dans la piscine. Elle suffoquait, pleurnichait, mais n'avait pas retrouvé la parole. Finalement, il l'enveloppa dans une serviette et l'emmena à la cuisine. Le café fumait sur la table. Malko ajouta de l'eau froide pour gagner du temps et fit boire toute la tasse à Sue. Maintenant, le gorille blond était absolument effaré.

A la seconde tasse de café, Sue s'ébroua, eut un hoquet et ouvrit des yeux démesurés. Malko lui fit ingurgiter une troisième tasse de café.

— Pourquoi me torturez-vous ainsi? gémit-elle.

Malko lui tapota la main.

— Pardon, Sue, mais c'est une question de vie ou de mort. Où se trouve la garçonnière de Seymour?

Elle lui jeta un regard stupéfait:

— Comment êtes-vous au courant de cela?

— Peu importe, fit Malko. Où est-ce?

Elle se prit la tête à deux mains et fronça les sourcils. De petites veines rouges s'entrelaçaient sur ses joues. L'alcool.

— Attendez, c'est après Beverly Glen, une petite maison sur la gauche, dans...

*
**

« Darling » Jill se précipita à la porte en entendant la sonnette. Elle était en train de devenir folle d'angoisse. Cette maison déserte la déprimait.

— Qu'est-ce que vous voulez? demanda-t-elle en voyant Erain.

La Hongroise entra et referma la porte derrière elle.

— Je viens de la part de Gene.

Jill détailla avec angoisse le visage brutal d'Erain.

Une horrible panique descendit le long de sa colonne vertébrale. Elle s'assit et chercha une cigarette.

— Où est Gene? gémit-elle. Il m'a promis qu'il allait venir.

Erain eut un sourire rassurant.

— Il a été retardé, je suis venu vous tenir compagnie, en l'attendant. Il n'y a pas de musique ici?

« Darling » Jill se leva et alla mettre en marche le tourne-disque. La musique calma un peu sa panique. Elle préférait ne pas penser. Et si Gene était un assassin? Comme elle aurait voulu que Sun soit là. Sans lui, elle se sentait impuissante et nue.

— Où est la salle de bains? demanda poliment Erain.

Il n'y avait aucune menace dans sa voix, mais Jill frissonna. Dès que la Hongroise eut disparu, elle regarda le téléphone. C'était si facile d'appuyer sur le « 0 » et d'appeler la police.

Tout à coup, la musique emplit la pièce. Jill leva la tête. Erain venait de tourner à fond la puissance de l'électrophone. Elle s'avançait vers elle, le visage indifférent, une paire de longs ciseaux dans la main droite. Jill remarqua qu'elle avait ôté ses chaussures à hauts talons.

« Darling » Jill hurla. Mais la musique étouffa son cri. Puis elle se rua vers le téléphone, appuya sur le zéro. Le numéro de la Bel Air Patrol était collé sur le récepteur, mais elle n'avait pas le temps de le composer.

Erain plongea sur elle au moment où l'opératrice répondait. Une des branches des ciseaux s'enfonça dans la gorge de « Darling » Jill, sectionnant la carotide gauche. Un jet de sang éclaboussa son menton, elle lâcha l'appareil pour lutter. Mais la femme qui tenait les ciseaux était beaucoup plus forte qu'elle. Et elle voulait tuer. La lame s'enfonça encore plus dans la chair fragile de « Darling » Jill et elle tomba en arrière.

*
* *

Malko se catapulta littéralement hors de la Mustang. Il y avait de la lumière dans la maison et le bruit de la musique s'entendait de la route.

Il se sentit si bête qu'il faillit faire demi-tour. Il allait encore tomber en pleine partouze. Il sonna en vain puis poussa la porte.

Tout de suite l'odeur fade du sang lui sauta au visage. La pièce était vide. Il alla à l'électrophone et le stoppa. Alors seulement, il aperçut une jambe dépassant de derrière le divan. Il s'approcha, sachant déjà ce qu'il allait trouver.

« Darling » Jill s'était débattue avec une énergie insoupçonnée. C'était une boucherie. La moquette était imprégnée de sang tout autour du corps. La jeune femme avait les yeux ouverts, le visage déformé par une terreur abjecte. Elle avait vu venir la mort, une mort horrible. On l'avait égorgée, comme un animal. Il y avait du sang jusque sur son pantalon de cuir marron. Tous ses ongles étaient cassés.

Malko posa sa main sur sa joue. Elle était encore tiède. Le meurtre ne remontait pas à plus d'une heure. Si Sue avait été moins saoule, Jill serait peut-être encore vivante et il se serait heurté à son assassin.

Mais une fois de plus, il était arrivé trop tard. Décourageant. Pourquoi cette série de meurtres sauvages? Maintenant, le seul homme à pouvoir répondre à cette question était Gene Shirak. Malko décrocha le téléphone et composa le numéro d'Albert Mann.

*
* *

Gene Shirak commanda sa troisième bouteille de Dom Pérignon.

Ruth, la femme de son avocat, qui n'avait pas plus de vingt-trois ans, le regarda avec admiration. Elle s'offrait si visiblement que c'en était gênant. Gene représentait tout ce qu'elle admirait dans l'existence: l'argent, la puissance, la renommée. Chaque fois que Jim, le mari de Ruth, sortait avec Gene Shirak, il souffrait le martyre. Mais il lui était impossible de refuser. Gene était son meilleur client.

Gene prit Ruth par la main.

— Allons danser!

Le producteur avait retrouvé le couple au « Climax », la seule boîte ouverte après deux heures du matin. L'enfer psychédélique du sous-sol battait son plein. Dans la quasi-obscurité, Ruth put se serrer à son aise contre le producteur. Celui-ci glissa la main entre son boléro et le pantalon de dentelles. La jeune femme creusa les reins pour qu'il puisse atteindre la peau de ses reins.

Ils ne s'étaient rien dit, mais Gene savait qu'elle était à lui. Le petit visage brun triangulaire cherchait à accrocher son regard. Sur le moment, il éprouva une grande chaleur heureuse, puis il pensa à Jill. Il était trois heures du matin. Tout devait être fini.

— J'en ai marre de danser, fit-il brutalement.

Ruth se demanda en quoi elle lui avait déplu. Elle se promit, à la prochaine danse, d'en faire encore plus.

CHAPITRE XVI

Erain décrocha immédiatement et referma la porte de la cabine sur elle. Il était déjà huit heures et demie et elle commençait à neuf heures.

Rapidement, elle résuma les derniers développements de l'affaire Gene Shirak, soulignant que la solution était en vue. Le producteur avait repris un Navajo et mis au point un procédé pour sortir des USA le samedi suivant. Il fallait encore tenir quelques jours.

Ce ne fut pas l'avis de son correspondant à l'autre bout du pays. Gene Shirak était « brûlant », il fallait le liquider et le plus tôt serait le mieux. Erain avait sur place deux hommes qui l'aideraient.

La jeune Hongroise sortit de la cabine sans émotion. Cela faisait partie de son métier. De son vrai métier qu'elle aimait. Il ne lui appartenait pas de discuter les ordres. Tant pis si elle perdait le bénéfice de semaines d'efforts et d'un meurtre. La sécurité primait tout.

En mettant sa nouvelle Falcon en route, elle pensa que c'était quand même dommage, maintenant qu'elle avait tout mis au point. Mais les autres devaient avoir raison. Ils avaient toujours raison. C'est pour cela qu'elle était encore vivante et en liberté. Gene Shirak n'était plus sûr.

Le peu qu'il savait était suffisant pour causer de graves dommages.

Elle descendit Wilshire Boulevard, absorbée dans ses pensées. Il faudrait qu'elle se rachète un chemisier pour remplacer celui qu'elle avait été obligée de brûler après le meurtre de Jill.

*
**

« Gene Shirak est un iceberg, dit Albert Mann. C'est la petite partie visible d'un ensemble qui nous échappe complètement. Nous ne savons même pas ce qui le lie à cet ensemble. Le meurtre de Jill Rickbell est un accident de parcours, à mon avis, et n'a rien à faire avec la véritable affaire.

La conférence se tenait dans les bureaux du FBI. Une fois de plus l'affaire était au point mort, deux jours après la mort de Jill Rickbell. Le point de mire de l'affaire, Gene Shirak, étroitement surveillé par le FBI ne levait pas le petit doigt de travers.

Enfoncé dans un fauteuil trop confortable, Malko broyait du noir derrière ses lunettes. Il n'avait pu sauver ni Daphné ni « Darling » Jill. Pour la seconde, il était certain que Gene Shirak ne l'avait pas tuée. Le producteur, au moment où on égorgeait la jeune femme, avait un alibi inattaquable. Trop inattaquable, même.

— Aucun indice, demanda-t-il, pas d'empreintes?

Albert Mann secoua la tête.

— Rien. Le meurtre a été commis avec une absence complète de sensibilité. Il faut avoir les nerfs solides pour découper les carotides d'une fille avec des ciseaux et la laisser saigner à mort. C'est un crime de professionnel.

— Alors que faisons-nous?

— Attendre. Nous ne pouvons pas arrêter Gene Shirak, nous ne possédons rien de solide contre lui.

Quelque chose échappait à Malko.

— Mais enfin, demanda-t-il, pourquoi Gene Shirak travaillerait-il contre ce pays?

Albert Mann avoua.

— Nous n'en avons pas la moindre idée. De plus, tous les agents de l'Est que nous avons identifiés étaient des gens modestes avec de petits moyens.

» Gene Shirak est millionnaire. Je vois mal les serviteurs de l'Est s'accommodant d'un agent roulant en Rolls.

» Après tout, il est Américain. Bien sûr, il est arrivé de Hongrie, il y a vingt-sept ans. Mais nous ne pouvons pas soupçonner tous les émigrés. Ce pays en est plein. Il y a des quartiers entiers à New York où l'anglais n'est que la seconde langue...

Albert Mann conclut:

— J'ai peur que nos efforts ne soient inutiles, dit-il. Ces gens ne sont pas fous. Il y a eu trop de bavures. Ils vont tout stopper et recommencer ailleurs.

C'était la logique même.

La conférence était terminée. Un épais smog cachait le soleil au-dessus de Los Angeles et il faisait presque frais. Malko partit le premier, décidé à continuer quand même. Il fallait affoler Gene Shirak, s'attaquer à ses nerfs. Jusqu'à ce qu'il fasse une nouvelle erreur. Il avait déjà vu des durs céder à la pression nerveuse.

***

— M. Shirak n'est pas là. Il vient juste de partir. Je ne pense pas qu'il revienne aujourd'hui.

La secrétaire disait la vérité: la porte du grand bureau était ouverte et il était vide. Malko hésita. La fille le regardait avec un intérêt non dissimulé. Sa robe était relevée bien au-delà de ce qu'il est courant de trouver dans un bureau honnête... Et le sourire qui se mirait dans ses yeux dorés était un rien plus que commercial. Il décida d'en profiter.

— Toutes les secrétaires de Gene Shirak sont aussi jolies? demanda-t-il.

— Je m'appelle Carrol et je suis la *seule* secrétaire de Gene Shirak, précisa la fille.

Malko se demanda comment elle tapait à la machine avec des ongles de trois centimètres, au vernis impeccable. Un petit transistor était posé près d'elle, branché sur KRLA. Elle s'étira, faisant saillir une poitrine pointue, sans soutien-gorge. Les instructions du patron, probablement. Malko se pencha sur le bureau et elle ne recula pas, offrant une bouche rouge et large.

Un journal jaune était étalé devant sa machine: *Free Press*. Le quotidien des Hippies, bourré de petites annonces offrant partenaires d'orgies, pédérastes, voyeurs, etc., et d'articles anticonformistes. Assez inattendu dans ce luxueux bureau.

— C'est vous qui lisez cela?

Carrol eut une moue de ses ravissantes lèvres.

— M. Shirak l'a acheté. Je le regarde.

Elle était vraiment trop près. Leurs lèvres se touchèrent et elle noua ses bras autour du cou de Malko. Carrol embrassait comme dans les films avec une science un peu trop contrôlée.

Le buste écrasé par la machine, Malko se dégagea le premier et ses yeux retombèrent sur le journal. Quelque chose le faisait tiquer. La jupe de Carrol avait encore remonté, découvrant un slip noir. Gene Shirak devait avoir du mal à se concentrer avec une secrétaire pareille.

Soudain, il réalisa: le journal avait encore toutes ses pliures...

Carrol s'était levée et le regardait.

— Je suis ravi de ce que j'ai trouvé ici, dit-il. A bientôt.

— Bientôt, c'est quand? dit Carrol. Vous pouvez me prendre à quatre heures.

Au propre et au figuré.

— J'essaierai, promit Malko, avant de disparaître.

En bas de l'immeuble, Malko trouva un jeune homme chevelu vendant le *Free Press* à l'arrêt de l'autobus. Cela lui coûta une dîme [1]. Il s'assit sur un banc et se plongea dans la page des petites annonces. Après avoir tout épluché, il n'en restait qu'une pouvant étayer l'hypothèse qu'il avait eue soudainement dans le bureau de Gene Shirak: dans la colonne « lost » réservée d'habitude aux parents cherchant à récupérer des « hippies ».

« Please contact your Dad, corner of Wilshire and Canon Phone booth 3-4 PM. »

Il bénit le tempérament brûlant de Carrol. Il y avait une cabine téléphonique un peu plus bas, au coin de Larrabee, Malko s'y précipita et appela Albert Mann.

*
**

Une camionnette des Pacific Telephones était arrêtée sur Wilshire Boulevard, cent mètres avant l'intersection de Canon Drive. L'intérieur était un véritable laboratoire ambulant du FBI. Dans une des antennes sortant du toit, était dissimulé un micro directionnel pouvant saisir la voix d'un homme à cent mètres.

Un autre micro était placé dans la cabine téléphonique. Dans le parking du « Food Giant » qui faisait le coin, deux voitures radio du FBI étaient prêtes à intervenir. Trois autres véhicules dont deux conduits

[1] Dix cents.

par des femmes croisaient dans les alentours, afin de parer à toute éventualité.

Deux pièces de l'immeuble faisant face à la cabine avaient été réquisitionnées en une heure. Derrière une des fenêtres, il y avait une caméra couleur, une noir et blanc, un Hasselblad avec un téléobjectif de 1000.

La police de Beverly Hills avait l'ordre de n'intervenir sous aucun prétexte. Vingt-cinq agents du FBI avaient été mobilisés pour l'opération, dont six femmes. Un hélicoptère était prévu également pour le cas où les voitures perdraient la trace de Gene Shirak.

Malko se trouvait dans une Ford crème, dans le parking. Il espérait de tout son cœur que le gigantesque dispositif n'allait pas uniquement servir à capturer un hippie barbu.

Il était trois heures dix. L'important dispositif mis en place avait beau être invisible, on risquait toujours l'imprévisible pépin.

— Le voilà, annonça soudain la radio de bord. Il arrive par l'est sur Wilshire. Roule lentement.

Presque aussitôt, la Lincoln Mark III apparut au coin de Canon. Elle stoppa à quelques mètres de la cabine, devant la camionnette des « Pacific Telephones ». Gene Shirak ne sortit pas. Mais, la glace électrique s'abaissa.

Malko retenait son souffle. Il avait eu raison !

Soudain, Gene Shirak sortit de la voiture et entra dans la cabine téléphonique. Le téléphone sonnait. La communication dura moins d'une minute. Sans se presser, Gene Shirak remonta et démarra. Aussitôt, une Oldsmobile sortit du parking, conduite par une femme en bigoudis: une agente du FBI.

Gene Shirak descendait Wilshire Boulevard sans se presser. Tout autour de lui, l'air grouillait de messages radio. L'ensemble du dispositif se déplaçait vers le sud avec lui.

— Il finira bien par rencontrer quelqu'un, dit Albert Mann qui conduisait la voiture de Malko. Son correspondant avait repéré la cabine à l'avance et pris le numéro. Classique. Il lui a donné un second rendez-vous. Il est quelque part, essayant de vérifier s'il n'est pas suivi.

La radio grésilla:

— ...descend sur le Santa Monica Freeway.. Passons voiture 7, je répète, voiture 7. Santa Monica Freeway, west. Vitesse cinquante-cinq miles. Over.

Le chauffeur accéléra.

— Nous allons rattraper le Freeway plus bas, avertit Albert Mann. C'est beaucoup plus facile de ne pas s'y faire remarquer.

Pendant dix minutes, la radio se tut. Dans la voiture les deux hommes étaient silencieux. La radio annonça de nouveau:

— Il a tourné à droite, dans la 3e Rue, très lentement. Semble chercher quelque chose.

Eux dévalaient le Freeway à quatre-vingt-dix miles à l'heure.

— Il s'arrête. Allume une cigarette, regarde sa montre, annonça la radio.

Malko respira. Avec un peu de chance, ils arriveraient à temps. Albert Mann sourit:

— L'endroit est relativement facile à surveiller puisque, à l'ouest, il y a la mer. Tout est bloqué dans un rayon d'un mille.

— Shirak est arrêté à dix mètres d'une cabine téléphonique, grésilla la radio.

La Ford crème jaillit de la courbe de Freeway et s'engagea dans la 3e Rue à son tour. C'était un quartier pauvre, presque entièrement habité par les Noirs, avec de vieilles maisons de bois, style « Californie

1930 ». Beaucoup d'entre elles étaient fermées. abandonnées, avec sur les minuscules pelouses, un écriteau : « A vendre. »

La 3e Rue courait parallèlement à la côte. La Lincoln de Gene Shirak était arrêtée près de l'embranchement menant au Pacific Ocean Park, sorte de Luna-Park bâti sur pilotis, surplombant l'eau.

— Impossible de s'approcher plus près, avertit Albert Mann. Il pourrait nous apercevoir dans le rétroviseur. Et je crois que la chasse ne fait que commencer...

Ils se garèrent sur le trottoir opposé à celui de Shirak et attendirent.

Malko ne tenait pas en place. Sûr que Shirak avait rendez-vous avec l'assassin de Jill, il essayait de se persuader que rien ne pouvait arriver avec le dispositif mis en place par le FBI.

*
* *

A cinq cents mètres de là, Erain attendait en buvant un Seven-up. Il n'y avait que quatre ou cinq clients dans la minable cafétéria.

Jusque-là, tout avait marché comme prévu. Gene Shirak ne se doutait de rien. C'était mieux ainsi. Erain Bulgra n'était pas cruelle. Elle avait souffert moralement de tuer Jill aussi sauvagement. Mais, prise par le temps, elle n'avait pas trouvé dans la maison d'autre instrument susceptible de lui servir.

Elle regarda sa montre. Gene Shirak avait largement eu le temps d'arriver. Mais elle se força à attendre encore cinq minutes. Excellent exercice pour les nerfs.

*
* *

Gene Shirak fumait nerveusement. Le meurtre de Jill Rickbell était de trop. Il l'avait accepté parce qu'il n'y avait pas d'autre alternative. Il avait peur. Que voulait encore lui demander Erain? Elle avait convenu de ne plus le contacter que par l'intermédiaire du *Free Press*. Plus sûr que le téléphone.

A chaque minute, il s'attendait à voir débarquer le FBI ou la police. Il passait son temps à lire les journaux, cherchant à deviner entre les lignes ce que la police ne voulait pas dire. Les journaux concluaient à un crime de maniaque sexuel ou de rôdeur. Le malheureux Seymour avait passé les heures les plus désagréables de sa vie à expliquer pourquoi il avait loué une maison sous un faux nom.

Le Pacifique ondulait un peu plus loin. Il y avait déjà des gens sur la plage de Santa Monica. Brusquement, Gene Shirak eut envie d'aller gambader dans les vagues grises, au lieu d'attendre un peu plus d'angoisse.

Encore cinq minutes. Si seulement ce fichu téléphone pouvait sonner! Il ne quittait pas la cabine des yeux comme si ses ondes avaient pu déclencher la sonnerie à distance. Pour tromper son attente, il mit sa radio en marche sur ondes courtes...

— ...Il fume une cigarette, semble nerveux.. ici voiture 3. Suis au coin 3e Rue et Ozone Avenue.

Gene Shirak resta paralysé de terreur. Il mit bien une demi-minute à réaliser qu'il s'agissait de lui. Souvent, il s'amusait à capter les messages de bateaux ou des voitures de police. Il crut avoir mal entendu, regarda dans son rétroviseur. Derrière lui, à cent mètres, une Plymouth grise était arrêtée contre le trottoir.

La voiture 3.

, Le producteur eut un mal fou à ne pas ouvrir la portière et se sauver en courant. Il mit ses mains sur le volant, jetant sa cigarette, pour les empêcher de trembler.

Les pensées se catapultaient dans sa tête. Ainsi « elle » l'avait vendu. Ils l'attendaient pour l'arrêter. C'était fini. Les yeux fous, il regarda autour de lui. Il n'y avait que quelques vieux promeneurs.

Tout à coup, il entendit la sonnerie de la cabine. Il la regarda comme saint Antoine dut affronter la tentation dans le désert. On lui aurait présenté une pieuvre vivante à embrasser, il aurait été plus joyeux.

Lentement, comme s'il craignait de se faire remarquer, il poussa son levier de vitesse sur Drive et démarra, le front couvert d'une sueur glaciale.

Une vieille dame à chapeau à fleurs arrivait devant la cabine. Le téléphone sonnait toujours. Comme c'était une personne curieuse, elle entra dans la cabine et décrocha.

*
**

— Nom de Dieu, qu'est-ce qui se passe? rugit Mann dans le micro.

Devant eux, la Mark III venait de démarrer et filait vers le nord.

La voix neutre de la voiture 3 répliqua aussitôt:

— Nous ignorons pour quelle raison il est parti. Nous ne pensons pas qu'il ait pu nous repérer.

Le téléphone sonne dans la cabine.

— Répondez, nom de Dieu, peut-être qu'ils ne connaissent pas sa voix.

Déjà Albert Mann appelait le dispatching.

— Attention, la Mark III vient de partir vers le nord.

Qu'est-ce qui avait fait peur à Gene Shirak?

Il n'était pas venu jusque-là pour démarrer comme un fou et ne pas répondre au téléphone qui sonnait.

L'homme de la voiture 3 courait vers la cabine.

*
**

Le cœur d'Erain battait régulièrement. Le délai qu'elle s'était fixé expirait. Elle posa un dollar sur le comptoir et poussa la porte de la cafétéria. En face il y avait une cabine. Tranquillement, elle glissa une dîme dans la fente, attendit la tonalité et composa le numéro.

Dès que la sonnerie s'enclencha, elle mit la main dans son sac et sortit un objet métallique de la taille d'un paquet de cigarettes. Cela ressemblait au remote-control d'une télévision.

La sonnerie sonnait toujours. Erain fronça les sourcils, contrariée. Il aurait dû être là depuis au moins dix minutes. Elle se mit à compter les sonneries: quatre, cinq, six, sept, huit, neuf, dix, onze, douze...

On décrocha.

Fermement, Erain appuya sur le bouton du couvercle de la petite boîte. Puis elle raccrocha, traversa la rue sans se presser et se glissa dans sa voiture.

Une minute plus tard, elle roulait sur Pico Boulevard, vers le nord, l'âme en paix.

*
**

La dame au chapeau à fleurs arriva la première à la cabine. Sans même voir l'homme du FBI qui courait, elle décrocha l'appareil. Le reste se passa si vite que personne ne sut vraiment ce qui arrivait.

Les parois vitrées volèrent en éclats. Plusieurs explosions rapprochées retentirent en chapelet. La vieille dame tituba comme sous l'empire de la boisson et s'effondra en petit tas au fond de la cabine, laissant une large traînée de sang sur la seule vitre encore intacte. Le récepteur pendait au bout de son cordon. L'agent du FBI plongea à plat ventre, tira son colt et désigna la façade d'une vieille maison de bois à la peinture blanche écaillée et aux stores fermés.

— Ça vient de là ! hurla-t-il.

La vieille dame ne bougeait plus. Les coups de feu avaient cessé. La 3e Rue s'était vidée, comme par miracle. Les Mexicains et les Noirs qui la peuplaient n'aimaient pas la police.

Dans la voiture, Malko jurait. Albert Mann était au bord de l'hystérie.

Les deux hommes jaillirent de la voiture et coururent vers la cabine téléphonique. En face, une des Ford du FBI stoppa en travers de la chaussée et dégorgea quatre hommes. Mais plus rien ne bougeait dans la petite maison d'où étaient partis les coups de feu.

Malko, dissimulé derrière une voiture en stationnement, scrutait les fenêtres de la villa. C'est une arme automatique de grande précision qui avait tiré, car toutes les balles avaient frappé la cabine.

— Attendez les autres, souffla Albert Mann, il est coincé.

En un temps qui ne parut pas à Malko supérieur à quelques secondes, deux motards surgirent de nulle part. Plusieurs sirènes se répondaient comme les voitures du FBI gagnaient le lieu de la fusillade. Deux minutes plus tard, plusieurs voitures bloquaient tous les carrefours autour du bloc, les feux rouges de leur toit tournant inlassablement et le son de leur sirène mourant lentement comme les policiers jaillissaient, certains armés de fusils.

Quelques curieux qui s'étaient rassemblés au coin d'Ozone Avenue furent hâtivement dispersés. Les policiers en civil et en uniforme couraient dans tous les sens.

L'agent du FBI qui se trouvait près de la cabine, rampa jusqu'à la porte et sortit le corps de la femme qu'il étendit sur le trottoir. Elle était morte, frappée de plusieurs balles dont l'une lui avait fait sauter la moitié de la tête.

Un des policiers, à l'aide d'un mégaphone, somma le tueur de se rendre. Aucune réponse. Protégés par des boucliers, trois policiers s'avancèrent sur la petite pelouse, parvinrent jusqu'à la porte, sans essuyer le moindre coup de feu. Malko suivit. Il ne comprenait pas comment le tueur s'était laissé coincer si facilement: il ne pouvait pas échapper, le bloc ayant été cerné immédiatement.

Cela ne ressemblait pas à la prudence dont ses adversaires avaient fait preuve depuis le début de l'affaire.

En tout cas, Gene Shirak l'avait échappé belle. Sans le mystérieux avertissement qui l'avait fait fuir, il serait en ce moment étendu sur le trottoir à la place de la vieille dame. Malko traversa la 3e Rue en courant et s'accroupit près du mur de la villa. Une bonne vingtaine d'armes étaient braquées sur la façade.

Mais tout cela s'avéra inutile. Un grand sergent armé d'une mitraillette, faisant partie de la première vague à avoir pénétré dans la maison, ressortit et cria:

— Il s'est tiré!

Malko et son compagnon se précipitèrent, enfilèrent un escalier sentant le renfermé et surgirent dans une petite chambre. L'odeur âcre de la cordite flottait encore dans la pièce. Un groupe de policiers entouraient une étrange machine infernale.

Un fusil automatique M.16 fixé sur un pied tripode

de caméra. Les trois plaques avaient été vissées dans le plancher de bois, donnant une grande rigidité à l'ensemble. De l'extérieur, l'arme était dissimulée par les rideaux. Le canon n'avait pratiquement pas dévié le temps que le chargeur se vide.

Mais la partie la plus ingénieuse était le dispositif de mise à feu. Un système semblable à celui des détentes électriques de mitrailleuses de char ou d'avion était fixé le long du pontet du fusil automatique.

Il était déclenché par un émetteur de radio gros comme un paquet de cigarettes. Le tueur avait pu commander le tir, pré-réglé sur la cabine, en se trouvant à deux ou trois cents mètres. Très beau travail de professionnel.

Malko et Albert Mann se regardèrent, ils pensaient la même chose. Les agents du FBI commençaient à tout mesurer et à répandre partout de la poudre à empreintes.

— Je vais au bureau de Gene Shirak, dit Malko. Avant qu'ils ne le tuent pour de bon. Restez là au cas où on trouverait quelque chose d'intéressant. Vous savez où je suis.

Il ressortit. Une ambulance chargeait le corps de la vieille dame trop curieuse. Soudain, Malko apprécia le poids du 38 glissé dans sa ceinture. Les ennemis anonymes qu'il traquait ne faisaient pas de cadeaux. Dans une ville immense et complexe comme Los Angeles, c'était chercher une aiguille dans une botte de foin...

CHAPITRE XVII

— Faites-le entrer, dit Gene Shirak, d'une voix blanche.

On venait de lui annoncer Malko.

Le producteur était venu se réfugier à son bureau, pour tenter de réfléchir. Il ne comprenait pas pourquoi Erain lui avait tendu un piège.

Il tendit la main à Malko avec un sourire crispé. C'est la première fois qu'ils se revoyaient depuis la partouze. L'un et l'autre savaient à quoi s'en tenir sur leur vraie personnalité. Malko fixa les yeux pâles du producteur:

— Savez-vous, monsieur Shirak, que vous devriez être mort depuis une heure?

Gene Shirak pâlit:

— Qu'est-ce que c'est que cette plaisanterie?

— Ce n'est pas une plaisanterie, dit Malko. Il y a une heure, vous avez failli entrer dans une cabine téléphonique, dans la 3e Rue à Santa Monica.

Il s'arrêta une seconde pour donner plus de poids à ses paroles.

— La personne qui a décroché à votre place a été tuée d'une rafale de fusil automatique. Je vous précise que l'assassin court toujours.

En face de lui, le producteur se tassait un peu plus à chaque mot. Il protesta mollement:

— Je ne comprends rien à ce que vous dites. Qui êtes-vous d'abord?

— Peu importe, dit Malko. Vous vous en doutez. Avec qui aviez-vous rendez-vous?

Gene Shirak ne répondit pas. Intérieurement, il était en train de s'effondrer complètement. Ainsi Erain avait tenté de le tuer. C'était la fin. Il n'y avait plus qu'une chose à faire. Fuir, si c'était encore possible.

Au prix d'un effort surhumain, il dissimula sa peur:

— Vous travaillez peut-être pour la police, dit-il à Malko, mais je ne comprends rien à ce que vous dites. Alors, si vous n'êtes pas mandaté officiellement, je vous prie de quitter mon bureau.

Malko secoua la tête. Légalement, il ne pouvait rien faire de plus. Les USA sont le pays de la liberté individuelle.

— Monsieur Shirak, lança-t-il avant de partir, si vous décidez de ne plus vous suicider, vous savez où me joindre.

Il sourit à Carrol en passant.

Resté seul, Gene Shirak ferma la porte à clef et se prit la tête à deux mains. Tout s'écroulait autour de lui. Il regarda les trois téléphones de son bureau, ses amis de toujours. Ils lui faisaient peur. Maintenant, ils ne pouvait plus amener que de mauvaises nouvelles.

Justement, la ligne directe sonnait. Gene décrocha, à regret. La voix joyeuse de Dennis le fit sursauter:

— Hello, fatcat! On travaille avec ce beau temps! Tu penses à notre petite partie du week-end? Direction Acapulco. A propos, j'aimerais bien que tu amènes cette rousse splendide, tu vois qui je veux dire.

Ou le jeune milliardaire cultivait l'humour noir, ou il ne lisait pas les journaux.

— Elle n'est plus en ville, répliqua sobrement Gene.

— Tant pis, fit Dennis. A demain.

Gene raccrocha. Son naturel combatif reprenait le dessus. Bien sûr, il pouvait aller se livrer au FBI. Mais il y avait le cadavre de Daphné entre lui et la liberté. Et ensuite, les autres ne le rateraient pas.

Il ne pouvait pas vivre dans l'angoisse toute sa vie. Soudain, il entrevit une solution. Grâce à Dennis. A condition d'être encore vivant quelques heures.

En coup de vent, il passa devant Carrol, descendit directement au garage, se glissa dans la grosse Mark III. Au moment où il allait démarrer, quelque chose de froid s'appuya sur sa nuque et il resta, tétanisé, la main sur la clef, sans bouger.

— Ne criez pas, dit la voix d'Erain.

Une panique viscérale submergea Gene Shirak. Mécaniquement, il fixait les cadrans du tableau de bord, s'attendant à ressentir le choc de la balle dans la nuque. Il n'avait même pas la force de l'implorer.

— Sortez du garage, ordonna Erain et prenez à droite, dans Doheny Drive. Si vous tentez quoi que ce soit, je vous tue.

— Vous allez me tuer de toute façon.

— Non, dit Erain.

Un tout petit espoir rampa dans la tête de Gene Shirak. Erain replongea derrière la banquette. De l'extérieur, elle était invisible. Gene tourna à droite dans Sunset et ensuite grimpa Doheny Drive, à travers les collines surplombant le Strip. Il arriva jusqu'à une grande pancarte indiquant « Doheny Estates ».

Ce n'était encore qu'un terrain défriché et désert attendant des villas. L'endroit idéal pour un meurtre. La Dodge noire du FBI qui suivait la Mark III depuis le Sunset, dépassa l'entrée des « Doheny Estates » et stoppa après le virage suivant. L'agent qui conduisait surveillait l'entrée où avait disparu la Continentale. Pas de risques que Gene Shirak disparaisse.

— Entrez et arrêtez-vous au fond, ordonna Erain.

Gene Shirak obéit. Il avait tellement peur que la sueur lui coulait dans les yeux.

De nouveau, le canon de l'arme s'appliqua sur sa nuque.

Erain eut un rire sans joie.

— Je pourrais vous tuer maintenant. Vous voyez bien que je ne le veux pas.

Effectivement, elle se glissa près de lui, après avoir remis son arme dans son sac. Gene Shirak ne comprenait plus rien.

— Pourquoi avez-vous tenté de me tuer? demanda-t-il.

— J'en avais reçu l'ordre, avoua Erain. Ce genre d'ordre ne se discute pas. Maintenant, il m'est impossible de joindre ceux qui me l'avaient donné. Aussi, puisque vous avez tout préparé pour l'opération, je vous donne une dernière chance.

» Après, vous vous débrouillerez avec le FBI.

C'était trop beau pour être vrai. Gene respira profondément. A leurs pieds s'étendait l'immense Los Angeles, la ville où il était devenu quelqu'un, où il avait fait fortune. Il devait quitter tout cela.

Mais la seule autre alternative était le gazon amoureusement entretenu de « Forest Lawn », le cimetière des milliardaires de Beverly Hills. Avec un jet d'eau sur la tombe, comme les personnalités.

— J'accepte, dit Gene Shirak, tout est prêt. Je vais vous expliquer comment nous allons opérer...

***

Joyce tournait en rond dans la villa de Beverly Drive. Elle avait peur. Jamais Gene n'avait été aussi odieux. Le matin même il l'avait giflée si brutalement qu'elle était tombée dans la salle de bains.

Joyce, comme tout le monde, avait lu le récit du meurtre de Santa Monica dans les journaux, mais ne l'avait pas rattaché à son mari.

Harrisson, le nouveau Navajo, époussetait tranquillement le buffet. Joyce lui jeta un regard d'envie. Lui était toujours heureux.

Le téléphone sonna. Agacée, Joyce alla répondre. C'était Herb, l'agent de change de Gene Shirak. Il s'excusa de déranger Joyce, tourna autour du pot et finalement demanda:

— Gene n'a pas été à Vegas, ces jours-ci?

— A Vegas? Non, répliqua Joyce. (Elle ne voyait pas où Herb voulait en venir.) Pourquoi?

Devant l'hésitation du « Broker », Joyce se fit chatte, ronronna, oublia sa rancœur. Elle voulait savoir:

— C'est toujours gênant de dire cela, avoua Herb. Gene vient de me téléphoner pour m'ordonner de tout vendre et de tenir l'argent à sa disposition... J'étais contre cette décision, car ce n'est vraiment pas le moment de vendre. Mais il a tellement insisté que j'ai obéi. Après tout, c'est son argent... Mais je pensais qu'il s'était peut-être laissé embarquer dans un gros poker, comme la dernière fois...

« Son » argent. Joyce fumait. Il lui fallut un effort surhumain pour retrouver son calme. Le poker auquel Herb faisait allusion leur avait coûté 70 000 dollars... En une nuit. Mais depuis, Gene n'avait jamais rejoué.

— Non, Herb, Gene n'a pas joué, dit-elle. Je crois qu'il envisage une grosse spéculation immobilière. J'espère que cela marchera...

— J'espère aussi, conclut le « Broker » qui avait hâte de voir revenir un gros client. Mais surtout, ne parlez pas de mon coup de téléphone à Gene. Il pourrait se vexer.

— Vous pouvez compter sur moi, dit Joyce, doucereuse.

Il pouvait compter sur elle. A peine raccroché, elle jeta l'appareil à travers la pièce. Un flot d'ordures s'échappait de sa bouche, elle hurlait des imprécations. Ainsi, ce fumier se préparait à la plaquer!

Effrayé, le Navajo disparut dans la cuisine.

Un peu calmée, Joyce alla se laver le visage. Cela ne servirait à rien de faire une scène à Gene. Il fallait être plus maligne que lui. Qu'il parte, mais sans l'argent. Elle s'assit et tenta de faire le point.

Pourquoi Gene s'enfuyait-il? Et avec qui?

Pendant qu'elle réfléchissait, la sonnette de la porte d'entrée fit entendre son timbre à deux tons. Joyce regarda à travers la glace du living-room et aperçut l'homme blond à qui elle avait jeté un verre à la tête.

Elle le soupçonnait de savoir beaucoup de choses sur son mari. Par lui, elle parviendrait peut-être à battre Gene Shirak sur son propre terrain. Elle se recoiffa sommairement et alla ouvrir.

*
**

Malko sentait que la femme en face de lui pouvait considérablement l'aider. Mais elle était intelligente et rusée. Il décida de jouer cartes sur table.

— Madame Shirak, attaqua-t-il, votre mari s'est mis dans une situation difficile. Il est mêlé à une histoire très grave intéressant la sécurité du pays. Je travaille moi-même pour une agence fédérale et je pense que vous pourriez le conseiller utilement.

Joyce ne broncha pas:

— Je ne suis pas au courant des affaires de mon

mari, répondit-elle, et ce que vous me dites m'étonne beaucoup. C'est un honnête homme.

Il fallait un sacré tempérament pour dire cela sans sourire. Même bourré de marijuana jusqu'aux yeux, personne n'aurait songé à qualifier Gene d'honnête homme. L'amour est aveugle.

En dépit de ce calme apparent, Malko sentait la nervosité de Joyce. Il fallait trouver le défaut de la cuirasse. Il caressa la femme de Gene de ses yeux dorés.

— Joyce, dit-il d'un ton pressant, si vous n'intervenez pas, vous risquez d'en subir les conséquences.

Elle ferma les yeux, se revit portant les plateaux à la cantine d'Universal. Elle n'avait pas le courage de recommencer à zéro. Tant pis pour Gene.

Quand elle releva la tête, ses yeux n'avaient plus aucune expression.

— Gene est en possession d'une très grosse somme d'argent en ce moment, dit-elle à voix basse, 3 ou 400 000 dollars. Il vient de les retirer de son « Broker ». En liquide. Je veux cet argent.

» Je vous dirai alors ce qui vous intéresse.

Malko était sur des charbons ardents.

— C'est-à-dire ?

Elle eut un sourire las.

— Ne me prenez pas pour une imbécile. Je n'ouvrirai la bouche que contre l'argent.

Malko se leva et lui baisa la main.

— A bientôt, madame Shirak.

Il avait au moins appris une chose: Gene Shirak se préparait à partir. Il manquait encore des morceaux du puzzle, mais celui-là était de taille.

CHAPITRE XVIII

Malko n'écouta pas Carrol qui le suppliait de ne pas entrer dans le bureau. Sa rage couvait depuis la veille. Toute la. soirée, il avait discuté avec Albert Mann. Il n'existait aucun moyen légal de retenir le producteur s'il avait envie d'aller au Mexique.

Gene Shirak eut une grimace de rage lorsqu'il aperçut Malko.

— Qu'est-ce que vous foutez ici? aboya-t-il. Vous ne pouvez pas vous faire annoncer, comme tout le monde. Carrol! Carrol!

Malko ôta ses lunettes noires. Ses yeux jaunes étaient aussi dépourvus d'expression que ceux de Sun. Le producteur, hors de lui, se leva, contourna son bureau et fonça sur Malko.

— Out, éructa-t-il. Ici, je suis chez moi.

Malko ne broncha pas.

— Monsieur Shirak, demanda-t-il calmement, pourquoi vous préparez-vous à vous enfuir, puisque vous n'avez rien à vous reprocher. Vous avez retiré tout votre argent liquide de chez votre broker. Pourquoi?

Il crut que le producteur allait lui sauter à la gorge. Gene Shirak était devenu livide. Il tenta de parler, mais la rage l'étouffait. Ce ne pouvait être que Joyce... Mais comment avait-elle su? Il aurait dû la noyer dans la piscine depuis longtemps.

— C'est *mon* argent! hurla Gene Shirak, foutez le camp.

Malko avait encore dans les oreilles la voix de Daphné en train de mourir. Gene Shirak ne s'en tirerait pas aussi facilement. Il restait un ultime bluff à tenter. Il s'avança jusqu'à un téléphone et décrocha.

— Vous allez donc vous expliquer avec le FBI, annonça-t-il paisiblement.

Le visage plat de Gene Shirak sembla s'aplatir encore. Sa main plongea machinalement dans un tiroir et ressortit tenant son colt 38 Cobra, cadeau du shérif.

— Vous n'allez appeler ni le FBI ni personne, dit Gene Shirak.

Malko essaya de rester calme, l'arme braquée sur lui.

— Si vous m'abattez, vous aurez toute la police de Los Angeles aux trousses dans deux heures, dit-il. Vous n'arriverez même pas au bout du Sunset... D'ailleurs, je crois que vous n'arriverez plus nulle part maintenant.

Gene Shirak continuait à braquer son arme sur Malko, hagard. Le canon s'abaissa légèrement.

Puis il posa le pistolet sur le bureau, ramassa une lourde serviette noire posée derrière le bureau et l'ouvrit, face à Malko. Elle était pleine de liasses de billets. Des centaines de milliers de dollars. Les yeux pâles du producteur fixèrent son vis-à-vis.

— Combien?

Malko secoua la tête. Pourtant, avec ce qu'il avait dans sa serviette, il pouvait terminer son château et vivre enfin selon son rang sans courir le monde en flirtant avec la mort.

— Ce n'est pas une question de prix, dit-il.

Gene Shirak hésita imperceptiblement. La serviette était toujours ouverte devant lui. Il eut un regard pour les billets puis pour Malko. Le temps pressait.

Sa main se posa sur le « Cobra ».

— Je vous donne cent mille dollars cash, et vous quittez ce bureau? OK?

Comme pour matérialiser son offre, il prit une liasse de billets et la jeta sur le bureau. Malko secoua la tête.

— Vous ne comprenez pas. L'argent n'achète pas tout.

Brutalement, le producteur ferma la serviette noire, sans même récupérer la liasse qui se trouvait devant lui, de la main droite, il prit le Cobra et le braqua sur l'estomac de Malko.

— Tant pis. Vous allez venir avec moi.

— Non, fit Malko.

Il recula, se plaçant entre Gene Shirak et la porte.

Une seconde, les deux hommes s'affrontèrent. Les yeux injectés de sang, Gene Shirak répéta à voix basse:

— Venez avec moi de bon gré ou je vous tue. Je m'en fous maintenant. Ma vie ici est terminée.

Il y avait moins d'un mètre entre les deux hommes. Malko vit l'index de Gene Shirak se crisper sur la détente du Cobra. L'Américain n'était pas dans son état normal. Il allait le tuer. Et pourtant, il ne pouvait pas le laisser partir.

Au même moment, le téléphone sonna, dans le bureau de Carrol. Une seconde plus tard, la jeune fille entrouvrit la porte et elle poussa un cri perçant. Elle avait assisté à beaucoup de choses dans ce bureau, mais jamais encore à un meurtre.

Distrait, Gene Shirak quitta Malko des yeux, une fraction de seconde.

Lorsqu'il se reprit, il était trop tard.

Malko braquait sur lui le 38 offert par Albert

Mann. Carrol se laissa tomber dans un fauteuil, paralysée de terreur.

— Nous sommes à égalité maintenant, dit Malko. Qui a tué Daphné La Salle?

Mais Gene Shirak s'était repris. Le 38 se releva dans sa main.

— Laissez-moi passer.

— Je veux savoir pour Daphné La Salle, insista Malko, bien qu'il connaisse déjà la réponse.

Gene Shirak avança encore.

— Mais enfin, vous risquez votre vie pour une fille morte. Vous êtes dingue ou quoi?

— C'est un de mes rares luxes, dit Malko.

Brutalement, le producteur baissa son arme et tira, près des pieds de Malko. L'explosion fut assourdie par la moquette, mais l'odeur âcre de la cordite emplit le bureau.

Malko fit un bond en arrière, leva son revolver. Les deux hommes tirèrent presque en même temps. La balle de Malko toucha superficiellement le producteur au bras gauche. Celle de Gene Shirak frôla sa tête et alla fracasser une des grandes glaces derrière lui. Malko plongea derrière la grande table ronde et la fit basculer devant lui.

Gene s'était retranché derrière le bureau. Malko lui barrait toute issue. Sans lâcher la serviette noire, il passa le bras par-dessus le bureau et tira trois fois en direction de la table. Deux des balles s'enfoncèrent dans le lourd panneau de bois et la troisième alla encore faire sauter une des glaces.

Malko riposta, sans plus de succès. Les deux hommes étaient solidement retranchés. Il y eut une pause. Puis, Gene Shirak vida encore trois cartouches. Toutes se perdirent dans les glaces bleutées servant de murs qui s'effondrèrent derrière Malko. Accroupi derrière le bureau, Gene Shirak rechargeait fiévreusement son arme, avec la boîte de cartouches qu'il avait dans son bureau. Le barillet claqua. Cette fois, il fallait qu'il passe.

La chaleur pénétrait par les panneaux détruits. Gene eut un serrement de cœur en pensant à son beau bureau. Rapidement, il tira quatre coups en direction des cheveux blonds de Malko. Un éclat de bois vola et un panneau entier de glace bleutée tomba dans le vide.

Maintenant, la paroi derrière Malko n'existait plus. Il sentait l'air tiède souffler dans son dos. Il lui restait deux cartouches.

— Vous êtes stupide, cria-t-il. La police va être là dans cinq minutes.

Pour toute réponse, Gene Shirak tira. La balle de 38 effleura la main droite de Malko. Instinctivement, il riposta Il ne lui restait plus qu'une cartouche.

Gene Shirak ne pouvait atteindre la porte sans avoir neutralisé Malko. La blessure de son bras gauche saignait lentement et régulièrement. Il tassa un mouchoir entre sa chemise et la chair, pour éviter que le sang ne dégouline sur sa main. Jusqu'au dernier moment, il devait être présentable. Une fois encore, il rechargea son Cobra 38. La sueur dégoulinait devant ses yeux, il ne savait plus très bien où il se trouvait.

La serviette noire, devant lui, représentait toute sa vie. Avec 350.000 dollars un homme pouvait vivre n'importe où. Et il existait des pays où « ils » n'iraient pas le chercher.

Lentement, il leva le 38 et tira à l'endroit où se trouvait la tête de Malko. Ce dernier se baissa. Alors, systématiquement, Gene Shirak commença à démolir les vitres derrière lui. Cela faisait un vacarme effroyable. Les pans de glace épaisse dégringolaient par mètres carrés, ne laissant que les poutrelles métalliques supportant le building. Pour ne pas recevoir d'éclats, Malko était obligé de faire le gros dos, derrière la table.

Gene Shirak garda la dernière cartouche et fonça. Normalement, il restait une seule cartouche à son adversaire.

Malko réagit avec une fraction de seconde de retard Sa balle s'enfonça dans la lourde serviette de cuir. Ensuite le chien claqua à vide. Mais le choc déséquilibra Gene Shirak qui tomba sur le côté sur son bras blessé. La douleur lui fit lâcher la serviette et il roula sur lui-même avec un cri de douleur.

A quatre pattes, il se releva, attrapa la serviette et plongea vers la porte.

Malko atterrit sur son dos. Les deux hommes roulèrent en une mêlée confuse. Gene se releva le premier, saisit une grosse lampe et l'écrasa sur Malko.

Celui-ci fut atteint à l'épaule, tomba, mais l'épaisse moquette amortit le choc. Il eut le temps de saisir le producteur par la cheville. Ils recommencèrent à lutter férocement, sans un mot.

Gene Shirak, animé par l'énergie du désespoir, réussit encore une fois à se dégager le premier, chercha des yeux une arme. Il n'avait pas le temps de recharger le 38. Déjà, Malko était sur un genou. Le producteur fonça jusqu'au bureau et empoigna la lourde machine à écrire IBM, arrachant le fil. Surmontant la douleur de son bras, il la souleva au-dessus de sa tête et avança vers Malko. S'il parvenait à le frapper avec, il l'assommait net.

Malko recula. Habilement, Gene Shirak l'avait acculé dans le coin où les glaces avaient disparu. Il se retourna et vit le vide derrière lui. S'il glissait sur les débris de verre, il se retrouverait quatorze étages plus bas. Les panneaux étaient démolis jusqu'au niveau du sol.

Il recula encore d'un mètre, s'appuya à une poutrelle, cherchant lui aussi une arme. La table était trop lourde. Gene, un rictus désespéré aux lèvres, avançait. Malko voyait ses muscles trembler sous l'effort.

Soudain, avec un « han » de bûcheron, Gene Shirak abattit la lourde machine. Mais Malko avait eu le temps de bouger. La masse métallique disparut dans le vide. Emporté par son élan, Gene Shirak tomba littéralement dans les bras de Malko.

Malko glissa sous son poids et se raccrocha de la main droite à la poutrelle métallique pour ne pas tomber dans le vide. Prenant appui sur la table renversée, Gene Shirak commença à le pousser, centimètre par centimètre vers l'ouverture. Déjà, les deux jambes de Malko battaient dans l'air tiède. Sa vie reposait sur sa main droite. Lentement, il se sentait glisser sur la moquette moelleuse.

Il croisa le regard de Gene Shirak, halluciné, fou. Plusieurs petits vaisseaux avaient éclaté dans ses yeux, ce qui lui donnait l'air d'un lapin. Une odeur insupportable de transpiration émanait de son corps. Arc-bouté sur la lourde table d'acajou, il poussait Malko vers la mort.

Carrol ouvrit soudain les yeux. Elle vit la scène et poussa un hurlement strident.

Surpris, Gene Shirak relâcha sa prise. Malko pivota, attrapa à son tour le pied de la table et se débarrassa de son adversaire d'un coup de pied en pleine poitrine. Déséquilibré, le producteur plongea par-dessus Malko, basculant à l'extérieur et se raccrocha au rebord métallique qui avait servi d'encadrement aux glaces.

Les deux mains crispées sur le métal, le corps collé le long de la paroi du building, il leva sur Malko des yeux implorants.

Ce dernier se releva avec peine. Des élancements douloureux lui brûlaient la poitrine. Depuis ses blessures de Hong-kong et de Bangkok, il n'était plus d'attaque pour ce genre de sport.

Un voile noir passa devant ses yeux et il dut s'appuyer à la table. Ses deux mains saignaient, coupées par les débris de verre.

La tête de Gene Shirak surgissait, hallucinante, au niveau du plancher. Il se sentait lentement attiré vers le vide en dessous de lui. Il n'aurait jamais cru que son bras puisse lui faire autant de mal. Le mouchoir était tombé et le sang dégoulinait librement le long de son poignet. Inexorablement, sa prise se relâchait.

Le hurlement d'une sirène de police monta jusqu'à eux. Les coups de feu n'étaient pas passés inaperçus. Malko s'accroupit sur la moquette en face du producteur. Gene Shirak le regardait, implorant. Malko se pencha pour lui saisir le poignet gauche et se rendit compte qu'il n'aurait jamais la force de le remonter tout seul.

— Tenez-bon, dit-il, si vous le pouvez.

Le producteur ouvrit la bouche pour une ultime supplication, Malko vit ses phalanges blanchir. Il était à bout de force. En lui-même Malko pensa que c'était le jugement de Dieu.

Gene Shirak disparut, avalé par le vide, au moment où un patrolman surgissait dans le bureau, pistolet au poing.

CHAPITRE XIX

Erain, pour la première fois de sa vie, avait à prendre des décisions toute seule. En allant chercher Gene Shirak à son bureau, elle s'était heurtée à un rassemblement de badauds entourant une forme étendue sur le trottoir, dissimulée par un imperméable blanc. Se mêlant à la foule, elle avait appris la vérité: le célèbre producteur Gene Shirak s'était suicidé en se jetant par la fenêtre de son bureau... On se montrait les éclats de glace dans Hammond Street.

La Hongroise s'éloigna. Ainsi, Gene Shirak était mort. La nouvelle, en elle-même, ne lui causait ni joie ni peine, mais lui posait un important problème. La solution « correcte » était d'attendre et de replonger dans la clandestinité. Mais elle pouvait aussi continuer la mission, ou plutôt l'achever. Ce qui épargnerait à ses chefs d'en remettre une sur pied.

Au parking du Hambourger Hamlet, elle réfléchissait. La présence physique de Gene Shirak n'était plus absolument nécessaire, elle possédait tous les éléments du problème. Sauf un: le Navajo.

Tout le problème consistait maintenant à récupérer ce dernier.

En douceur. Car il n'était pas question de l'embarquer de force.

Erain sortit du parking et tourna à droite dans Sunset. Elle avait dix minutes pour mettre son plan au point.

Elle arrêta sa Falcon sous le porche de la villa blanche de Gene Shirak. Sagement, elle sonna et attendit. A cette heure-là, il ne devait y avoir que Martha, la bonne noire. Ce n'est certainement pas elle qui s'opposerait à Erain.

La porte s'ouvrit brusquement sur Joyce Shirak. Son visage mince et brun semblait s'être ratatiné, les cheveux noirs tirés en arrière la durcissaient.

Cinq minutes plus tôt, elle venait d'apprendre la mort de son mari. Son regard traversa Erain sans la voir et elle demanda, prête à refermer la porte:

— Qu'est-ce que vous voulez?

Erain se força à sourire:

— Je viens de la part de M. Shirak. Je travaille avec lui et il m'a demandé de passer prendre votre domestique navajo, car il n'avait pas le temps lui-même.

Joyce Shirak crut avoir mal entendu.

— Pardon?

La Hongroise répéta sa petite histoire. La présence de Joyce compliquait un peu les choses.

« Gene est mort depuis deux heures, pensa Joyce. Qui est cette femme et que veut-elle? » Résistant à l'envie de lui claquer la porte au nez, elle résolut d'en avoir le cœur net. Un calme olympien l'avait brusquement envahie.

— Vous arrivez du bureau, n'est-ce pas? demanda-t-elle. Gene est encore en retard?

Détendue, Erain sourit:

— Oui, comme d'habitude, M. Shirak veut toujours faire trop de choses.

Joyce lui rendit son sourire et ouvrit la porte toute grande, pour la laisser entrer. Elle dévisagea Erain avec attention. Ainsi, c'était elle la femme mystérieuse qui avait ruiné leur vie, qui était responsable de la mort de Gene. Elle s'était toujours doutée qu'il y avait un mystère dans la vie de son mari.

— Asseyez-vous, dit Joyce. Je vais chercher Harrisson.

Elle disparut, laissant Erain debout dans le living. Arrivée dans la cuisine, Joyce se tordit les mains de rage et de haine.

Il fallait prévenir la police. L'homme blond lui avait dit que Gene était mêlé à une histoire intéressant la sécurité du pays. Le FBI serait sûrement heureux de faire parler cette inconnue.

Seulement, Joyce ignorait le numéro du FBI... Elle décrocha le téléphone mural et appuya sur le « 0 ».

— Je voudrais le numéro du FBI à Los Angeles, demanda-t-elle à l'opératrice. C'est urgent.

Erain était nerveuse. Elle ne s'attendait pas à ce que Joyce soit là. L'épaisse moquette étouffant le bruit de ses pas, elle se dirigea vers la porte où Joyce avait disparu. Descendant trois marches, elle se trouva dans la salle à manger. La porte du fond était restée entrouverte. Erain s'approcha et écouta.

— ... N'importe quel bureau du FBI, cria Joyce, je m'en fous.

Sans réfléchir, Erain fonça. La salle à manger donnait en plein dans la cuisine. Joyce se retourna, lâcha le récepteur, saisit un pic à glace qui traînait sur la table de bois et fit face à la Hongroise.

Tenant l'arme à deux mains, elle fonça sur son adversaire, ivre de haine, espérant le clouer au mur de la cuisine. Mais Erain était beaucoup plus souple qu'elle. Evitant la pointe acérée, elle saisit les poignets de Joyce et les frappa sur le rebord de la table, les dents serrées, sans rien dire.

Au troisième coup, Joyce lâcha le pic à glace avec un cri de douleur. Erain l'attrapa presque avant qu'il ait touché le sol.

Joyce hurla, folle de terreur.

— Au secours!

Effrayé, le caniche blanc de Joyce s'enfuit.

Accompagnant le mouvement de tout son corps, Erain enfonça le long pic à glace dans l'estomac de Joyce, jusqu'à la garde.

Joyce regarda avec incrédulité le manche de bois qui sortait de son corps; elle n'avait pas encore mal. Puis une onde de douleur irradia dans son ventre. Elle saisit le manche, comme pour le retirer, mais ses deux mains se crispèrent dessus et elle se plia en deux.

Puis elle glissa sur le carrelage, sans avoir dit un mot. Erain hésita. Joyce semblait mortellement touchée et le plus urgent était de trouver le Navajo. Abandonnant la mourante, elle se mit à la recherche de l'Indien, après avoir fermé la porte de la cuisine. Joyce n'était plus qu'un petit tas silencieux, agité de tressaillements.

Harrisson taillait des rosiers derrière le bungalow qui servait de bureau à Gene Shirak. Il était trop loin pour avoir entendu les cris de Joyce.

Il ne fut pas surpris de voir Erain avancer vers lui. Il cessa seulement de tailler ses rosiers et la regarda. Elle souriait:

— M. Shirak m'a demandé de venir vous chercher, dit-elle. Je suis sa secrétaire. Il veut vous emmener en promenade. Jusqu'en Arizona.

Les yeux de l'Indien brillèrent. C'est là que se trouvaient les terres de sa tribu.

— Je viens, dit-il.

Il alla dans sa chambre et réapparut avec un

T-shirt immaculé et un petit sac de toile. Erain lui fit signe de la précéder: cela se passait encore plus facilement qu'elle ne l'avait pensé. Et le fait que Joyce soit morte était finalement une bonne chose. Ainsi, elle ne laissait aucun témoin.

Harrisson ne demanda pas où était Mme Shirak. Erain et lui traversèrent le living et la Hongroise lui ouvrit la porte.

Docilement, l'Indien monta dans sa voiture. Au moment où Erain allait monter dans la voiture, elle entendit un grand bruit venant de la cuisine: Joyce n'était pas tout à fait morte. La Hongroise fronça les sourcils.

— J'ai oublié quelque chose, dit-elle à Harrisson. Attendez-moi.

Heureusement, la porte n'était pas fermée à clef.

Joyce avait réussi à se mettre debout. Le manche du pic à glace sortait toujours de son estomac comme une excroissance obscène. D'une main, elle le tenait et de l'autre, tentait de composer un numéro de téléphone.

Ses yeux étaient glauques et une bave sanglante coulait de la commissure de ses lèvres. Lorsqu'elle aperçut Erain, elle gémit, lâcha le téléphone et se tassa contre le mur.

Avec des gestes patients, comme avec un enfant qui a fait une bêtise, Erain raccrocha le téléphone mural. Tranquillement, elle prit un couteau à découper électrique sur la table et s'approcha de la mourante. Celle-ci eut un faible geste de défense que la Hongroise esquiva facilement. Une tache de sang très rouge s'élargissait sur le carrelage. Joyce n'en avait plus pour longtemps.

Encore trop pour Erain. Impossible de prendre le risque de laisser Joyce vivante derrière elle. Pas maintenant qu'elle avait le Navajo vivant dans sa voiture.

Sans méchanceté, elle saisit la femme de Gene Shirak par ses longs cheveux noirs, après avoir ramassé le couteau à découper. Elle avait une expression dégoûtée, comme si elle reprochait à sa victime de la forcer à commettre un acte aussi déplaisant.

Erain tira la tête de Joyce en arrière et appuya fortement la lame sur le cou blanc. Elle avait suivi jadis un entraînement extrêmement efficace la préparant à ce genre de circonstances. Avec son corps, elle bloquait Joyce contre le mur.

Joyce se débattit, gémit et vomit un peu de sang. Ses yeux hagards fixaient Erain avec horreur. La Hongroise détourna la tête et se concentra sur sa tâche. D'un geste décidé, elle appuya sur le bouton déclenchant la lame du couteau.

Il n'y eut aucune vibration. Il était cassé. Soudain, Joyce se fit toute molle et s'effondra. Erain réléchit rapidement, elle ne pouvait pas laisser indéfiniment le Navajo dans la voiture.

Elle prit Joyce sous les aisselles et la tira jusqu'à la piscine. Quand le corps fut parallèle au rebord de marbre, Erain la poussa dans l'eau d'un coup de pied.

Joyce demeura entre deux eaux, la tête enfoncée dans le liquide, les bras écartés du corps, complètement inerte.

Satisfaite, Erain courut jusqu'à la porte d'entrée, la claqua et monta en voiture.

— Nous pouvons partir maintenant, dit-elle gaiement au Navajo. Tout est en ordre.

Erain descendit Beverly Drive jusqu'au Wilshire Boulevard et tourna à droite. L'agent du FBI qui surveillait la maison de Gene Shirak ne broncha pas. Il avait l'ordre de ne s'intéresser qu'au producteur. A côté de la Hongroise, le Navajo jouait avec une minuscule araignée venimeuse au ventre rouge. Il était mithridatisé.

*
**

Carrol attaqua gaillardement sa dix-septième crise de nerfs, consolée avec une application digne d'éloges par un gros patrolman qui hésitait encore à employer le bouche à bouche. Chaque fois que la secrétaire de Gene Shirak regardait le bureau dévasté, elle poussait un cri perçant et plongeait en pleine hystérie.

Les policiers avaient tendu une grosse corde, pour éviter tout accident, mais la table renversée était toujours là, ainsi que les traces de balles. Pièces à conviction, le revolver de Malko et le « Cobra » du producteur étaient posés sur le bureau.

Une foule de policiers en civil et en uniforme entraient et sortaient sans arrêt, téléphonaient et tentaient surtout de refouler le groupe compact des journalistes. Ceux-ci avaient installé leur quartier général dans les bureaux, en face de celui de Gene. Ce n'était pas tous les jours qu'un producteur riche et connu sautait par la fenêtre après une bataille rangée à coups de revolver.

L'envoyé spécial du *Los Angeles Time* fit passer une note à Carrol offrant 5.000 dollars pour son récit complet. Du coup, elle interrompit sa crise de nerfs et se mit séance tenante à sa machine.

Albert Mann et Malko conféraient avec les gens du FBI dans le bureau de l'assistant de Gene Shirak. Malko terminait:

— Gene Shirak est mort, conclut-il, mais nous ne savons toujours pas qui était derrière lui. Il dansait mais ce n'était pas lui qui avait écrit la musique. La seule personne qui connaît la vérité est Joyce

Shirak, mais elle ne parlera que si elle récupère l'argent de son mari.

Il prit la serviette noire percée d'une balle, la mit sur la table et l'ouvrit. Les quatre hommes se penchèrent et il y eut un silence respectueux. On peut appartenir au FBI et savoir reconnaître les vraies valeurs.

— Qu'est-ce que c'est que cet argent? demanda, soupçonneux, Jack Thomas, le patron du FBI.

— Il appartient à Gene Shirak, expliqua Malko. Il avait réalisé ses actions avant de s'enfuir. Cet argent représente le seul moyen de convaincre Joyce Shirak de me dire la vérité sur son mari. Et donc de nous mener à ceux qui faisaient chanter Gene Shirak. Laissez-moi aller le lui porter.

Il y eut un silence gêné.

— Ce n'est pas régulier du tout, dit Jack Thomas en mettant la main sur la serviette. Cet argent doit être confisqué.

Malko haussa les épaules. La candeur américaine était parfois exaspérante:

— Pendant ce temps, un réseau ennemi agit à sa guise, dit-il. C'est plus important que quelques milliers de dollars de taxes.

L'homme du FBI le regarda comme s'il avait blasphémé. Tricher avec les impôts, aux USA, est beaucoup plus grave que de tuer le président. Cette dernière activité, comme toute la politique, ayant un caractère honorable. Mais Albert Mann ne l'entendait pas de cette oreille. Il saisit la serviette et la poussa fermement vers Malko:

— J'en prends la responsabilité, déclara-t-il. Le prince Malko a raison. Cette mission prime tout. Allez-y, SAS, et tâchez de sortir quelque chose de cette bonne femme...

Les gens du FBI étaient outrés:

— On pourrait au moins compter l'argent, suggéra le plus acharné à faire rentrer les impôts.

— Je n'ai pas l'intention d'aller refaire ma vie au Brésil, fit Malko assez froid. Si vous n'avez pas confiance en moi, vous pouvez m'accompagner.

Albert Mann tendit la sacoche à Malko.

— Ne lui en voulez pas, dit-il. Il est de New York. Là-bas, ils tueraient leur grand-mère pour une dime.

L'agent du FBI eut un sourire pincé. Il n'appréciait pas du tout. Mais il ne dit rien lorsque Malko sortit de la pièce avec la sacoche. Pourtant dès que ce dernier eut tourné le dos, il éclata:

— Vous êtes complètement fou, écruta-t-il à l'adresse d'Albert Mann. Qu'est-ce qui l'empêchera d'aller à l'aéroport et de prendre le premier avion pour n'importe où. Il y a au moins 300 000 dollars là-dedans.

— 350.000, précisa suavement Albert Mann. Mais les ancêtres de SAS vivaient déjà dans un château alors que les vôtres grimpaient encore aux arbres.

Il priait pour que Malko réussisse. Sinon, ils allaient avoir à passer au peigne fin une agglomération de huit millions d'habitants. Même avec des computers, cela risquait de prendre du temps.

*
**

Malko, la sacoche à la main, sonnait depuis cinq bonnes minutes. Le carillon à deux tons retentissait bien, mais personne ne venait. Tout à coup, il entendit le hurlement sinistre d'un chien et se souvint du caniche de Joyce.

Celui-ci hurlait à la mort.

Sans lâcher sa sacoche, Malko fit le tour de la maison. La porte du garage était fermée. Et le chien continuait ses hurlements. Malko eut le pressentiment d'un drame. Tout paraissait pourtant idyllique. Les cocotiers bruissaient doucement au-dessus de sa tête et de longues limousines entraient sans arrêt au Berverly Hills, de l'autre côté de la rue. Une Lincoln passa dans Beverly Drive, conduite par une ravissante fille brune...

Rien de tout cela n'évoquait la mort et la tragédie.

Et pourtant...

Malko hésita. Le plus sage était d'appeler la police. Mais c'était encore perdre du temps. Il revint à la grande porte et tourna la poignée. A sa grande surprise, la porte s'ouvrit. Aussitôt les aboiements du chien augmentèrent d'intensité.

Le caniche était au bord de la piscine. L'eau était rouge. Deux mains crispées émergeaient du rebord de pierre. Malko se précipita. Joyce flottait à la surface de l'eau transparente. Elle avait réussi à se traîner jusqu'à la partie la moins profonde.

Malko la hissa avec précaution. Le pic à glace était encore enfoncé dans sa poitrine. Le visage était déjà cadavérique, les doigts bleuis. Joyce s'était vidée de son sang dans la piscine.

Un mince filet de sang coulait encore de la blessure. Malko colla son oreille à la poitrine de la jeune femme. Le cœur battait encore faiblement et lentement; mais, virtuellement, elle était déjà morte. Il courut à la cuisine, trouva une bouteille de brandy, remplit un verre et revint à la mourante. Il parvint à écarter les dents et lui versa un peu d'alcool dans la bouche.

Au bout de quelques secondes, Joyce toussa, cracha une rosée de sang et ouvrit les yeux. D'abord, elle ne reconnut pas Malko, murmura des paroles inintelligibles et ressombra dans l'inconscience.

Tout doucement, il la secoua. Il fallait au moins

qu'elle lui dise qui l'avait tuée. Il lui montra la sacoche:

— Je vous ai rapporté l'argent, Joyce, dit-il doucement. Tout va s'arranger.

Elle ouvrit les yeux. Ses rides s'étaient effacées et elle semblait soudain très jeune. Sa main se crispa sur celle de Malko.

— Je vais mourir, souffla-t-elle.

— Qui vous a tuée?

Elle eut une crispation de douleur et il crut qu'elle mourait. Mais elle rouvrit les yeux et dit:

— Une fille... Je ne la connais pas. Elle est partie avec Harrisson.

— Qui est Harrisson?

Il dut se pencher pour entendre la réponse. Joyce s'épuisait:

— Le Navajo, murmura-t-elle. Nous nous sommes battues...

Elle secoua la tête, voulut dire quelque chose, eut un hoquet et se tut, agrippant la main de Malko.

Malko se releva. Joyce paraissait fragile et vulnérable. Couché près d'elle, le caniche poussait de petits jappements de douleur. Malko ramassa la sacoche aux dollars. Le FBI serait content. Mais s'ils avaient moins tergiversé, Joyce serait peut-être encore vivante. Une fois de plus, l'insaisissable tueur lui avait échappé. Mais maintenant, il savait que c'était une femme.

Il fallait agir vite. Tout ce qu'il savait c'est qu'une femme avait enlevé le Navajo après avoir tué Joyce. Il y avait des milliers de façons de quitter Los Angeles avec tous les bateaux et les avions qui se trouvaient en Californie.

Désespérément, il tentait d'extraire quelque chose de son cerveau, repassant dans son étonnante mémoire tous les faits depuis son arrivée à Los Angekes. Le déclic se fit lorsqu'il évoqua le « love-in » chez Gene Shirak.

Dennis Krug! Le jeune milliardaire qui faisait des partouzes dans son avion privé! C'est avec lui que Gene Shirak avait rendez-vous! Quel meilleur moyen de sortir du pays! Il y avait de fortes chances que l'inconnue utilise la même filière.

Il fonça dans le living et appela Albert Mann. Ce dernier se trouvait encore au bureau de Gene Shirak. Rapidement, il lui résuma la situation:

— Je vais tenter de les rejoindre, expliqua-t-il. Tâchez de savoir de votre côté où se trouve l'avion.

Aussitôt après, Malko appela Patricia. Pas de réponse. Il essaya Sue. Cette fois, le téléphone décrocha.

— Sue, dit-il, c'est Malko.

La jeune femme éclata de rire:

— Qu'est-ce que vous avez encore? Vous voulez me jeter dans la piscine?

Au moins, elle n'était pas rancunière. Visiblement, elle ignorait encore la mort de Gene Shirak. Tant mieux.

— Dennis organise un week-end en avion aujourd'hui, hasarda Malko, je devais me joindre à eux, mais j'ai perdu l'adresse. Voulez-vous venir avec moi?

— Oh! le salaud, s'exclama Sue. Il ne m'a pas invitée. Il me trouve trop vieille ou quoi?

— Certainement pas, fit Malko, diplomate. Ce sont les autres qui sont jalouses de vous... Alors, qu'en dites-vous?

— OK. Où êtes-vous?

— Chez Gene.

— Pourquoi ne vous emmène-t-il pas?

— Il est déjà parti, j'étais en retard.

Sue n'approfondit pas. Et raccrocha avant que

Malko ait pu lui demander où se trouvait l'avion de Dennis Krug.

— Bien, je suis là dans un quart d'heure.

Il n'y avait plus qu'à prier pour qu'ils arrivent à temps. Le téléphone sonna.

C'était Albert Mann. Fébrile.

— Le type dont vous parlez — Dennis Krug — possède un Learjet, une machine capable de voler 2.500 miles. Enregistrée à Los Angeles, mais nous ignorons absolument où elle se trouve.

— En principe, je l'aurai trouvé dans une heure, dit Malko content de voir que l'initiative individuelle battait les computers et les puissantes agences fédérales. Mais j'aurai peut-être besoin d'aide.

Moralement, Albert Mann sauta au plafond.

— Vous n'allez pas y aller seul! rugit-il. Je vais vous expédier ce que nous avons de mieux comme...

— Vous voulez rejouer la charge de la Brigade légère? suggéra Malko. N'oubliez pas que ces gens ont tué plusieurs fois pour arriver à leur fin. Il y a eu assez de cadavres.

» Laissez-moi arriver à bord. Ensuite, on essaiera de les neutraliser. A l'arrivée, de préférence.

Albert Mann acquiesça à contrecœur.

La sonnette de la porte d'entrée carillonna. Malko cria dans l'appareil:

— J'y vais. A bientôt.

Sue l'attendait dehors dans sa T-Bird décapotable rouge. Avec sa robe imprimée, un maquillage léger et de grosses lunettes noires, elle paraissait dix ans de moins.

Elle embrassa Malko légèrement sur les lèvres et lui laissa le volant.

— Quel merveilleux week-end, on va passer, dit-elle. La dernière fois, nous avons été à Puerto Vallarta. Pendant trois jours, on a bu, dansé et fait l'amour. C'était divin.

Cette fois, cela risquait d'être moins divin mais plus mouvementé. Avec un assassin à bord et le FBI aux trousses.

— Où allons-nous? demanda Malko.

— Long Beach airport.

Ils roulaient décapotés à plus de soixante-quinze miles à l'heure, ce qui évitait les frais de conversation. Autour d'eux s'étalaient les milliers de maisons basses de la zone industrielle qui entoure Los Angeles, au sud.

Jamais Malko n'avait vu s'écouler les minutes aussi lentement.

Enfin Sue sortit du San Diego Freeway et, dix minutes plus tard, ils pénétraient dans l'aéroport de Long Beach. Un garde en uniforme les stoppa.

— Nous rejoignons la partie de Mr Krug, annonça Sue.

Le garde secoua la tête:

— Trop tard. Il vous a oubliée...

Il montra un petit biréacteur bleu ciel qui commençait à rouler lentement sur la piste. Malko appuya sur l'accélérateur et la voiture bondit.

— Eh, arrêtez! cria le garde.

La Thunderbird roulait déjà vers la piste, coupant à travers l'herbe.

Sue hurla:

— Mais vous êtes fou, on va se tuer! Après tout, on peut passer le week-end tous les deux.

Malko émergea sur la piste à trois cents mètres devant le jet. Déjà, il pouvait l'empêcher de décoller. Mais la fille était à bord, très probablement armée, et n'importe quoi pouvait arriver. Il alluma ses phares et avança lentement vers le jet, roulant en plein milieu du runway.

Le jet freina. Une minute plus tard, ils étaient face à face. Malko sauta de la T-Bird et hurla au pilote qui se penchait par le cockpit:

— Nous sommes des invités de Mr Krug.

L'autre, furieux, lui fit signe de passer par l'arrière. Sur ce modèle d'appareil, il existait une passerelle rabattante incorporée. Malko obéit. La jeep du garde cahotait sur le gazon, venant à leur rencontre.

— Allez-y la première, dit-il à Sue.

Le choc serait moins fort pour Dennis. Le garde arrivait. Malko arrêta ses vociférations d'un geste:

— Si je ne redescends pas, prévenez immédiatement le FBI, dit-il. Dites-leur que le prince Malko est à bord de cet avion.

Il sauta à la suite de Sue, laissant le garde, la bouche ouverte du surprise. Ignorant ce qu'il allait trouver à l'intérieur du « Lear-Jet ». Si le Navajo n'y était pas, il serait toujours temps de redescendre.

CHAPITRE XX

— *Happy days!*[1] cria Dennis.

Le bouchon de la bouteille de champagne sauta avec un « plouf » joyeux. Les yeux du gros Dennis pétillaient autant que le liquide ambré dans les coupes. Il avait ouvert la première bouteille alors que le Learjet n'avait pas encore rentré ses roues. Si le milliardaire avait été contrarié par l'irruption in extremis de Malko, il n'en avait rien montré, heureux de la présence de Sue. Bien entendu, il ignorait « l'accident » survenu à Gene Shirak.

Le Navajo et Erain l'intriguaient mais il soupçonnait une fantaisie érotique de Gene, empêché au dernier moment. La jeune femme s'était présentée comme une amie du producteur, invitée par lui.

Le Learjet montait régulièrement vers son altitude de croisière de 26.000 pieds, cap au sud. Ils allaient franchir la frontière mexicaine incessamment.

Malko trempa ses lèvres dans le champagne glacé. Autant profiter d'une des dernières sensations agréables du voyage. Ainsi son raisonnement s'était révélé exact...

L'avion contenait une douzaine de personnes. Malko connaissait Joe Makenna, l'acteur, Patricia, la spécialiste du suicide, mais pas les autres. Il avait

[1] Beaucoup de jours heureux!

identifié facilement le Navajo, assis à l'arrière, et la femme qui avait tué Joyce. Il émanait d'elle quelque chose de différent, de dur, de sévère. Elle n'avait pas réagi lorsque Malko était monté dans l'avion. Il éprouvait une sensation étrange, faite d'excitation et d'angoisse, à se trouver ainsi brutalement en présence de son ennemie. Elle avait soutenu le regard de ses yeux d'or avec un imperceptible sourire, sous lequel on devinait sa tension.

Lequel des deux allait frapper le premier?

Malko n'était même pas armé. Il était certain que la femme l'était. Il n'avait pas encore mis Dennis Krug au courant. Ce n'était pas une affaire d'amateurs. Ils étaient en route pour Acapulco, 1.600 miles au sud de Los Angeles. D'ici là, beaucoup de choses pouvaient arriver.

Pour le moment, ils buvaient du Dom Perignon. Erain, comme les autres. Tout l'avant de la cabine était aménagé en bar avec des banquettes. Dennis et les filles assuraient le service.

Dennis ouvrait la troisième bouteille, quand le second pilote sortit du cockpit et s'approcha de lui, l'air soucieux. Il lui tendit une feuille de papier, et attendit.

Malko se rapprocha et lut par-dessus l'épaule du jeune homme: c'était un message succinct du FBI. On ntimait l'ordre au jet de faire demi-tour et d'atterrir ur le plus proche terrain américain. Un individu recherché par le FBI se trouvant à bord...

Dennis fronça les sourcils. Malko se pencha à son oreille.

— Obéissez, murmura-t-il. Le plus discrètement possible.

Mais le jeune milliardaire était déjà passablement excité par le champagne. Il toisa Malko, derrière ses lunettes de myope:

— Vous n'avez pas à me donner d'ordres, dit-il, furieux et frustré. C'est mon avion et mon pilote.

Il avait parlé à haute voix et tous avaient entendu. Malko sentit venir la catastrophe.

Dennis brandit le télégramme:

— Mes amis, dit-il, je ne comprends pas ce qui se passe. Les autorités fédérales ordonnent à cet avion de faire demi-tour. Je pense qu'il s'agit d'une erreur, mais je suis obligé d'obéir. Nous allons nous poser sur le terrain de San Diego, et nous repartirons dès que le malentendu sera dissipé.

Il y eut quelques exclamations déçues, mais le Dom Pérignon adoucissait bien des choses. Malko regarda Erain. La Hongroise avait un visage de bois: elle se leva et s'approcha de Dennis.

— Nous ne faisons pas demi-tour, dit-elle tranquillement.

Dennis rit très haut et voulut l'enlacer avec un clin d'œil égrillard.

— Tu ne perdras rien pour attendre, beauté...

Erain, sans geste superflu, sortit un gros pistolet automatique de son sac et le braqua sur le copilote.

— Retournez à l'avant, ordonna-t-elle et mettez le cap à l'Est, nous allons à Cuba.

Dennis se claqua les cuisses et voulut attraper Erain par le cou:

— Bravo, hurla-t-il, bravo, au moins quelqu'un qui a le sens de l'humour.

Erain recula, dirigea le pistolet sur lui:

— Ce n'est pas une plaisanterie, nous allons à Cuba. Asseyez-vous tous et ne bougez plus.

Le copilote hésitait. Le canon du pistolet se braqua dans sa direction:

— Interrompez les liaisons radio et faites ce que je vous dis. Je vais venir vérifier votre nouveau cap. N'essayez pas de me tromper ou je vous tue.

Dennis sursauta. Il tendit la main vers Erain:

— Donnez-moi cela. La plaisanterie a assez duré.

— Restez tranquille, fit Erain.

Sans répondre, Dennis se jeta sur elle. Il y eut une explosion sourde et le gros jeune homme se plia en deux, les mains au ventre. Puis il glissa en arrière sur la banquette, une expression d'intense surprise sur le visage. Erain brandit son pistolet.

— Regagnez vos places. C'est désormais moi qui commande ici. Nous allons à la Havane.

Laissant les invités de Dennis abasourdis et terrorisés, elle disparut dans le poste de pilotage. Quelques secondes plus tard, le soleil bascula dans les hublots du Lear jet.

Malko se demanda combien de temps, il lui restait à vivre.

*
* *

Malcolm Spellman, responsable de la tour de contrôle d'Albuquerque, New Mexico, suivait, intrigué, une petite tache verte sur l'écran de son radar.

Un appareil qui ne s'était pas encore identifié, volant à 22.000 pieds. Un jet, étant donné la vitesse.

— Albuquerque Center, appela-t-il dans le micro je vous ai dans mon radar. Identifiez-vous.

Il y eut un court instant de silence puis quatre chiffres apparurent sur le télétype couplé au radar:

— 7.7.0.0.

Le code d'alerte pour les appareils ayant perdu le contact radio. Pourtant l'appareil semblait voler à une altitude et à une vitesse normale. Malcolm Spellman n'eut pas le temps de se poser de question. Cette fois, la voix impersonnelle du haut-parleur annonça:

— Ici N. 78546. Nous sommes obligés de nous dérouter de notre route pour Cuba sous la menace d'une femme armée. Over. Nous ne transmettrons plus. Volons altitude 236. Cap. 363,4.

Il n'y eut plus que le grésillement du bruit de fond dans le micro. Malcolm Spellman n'insista pas. Sans perdre son calme, il décrocha le téléphone et appela le FBI, puis Fort Worth et Miami, les deux centres de contrôle régionaux au-dessus desquels l'avion arraisonné allait passer. Pour l'instant, il n'y avait rien d'autre à faire.

*
**

La tour de contrôle de l'aéroport de Miami, nette comme une table d'opération, grouillait d'activité. Un groupe de civils entourait le responsable du Traffic qui tentait vainement d'entrer en contact avec le Learjet dérouté sur Cuba.

Matt Serling, responsable à Miami de la D.O.D. [1] de la CIA, un homme corpulent à lunettes, peu bavard, dirigeait les opérations.

— Appelez-les encore, demanda-t-il.

Le radio enclencha son micro.

— Ici Miami Control.

Enfin la voix du pilote du Learjet retentit, si claire, que plusieurs des assistants sursautèrent.

— Ici N. 78546. Miami Control. Nous sommes à 100 miles ouest de Key West. Rien de changé à bord. Continuons sur Cuba.

Matt Serling prit le micro des mains du civil.

— Ici Miami Control. Ne pouvez-vous rien tenter?

La réponse vint très vite.

— Ici N. 78546. Nous ne pouvons rien tenter. Nous nous poserons à La Havane d'ici quarante minutes. A vous.

[1] Domestic Operations Division.

— Roger. Bien reçu, dit Matt Serling. Je vous souhaite bonne chance. Ici Miami Control.

Il rendit le micro et sortit de la tour de contrôle sans un mot.

Une longue Cadillac noire était garée devant la tour de contrôle. La banquette de séparation ressemblait au tableau de bord d'un jet. Un écran de télévision et deux téléphones. L'un d'eux, équipé d'un système codeur-décodeur, était relié directement à la salle d'opération de la Maison-Blanche, à Washington. Matt Serling, installé dans le building Langford à Miami, avait à prendre plusieurs fois par mois des décisions intéressant directement la Présidence. Il ouvrit la portière arrière de la Cadillac et se laissa tomber à côté d'un colonel de l'Air Force, minuscule et tiré à quatre épingles, John Damon.

— Alors? demanda l'officier.

Matt Serling eut une grimace en décrochant un des téléphones.

— Moche.

L'autre n'insista pas. Dès qu'il eut son correspondant en ligne, Matt Serling lui communiqua les dernières informations. Le colonel n'entendit pas la réponse et le visage de l'homme de la CIA ne montra rien de ses émotions intérieures.

Après un bref commentaire, il raccrocha et se tourna vers le colonel:

— A vous de jouer. Procédure UN.

Le petit colonel eut du mal à arracher quatre mots de sa gorge serrée.

— C'est vraiment indispensable? Il y a des femmes à bord.

En dépit de la climatisation parfaite, l'atmosphère de la luxueuse voiture lui semblait soudain irrespirable.

— Il y a aussi un de nos meilleurs hommes à bord,

colonel, dit Matt Serling. Ce sont des choses que nous ne pouvons pas prendre en considération lorsque des intérêts aussi vitaux sont en jeu. Il faut que vous donniez les ordres immédiatement.

Le colonel John Damon décrocha à son tour l'un des téléphones. Il commandait la base de Homestead, au sud de Miami, terrain militaire travaillant en liaison étroite avec la CIA. Les pilotes de l'Air Force, sélectionnés pour servir à Homestead, remplissaient parfois d'étranges missions.

Dès qu'il eut l'officier de la tour de contrôle de Homestead, il ordonna:

— Faites décoller les trois F. 105, runway 19. Dès qu'ils auront le contact à vue avec l'objectif, qu'ils passent en haute fréquence et délivrent l'utimatum. En cas de refus, appliquer la procédure Un.

Le petit colonel raccrocha, l'air misérable. D'une main tremblante, il prit une cigarette.

— Vous croyez qu'ils feront demi-tour? demanda-t-il.

— Non, dit Matt Serling.

Il y avait longtemps qu'il n'était plus sentimental. Difficile dans son métier. Les deux hommes restèrent silencieux.

CHAPITRE XXI

Un silence de mort régnait dans la cabine du Learjet. Erain était aussi immobile qu'une statue, debout derrière le capitaine et le second pilote, ne quittant le compas des yeux que pour surveiller l'arrière.

Elle avait fouillé tous les passagers après la mort de Dennis, y compris Malko, en les faisant défiler devant elle, un à un.

Un peu plus tôt, le pilote ayant tenté de dévier vers le nord, elle avait appuyé le canon de l'automatique sur sa nuque et averti calmement :

— Si vous recommencez, je vous tue.

Le pilote n'avait plus rien tenté. Il était sûr qu'elle le ferait. Il avait objecté :

— En arrivant à La Havane, il nous restera seulement dix minutes d'essence.

Erain avait souri méchamment.

— Ne craignez rien, on ne nous fera pas attendre.

Elle avait forçé les deux pilotes à attacher leurs ceinture de sécurité pour qu'ils ne puissent pas se lever rapidement. Le haut-parleur du cockpit était branché, et elle pouvait ainsi contrôler toute conversation avec le sol.

Malko avait un siège assigné dans la dernière rangée, celle ou était assis le Navajo, de l'autre côté de la travée centrale. Il guettait sa chance, sans trop y croire. Il ne pourrait jamais la désarmer. C'était une professionnelle.

Le corps de Dennis était étendu sur la banquette du bar. Les autres passagers ne bougeaient plus, ne parlaient plus, abrutis de peur. Seul, Joe Makenna paraissait indifférent. Il jouait avec son singe comme si de rien n'était, complètement indifférent. Sa dose quotidienne de TNB — concentré de marijuana — le plongeait dans un état second, hors du monde.

Tout à coup, Patrïcia, assise devant Malko, se leva. Aussitôt Erain braqua son arme.

— Asseyez-vous.

La jeune femme lui jeta un regard d'hallucinée. Depuis le départ, Malko l'avait vu avaler une dèmi-bouteille de whisky et fumer une vingtaine de cigarettes droguées. Elle oscilla une seconde au milieu de la travée puis fit quelques pas, vers l'arrière. Erain baissa son arme avec une grimace de mépris. Cette loque humaine ne l'intéressait pas.

Harisson, le Navajo, regardait, par le hublot, les nuages défiler. Tout ce qui arrivait le dépassait complètement et il mourait de peur.

Patricia vint s'effondrer près de Malko. Ses yeux étaient injectés de sang et ses gestes hésitants. Elle s'appuya sur Malko et commença à pleurer.

— Je vais me suicider, annonça-t-elle. Je n'en peux plus de cette vie. Je suis heureuse de crever...

Malko cherchait désespérément un moyen de s'en tirer. Il avait pensé à ouvrir une issue de secours afin de provoquer une brusque décompression. Mais dans sa rage, Erain risquait de tuer le pilote.

Il contempla Patricia.

— Pourquoi n'essayez-vous pas de mener une vie normale? demanda-t-il. Vous pourriez être heureuse...

— Je m'ennuie, dit-elle d'un ton las. Vous comprenez cela?

A voix basse, elle ajouta:

— Mais cette fois-ci, ça y est. J'en ai avalé assez. Je vais avoir la paix.

Elle reposa sa tête sur le dossier et murmura:

— Je suis contente de mourir.

Malko allait répondre lorsqu'il sursauta; son attention fut détournée par le hublot: trois chasseurs avaient surgi à côté de l'avion, volant si près qu'il pouvait distinguer les pilotes.

Malheureusement cette présence rassurante était purement gratuite: ils ne pouvaient forcer le Learjet à faire demi-tour. Ils volaient déjà depuis un quart d'heure au-dessus de la mer des Caraïbes.

Presque aussitôt, Erain s'avança vers lui, son pistolet automatique braqué. Elle s'arrêta prudemment à un mètre.

— Vos amis sont idiots, annonça-t-elle. Ils menacent de nous abattre si nous ne faisons pas demi-tour...

Malko se dressa sur son siège. Il fallait désarmer la Hongroise.

— Assis, aboya Erain, ou je vous colle une balle dans le ventre.

Malko se rassit lentement. Elle ne prenait aucun risque. Erain continua:

— Inutile de vous dire que nous continuons. Ils bluffent. D'ailleurs dans un quart d'heure, nous serons à La Havane.

— Vous avez tort, dit Malko. Ils ne bluffent pas.

Un cercle blanc apparut autour de la bouche de la Hongroise:

— Eh bien, nous sauterons tous ensemble.

Un sanglot strident éclata à l'avant. Sue se tordait les mains, en proie à une violente crise de nerfs. Elle hurla:

— Je ne veux pas mourir! Je ne veux pas mourir!

— Taisez-vous, fit durement Erain, ou vous allez mourir tout de suite.

Terrorisée, Sue se tut et ravala ses sanglots. Joe Makenna contemplait Erain paisiblement, comme si elle avait fait une conférence.

Un silence de mort régnait dans la cabine. Erain revint vers l'avant.

Les chasseurs effectuaient un ballet gracieux autour du Learjet. Soudain, de petits panaches de fumée apparurent sous leurs ailes. Ils essayaient leurs armes de bord. Malko se dressa. Erain leva son arme.

— Ils vont nous abattre. Laissez le pilote faire demi-tour. Cela ne vous sert à rien de mourir...

— Vous avez peur? coupa Erain, haineuse. Si vous avancez d'un centimètre, je vous tire une balle dans le ventre.

» Et on ne vous soignera pas beaucoup à Cuba...

Malko n'insista pas. Ils étaient condamnés. Il savait que, dans certains cas, la CIA ne faisait pas de cadeau. Bernon Mitchell, le mathématicien, en avait su quelque chose[1]. Désespérément, il chercha un moyen d'échapper à la mort.

A côté de lui, Patricia murmurait en dodelinant de la tête. Elle regarda Erain comme si elle ne l'avait jamais vue.

— Qu'est-ce qu'elle fait là? grommela-t-elle.

Brusquement une idée traversa le cerveau de Malko C'était monstrueux et cruel et il la repoussa aussitôt. Mais les secondes passaient sans apporter de solution. Il était persuadé que les chasseurs ne bluffaient pas. C'était quatorze vies qui étaient en jeu, sans compter la sienne. Patricia était désormais son ultime chance.

Il fit le vide dans son cerveau et s'entendit demander.

[1] Voir *S.A.S. aux Caraïbes.*

— Pourquoi n'allez-vous pas lui dire ce que vous pensez d'elle?

La jeune femme fixa sur lui ses pupilles dilatées et dit lentement:

— Tiens, c'est une bonne idée!

Malko ferma les yeux une seconde. Il envoyait Patricia à la mort. Mais c'était la seule solution. Erain se méfiait trop de lui: elle ne le laisserait jamais approcher assez pour tenter une manœuvre efficace. Avec Patricia, il y avait une petite chance pour que Malko puisse maîtriser Erain, à la faveur de la bagarre.

Il se faisait peur. La CIA déteignait sur lui. C'était la solution correcte, celle qu'un ordinateur aurait donné au problème. Personne ne lui reprocherait jamais cette décision, au contraire. Mais il ne pourrait jamais oublier non plus. C'était un petit morceau de lui qui s'en allait. Il haïssait ce métier qui le mettait dans une telle situation.

Ses yeux avaient complètement viré au vert. Patricia parlait toute seule.

— Qu'est-ce que vous attendez? fit-il brutalement.

Elle sursauta.

— Quoi?

— Donnez-lui une bonne leçon. Elle vous déteste. Elle m'a dit que vous étiez affreuse.

— Elle a dit cela! siffla Patricia.

Malko sentit une boule monter dans sa gorge. Il vit par les hublots les chasseurs dégager gracieusement: ils prenaient du champ pour attaquer.

— Elle m'a dit que vous étiez une putain, continua-t-il.

Patricia fit entendre un bruit curieux, comme un chuintement. L'alcool la rendait férocement agressive.

— Je vais lui arracher les yeux, à cette salope!

Elle se leva d'un coup.

— Salope, menteuse! hurla-t-elle à l'adresse d'Erain.

— Assise, cria Erain.

Elle brandit le pistolet. Patricia fit un pas en avant et s'arrêta, indécise. Sa colère venait de tomber. Elle se retourna vers Malko et tout lui revint d'un coup.

Alors elle marcha calmement vers la Hongroise, ses longues mains en avant, comme une somnambule.

Erain leva le pistolet. Malko vit le trou noir du canon et demanda mentalement pardon à Patricia. La vie était horrible.

— Assise tout de suite! répéta la Hongroise.

Cette fois, elle avait peur. Malko le sentit au ton de sa voix. Il se dégagea tout doucement de son fauteuil, prenant bien soin de rester caché par Patricia.

Celle-ci n'était plus qu'à un mètre d'Erain. Elle ne voyait pas le pistolet braqué sur elle. Juste la tête grimaçante de la Hongroise. Celle-ci eut un rictus haineux.

— Filez à votre place ou je tire.

L'arme s'abaissa, visant le ventre de Patricia. Malko glissa de son siège et s'accroupit dans le couloir. Erain ne pouvait le voir.

L'explosion du coup de feu fit trembler la cabine. Rejetée en arrière, Patricia s'accrocha au dossier d'un siège, mais ne tomba pas; la balle l'avait frappée à l'épaule droite. Les lèvres épaisses d'Erain n'étaient plus qu'un trait mince. Le doigt sur la détente, elle attendait.

— Foutez le camp, répéta-t-elle.

Patricia ne sentait pas encore la douleur, mais sa rage était décuplée. Réunissant toutes ses forces, elle sauta soudainement sur Erain, la saisissant à la gorge.

Ensuite tout se passa très vite. Surprise, Erain recula jusque dans le cockpit. Le sang coulait le long du torse de Patricia, mais, anesthésiée par la drogue et l'alcool, elle ne sentait ni la douleur, ni la peur. Son visage collé à celui d'Erain, elle commença à étrangler lentement la Hongroise, en marmonnant des injures.

Erain eut une seconde de panique: la folie fait toujours peur. Puis elle appuya le canon du lourd automatique sur le ventre de Patricia et tira, le bout de son canon enfoncé dans la chair de la jeune femme. A chaque détonation, le corps de Patricia était agité d'un horrible tressautement, mais elle ne lâchait pas prise. Comme les guerriers Balubas au Congo, qui continuaient à courir alors qu'ils étaient déjà morts.

Apercevant Malko qui fonçait, Erain voulut se débarrasser du corps de Patricia accroché à elle; les mains de la jeune femme lui serraient encore faiblement le cou. Mais c'était trop tard.

Patricia tomba d'un coup en arrière, entraînant en partie Erain dans sa chute. Celle-ci se trouva nez à nez avec Malko. Elle n'eut pas le temps de dégager son arme. Malko tordait déjà le bras de la Hongroise: ils luttèrent quelques secondes férocement. Erain le mordit au bras, donnant des coups de pied, des coups de genou.

Enfin le pistolet tomba à terre.

Malko plongea et le ramassa, projetant Erain vers l'arrière de la cabine où elle s'étala de tout son long.

— Vite, cria-t-il au pilote, faites demi-tour.

Aussitôt le Learjet s'inclina violemment. Le ciel bascula et Malko perdit l'équilibre, s'étalant sur la moquette. Puis je jet se redressa aussi brutalement qu'il avait basculé.

Malko plongea sur le dos d'Erain et l'immobilisa face contre terre: il avait l'impression de maîtriser un chat sauvage et la Hongroise avait une force étonnante pour une femme. Il ignorait si elle ne possédait pas d'autre arme.

Le copilote accourait et l'aida à immobiliser Erain.

— Ça y est, dit-il. Nous les avons contactés. Ils savent que nous n'allons plus à Cuba.

Malko laissa le copilote maintenir Erain et se pencha sur le corps de Patricia. La jeune femme était étendue sur le dos, les yeux ouverts, le corps barbouillé de sang. Son visage était calme, beaucoup plus reposé qu'il ne l'avait été de son vivant. Malko ressentit une immense pitié pour la jeune femme. Malko étouffait. Il se tourna vers les autres passagers :

— C'est moi qui l'ai poussée à attaquer. Je suis responsable de sa mort. C'était le seul moyen de nous sauver tous.

Personne ne répondit. Malko vit des larmes dans les yeux de Sue Scala. Maintenant le Learjet volait vers le nord. Les trois chasseurs étaient toujours là.

Malko alla rejoindre le pilote. Celui-ci lui adressa un pâle sourire.

— Bravo, fit-il. Vous nous avez sauvé la vie. Ils m'ont donné l'ordre de me poser à Homestead, au sud de Miami. Nous y serons dans dix minutes...

Malko allait répondre quand un cri retentit à l'arrière. Il se précipita. Erain luttait avec le copilote au milieu de la cabine. D'un violent coup de genou, elle s'en débarrassa. Le temps pour Malko de traverser la cabine, elle s'était agrippée à la poignée de la sortie de secours droite. Il y eut une explosion sourde, Erain disparut et le Jet se remplit d'une vapeur blanchâtre.

Un courant d'air glacé traversa la cabine. A tâtons, Malko avança vers l'ouverture. Tout le panneau avait sauté. Erain n'était plus là. Elle n'avait pas lâché la poignée de secours, volontairement. Le copilote se releva, livide.

— Elle m'a demandé de la laisser respirer un peu, bredouilla-t-il. Je ne me suis pas méfié.

La vapeur blanche se dissipa assez vite. Le Learjet perdait rapidement de l'altitude. Le corps d'Erain venait de se disloquer à la surface de la mer des Caraïbes. On n'en retrouverait rien.

Malko se laissa tomber dans un fauteuil. Il se sentait affreusement las. Devant lui, la main fine de Patricia pendait le long d'un fauteuil, comme si elle dormait. Le cadavre de Dennis avait roulé à l'arrière et bloquait la porte des toilettes. Beverly Hills se souviendrait longtemps de Gene Shirak.

Le Navajo contemplait les cadavres, hébété, ignorant qu'il était la cause involontaire de ce massacre. Malko lui sourit pour le rassurer un peu.

— Nous allons arriver bientôt, dit-il. Tout est fini.

***

La longue Cadillac noire et une Ford grise avec quatre hommes suivaient à la trace le Learjet qui roulait lentement sur le runway. Lorsqu'il stoppa, Matt Serling sauta de sa voiture et se précipita vers l'arrière qui s'ouvrait.

Malko descendit le premier, lui serra vigoureusement la main et se présenta.

— Bravo, dit-il, vous avez fait tout ce que vous avez pu. J'ai prévenu Mann à Los Angeles que tout s'est bien terminé.

Une jeep de l'Air Force bourrée de policiers militaires s'arrêta près du jet, suivie d'un petit bus et d'une ambulance. Matt Serling entraîna Malko vers la Cadillac, tandis que les hommes de la Ford pénétraient dans l'appareil pour récupérer le Navajo.

— Les chasseurs ont vu tomber la femme, fit Serling. C'est dommage. Elle aurait été très utile. Je suppose que c'était inévitable.

Malko se sentait brisé et vide. Il secoua la tête.

— Inévitable, en effet.

Il se retourna vers le Learjet. Un à un les passagers descendaient et s'engouffraient dans le bus, assommés et accablés.

Joe Makenna sortit le dernier, toujours pieds nus, son singe sur les épaules. Il sourit de loin à Malko.

Matt Serling eut un haut-le-corps.

— Qu'est-ce que c'est que ça?

— Un enfant naturel de la Californie du Sud et du dollar, laissa tomber Malko avec une politesse pleine de lassitude.

Le Navajo descendit, encadré de deux agents de la CIA, et fut avalé par la Ford grise. Ensuite ce fut le corps de Patricia, enroulé dans une couverture, qu'on allongea dans l'ambulance.

Il faisait une chaleur humide et le soleil se réverbérait durement sur le ciment clair. Malko frotta ses yeux rougis de fatigue.

— Maintenant, demanda-t-il, voulez-vous me dire la raison de ce massacre?

Matt Serling ouvrit la portière de la Cadillac sans répondre à la question de Malko.

— Je vais vous présenter quelqu'un, dit-il.

Un homme au visage rond, presque chauve, des sourcils roux, tendit la main à Malko.

— Foster Mac Kinsey est sous-directeur du Département COMSEC[1] de la NSA. Il est le seul à pouvoir répondre à vos questions...

Malko s'assit entre les deux hommes. C'est la première fois qu'il rencontrait un des dirigeants de la NSA — National Security Agency. Ceux-ci, dont le Q.G. se trouvait à Fort Mead en Virginie étaient encore plus épris de secret que la CIA. Bien

[1] Communications et Sécurité.

qu'agence fédérale, la NSA avait toujours refusé de dire officiellement ce qu'elle faisait. Bien entendu, tout le monde savait qu'elle était spécialisée dans les codes et toutes les questions y afférant.

— Foster, dit Matt Serling, le prince Malko, notre ami SAS, est un homme en qui on peut avoir confiance.

L'homme de la NSA sourit vaguement et dit lentement:

— Plusieurs codes vitaux pour ce pays sont basés sur la langue navajo. Sans l'assistance de quelqu'un parlant parfaitement la langue, ils sont indécryptables. Mais si des spécialistes « nourrissent » un ordinateur convenablement, le décryptage devient relativement facile. Voilà pourquoi certaines personnes avaient besoin d'un Navajo.

Il énonçait cela comme une vérité évidente! Malko mit bien une minute à assimiler cette incroyable information. Mais cela n'expliquait pas l'acharnement désespéré et plus qu'audacieux de ceux qui avaient monté l'opération.

— Il n'y avait pas de moyen plus discret pour s'en procurer? demanda-t-il.

Cette fois, Matt Serling avait son mot à dire.

— Ils avaient des raisons d'être pressés, expliqua-t-il. Vous savez que nos véhicules spatiaux sont télécommandés de Houston, au Texas. En cas de fonctionnement défectueux, nous pouvons les faire exploser en vol après avoir éjecté la capsule. Vous imaginez facilement que les signaux déclenchant l'explosion sont codés... Nous sommes les premiers à tenter l'aventure de la lune. Certains n'ont pas pu résister à la tentation d'ajouter un risque supplémentaire à l'opération...

Qu'en termes galants!...

La Cadillac avait démarré et roulait doucement.

— Qui? demanda Malko.

Matt Serling eut un geste d'impuissance.

— Elle était la seule à pouvoir nous le dire.

Il semblait sincère, mais Malko voulut en avoir le cœur net.

— Vous voulez dire que vous ne savez pas *qui* voulait ce Navajo. Cette femme nous entraînait à Cuba, pourtant.

— Il y a tant de gens à Cuba... Mais je pense, personnellement que certains généraux soviétiques ont jugé intolérable que les USA parviennent les premiers à la lune, et monté une opération de leur propre chef, sans l'accord du gouvernement de l'URSS. Le GRU n'a pas de réseau puissant dans notre pays.

» Le KGB n'aurait pas agi de cette façon. Nous avons eu affaire à des gens aux abois. Il y a un petit fait à l'appui de cette théorie. En ce moment se trouve à Cuba une escadrille de bombardiers soviétiques Bisons. C'eût été un moyen facile de transporter en Russie un homme comme le Navajo, à l'abri des regards indiscrets... Même de ceux du KGB, puisque les appareils se seraient posés sur un terrain militaire. La piste se serait arrêtée à La Havane...

La Cadillac longeait lentement la mer des Caraïbes. Malko avait hâte de se retrouver à Liezen dans son château. Pour oublier la mort de Patricia.

Soudain, un grondement terrifiant fit trembler la puissante Cadillac, venant de nulle part. A 150 miles au nord, l'énorme fusée Saturne portant la capsule Apollo 11 s'arrachait du sol. La voiture stoppa. Des piétons hurlaient de joie. Foster Mac Kinsey hocha la tête et tourna vers Malko un regard heureux.

— Ils s'en vont! Voilà pourquoi nos amis étaient si pressés...

BON DE COMMANDE COLLECTION SAS

À envoyer à l'adresse suivante :
ÉDITIONS GÉRARD DE VILLIERS
15 Chemin des Courtilles
92600 Asnières sur seine

Je commande les numéros suivants au prix unitaire de 7,95 euros TTC

SAS N° : ....
....
....
....

Quantité totale de livres commandés :
.... × 7,95 € = ...

Frais de port :..

TOTAL :..

Règlement par chèque à l'ordre des :
ÉDITIONS GÉRARD DE VILLIERS

Adresse de livraison :...
....

Prénom : .... Nom ....
Adresse :..

Code postal :............... Ville :..
Pays : ....

Adresse email :..

Téléphone :...

Commande sur site internet :
www.editionssas.com - www.sasgdv.com
Contact : communication@editionssas.com

Tarif lettre prioritaire : France Métropolitaine, Andorre, Monaco	
1 à 2 livres	4,95
3 livres	7,50

Tarif lettre prioritaire : internationale - (2 kg maxi)	
1 livre	7,50
2 livres	11,90
3 à 4 livres	16,00
5 à 6 livres	19,50
7 à 9 livres	22,50

Tarifs Lettre recommandée : internationale R1			
1 livre	12,00	6 livres	24,50
2 livres	16,00	7 livres	25,00
3 livres	18,00	8 livres	25,50
4 livres	20,00	9 livres	26,00
5 livres	24,10	10 livres	26,00
Avis de réception + 1,40 euros			

Tarif Colissimo : France métropolitaine	
1 livre	5,99
2 livres	6,95
3 livres	8,50
4 à 5 livres	9,50
6 à 9 livre	10,90
10 à 14 livre	15,50
15 à 19 livres	16,50
20 à 25 livres	16,50

(1) Colissimo Zone OM1 : Outre-mer	
1 à 2 livres	14,50
3 à 4 livres	19,50
5 à 9 livres	25,50
10 à 19 livres	38,00
20 à 25 livres	45,50

(1) Colissimo Zone OM2 : Outre-mer	
1 à 2 livres	15,00
3 à 4 livres	20,50
5 à 9 livres	33,50
10 à 19 livres	54,00
20 à 25 livres	58,50

(2) Tarif Colissimo : l'UE, la Suisse, Liechtenstein, Saint-Marin et le Vatican	
1 à 2 livres	13,90
3 à 4 livres	16,95
5 à 9 livres	19,50
10 à 19 livres	25,50
20 à 25 livres	43,30

(3) Tarif Colissimo : Grande Bretagne (Brexit + 3 euros inclus)	
1 à 2 livres	16,90
3 à 4 livres	19,95
5 à 9 livres	22,50
10 à 19 livres	28,50
20 à 25 livres	46,30

(4) Tarif Colissimo Zone B : Europe de l'Est (hors UE, Suisse, Russie), Norvège et Maghreb	
1 à 2 livres	20,50
3 à 4 livres	23,90
5 à 9 livres	26,50
10 à 19 livres	32,20
20 à 25 livres	53,30

(4) Colissimo Zone C : Monde - Pays d'Afrique (hors Maghreb), Canada, Etats-Unis, Russie, Proche et Moyen-Orient	
1 à 2 livres	29,95
3 à 4 livres	33,30
5 à 9 livres	43,95
10 à 19 livres	64,50
20 à 25 livres	120,90

1. Zone OM 1 : Guadeloupe, Martinique, Guyane, La Réunion, Mayotte, Saint-Pierre-et-Miquelon, Saint-Martin, Saint-Barthélemy.
1. Zone OM 2 : Nouvelle-Calédonie, Polynésie Française, Wallis-et-Futuna, Terres australes et antarctiques françaises (TAAF).
2. Zone incluant également le Liechtenstein, Saint-Marin et le Vatican.
3. Avec un supplément tarifaire de 3€ en lien avec les impacts du Brexit.
4. Zone B : Europe de l'Est (hors UE, Suisse et Russie), Norvège et Maghreb.
Zone C : Autres destinations (hors UE et Suisse).
Pays d'Afrique (hors Maghreb), Canada, Etats-Unis, Russie, Proche et Moyen-Orient.

Imprimé en Espagne par
Liberdúplex
à Sant Llorenç d'Hortons (Barcelone)
en novembre 2022

ÉDITIONS GÉRARD DE VILLIERS

-N° d'imp.: 104925-
Dépôt légal : décembre 2022